**STEFANIE GREGG /**
**PAUL SCHENKE**

# In München wartet der Tod

**BLUTIGE SPUREN** In einem Wald bei München wird ein toter Mann gefunden – ohne Leber und Nieren, die ihm offenbar vor kurzem entnommen worden sind. Hauptkommissar Fricke und seine schöne Staatsanwältin Elena Karinoglous ermitteln in diesem Fall, der brisant und hochpolitisch ist. Schnell wird klar, dass es Unregelmäßigkeiten bei Transplantationen gab – und dass geheime Kanäle im In- und Ausland für illegale Organentnahmen existieren. Hartnäckig kämpfen sich die beiden durch einen Sumpf des Schweigens bei Ärzten und Patienten. Wie immer: Fricke handfest, praktisch und nicht immer mit ganz rechtsgemäßen Mitteln. Karinoglous hingegen höchst korrekt, mit Feingefühl und einem guten Gespür für menschliche Zwischentöne. Die beiden kommen sich auch privat wieder näher – ein kleines Tête-à-Tête inmitten des blutigen Geschehens.

Doch es gibt noch jemanden, der auf der Spur der Organhändler ist. Ein Rächer, der blutige Spuren zieht. Wer ist schneller?

© Angelika Bardehle

*Stefanie Gregg, 1970 in Erlangen geboren, lebt in der Nähe von München. Sie studierte Philosophie, Kunstgeschichte, Germanistik sowie Theaterwissenschaften. Sie hat mehrere Fachbücher und diverse wissenschaftliche Publikationen sowie Krimis, Kurzgeschichten und Romane veröffentlicht. Mehrfach wurde die Autorin mit Literaturpreisen ausgezeichnet.*

© Monika Rauer

*Paul Schenke, 1966 in Moers geboren, lebt nach Stationen in Afrika, Algerien und Frankreich nun in Hannover. Nach seine Lehrtätigkeit als Religionswissenschaftler widmet er sich dem Schreiben – tagsüber schläft und lebt er, nachts schreibt er. Weitere Interessensgebiete sind Diskussionen über den Wahrheitsgehalt der Bibel und seine Tätigkeit als Freimaurer.*

Bisherige Veröffentlichungen im Gmeiner-Verlag:
Schwarze Roben (2018)
Blutvilla (2017)

**STEFANIE GREGG / PAUL SCHENKE**

# In München wartet der Tod

*Kriminalroman*

GMEINER

Personen und Handlung sind frei erfunden.
Ähnlichkeiten mit lebenden oder toten Personen
sind rein zufällig und nicht beabsichtigt.



MIX
Papier aus verantwortungsvollen Quellen
FSC www.fsc.org
FSC® C083411

Besuchen Sie uns im Internet:
www.gmeiner-verlag.de


Im Ehnried 5, 88605 Meßkirch
Telefon 07575/2095-0
info@gmeiner-verlag.de

1. Auflage 2020

Lektorat: Claudia Senghaas, Kirchardt
Herstellung: Julia Franze
Umschlaggestaltung: U.O.R.G. Lutz Eberle, Stuttgart
unter Verwendung eines Fotos von: © Savvapanf Photo /
stock.adobe.com
Druck: CPI books GmbH, Leck
Printed in Germany
ISBN 978-3-8392-2575-2

Für Amelie

Und all jene, die sich für Menschen einsetzen, die Hilfe benötigen.

# PROLOG

»Du weißt, dass du es tun musst.«

Er wusste es. Sie war seine Schwester, er würde sie suchen. Und er würde sie finden. Aber er wusste auch, dass das nicht der Grund war, warum er von der Familie auf diese Mission geschickt wurde.

Der Clan hatte ihn dafür bestimmt, denn er war bei einer Spezialeinheit in der Armee gewesen, speziell ausgebildet und trainiert. Er konnte mit Waffen umgehen. Er konnte Spuren verfolgen. Er konnte töten.

»Mit allen Mitteln«, fuhr sein Onkel fort und schob ihm Geld über den Tisch. Euros. Etwa 5.000. Eine Menge Geld. »Und du weißt, ich habe keine Söhne. Auch nach mir wird es einen Clanchef geben müssen. Einen, der sich bewiesen hat. Einen, der die anderen beschützt, auf den sie sich verlassen können. Der klug ist. Und bereit, sich durchzusetzen.«

Es war ein Versprechen. Und eine Forderung.

Er nahm das Geld, stand auf und verschwand grußlos. Dies würde die härteste Mission werden, auf die er je geschickt worden war.

Auf der Straße zuckelte ein Milchmann bedenklich schwankend auf seinem rostigen Fahrrad vorbei. Vorne und hinten hatte er zu beiden Seiten große Milchkannen angebunden. 50 Liter waren es bestimmt, die er bei sich trug. Ihn umgab ein Duft nach frischem Brot, das sich wohl unter dem sich bauschenden weißen Plastiksack auf dem Lenker verbergen musste. Adnan winkte ihn heran, ließ sich Milch in seine Wasserflasche abfüllen und kaufte dem Händler ein großes Fladenbrot ab. Das letzte albanische Fladenbrot für lange Zeit.

Denn Majlindas Spuren führten nach Deutschland.

# KAPITEL 1

*Fricke, Montagmorgen*

Montag. Montag war eben Montag.

Dann betrat er nämlich immer Feindesland.

Nicht jedoch, weil es der Beginn der Arbeitswoche war. Oft genug arbeitete er auch am Wochenende. Verbrecher richteten sich einfach nicht nach seinen Arbeitszeiten. Als Hauptkommissar der Mordkommission war ihm das nicht nur längst geläufig, es machte ihm auch wenig aus.

Aber der Montag war für den Schreibtisch vorgesehen. Und der war Feindesland. Berichte schreiben, Papierkram war das, was Fricke abgrundtief hasste.

Montagsmäßig schlecht gelaunt warf er die Bettdecke zurück, setzte sich auf die Bettkante und sinnierte. Bis vor Kurzem hatte zu Hause nie jemand auf ihn gewartet. Die Arbeit war sein Leben.

Zum ersten Mal seit Langem bedeutete der verhasste Montag zudem das Ende eines Wochenendes. Als er an den gestrigen Abend dachte, ging unwillkürlich ein Strahlen über sein Gesicht, denn er hatte ihn mit Elena verbracht. Und auch die ganze Nacht.

Dass sie auffallend schön war, die Staatsanwältin Karinoglous, hatte noch nicht einmal er je bestreiten können. Aber dass er sie zickig fand, rechthaberisch, pingelig an rechtliche Grenzen der Ermittlungsarbeit erinnernd, dass sie ihm ständig in seinen Job hineinredete, jegliches Vorgehen anders haben wollte, das hatte er bei jedem Fall mit ihr in aller Deutlichkeit erlebt. Fälle mit Elena hatten Vesuvqualitäten. Während sie als Staatsanwältin eher jemand war, der sehr auf Feinheiten achtete, war er der Mann fürs Grobe. Deswegen brach zwischen ihnen der Vulkan in regelmäßigen Abständen aus. Heiß, oft genug verbrennend, aber auch feurig. Wie eine griechische Frau eben ist, dachte Fricke. Wie lange hatten sie miteinander gerungen, sich mal gemocht, mal gezankt, mal heftig geliebt und mal ebenso heftig zerstritten. Doch nun schien seltsamerweise eine Phase der angenehmen Ruhe in ihre Beziehung eingetreten zu sein, fast Harmonie, stellte Fricke verwundert fest.

Montag war also Feindesland. Und auch Ende dieses schönen Wochenendes. Mit Schwung stand Fricke endlich aus dem Bett auf. Ab heute würde er sich immerhin montags auch auf das nächste Wochenende freuen können. Irgendwie schön.

Allerdings hatte er nicht die ganze Nacht bei Elena verbracht, weil er einfach nur im eigenen Bett schlafen konnte. Elena war nicht begeistert gewesen, als er um 4 Uhr früh ging. Hoffentlich brach da nicht bald wieder der Vesuv aus …

Er stand auf und ging in die Küche. Dort stellte er den Wasserkocher an und füllte Kaffeepulver in den Filter, der auf einer weißen Porzellankanne stand. Wieder musste er an Elena denken. Er liebte Filterkaffee, sie italienische Espressomaschinen. Sogar darüber konnten sie täglich streiten. Wie auch darüber, ob das Bügeln von Hemden nötig war oder nicht. Er fand, nein.

Fricke hatte im Laufe ihrer Zusammenarbeit gelernt, gelassener mit ihren bissigen Kommentaren umzugehen.

Manchmal lächelte er einfach, drehte sich um und steckte sich eine Zigarette an. Selbstverständlich – nur eine Lucky Strike. Oft half ihm auch seine Zugehörigkeit zum Buddhismus. Buddha wurde zu seinem ständigen Begleiter, wenn er mit Elena zusammen war.

Gerade als er Kaffee nachgießen wollte, klingelte das Telefon. Lächelnd in der Erwartung, es sei Elena, ging er in den Flur und nahm das Mobilteil von der Station. Er hatte recht mit seiner Annahme.

»Warum bist du gegangen?«

»Guten Morgen, sagt man eigentlich. Ich konnte nicht mehr schlafen. Schlimm?« Er war gespannt auf ihre Reaktion. Alles war möglich. Von beleidigt sein bis zur Rüge bis zum versöhnlichen Lachen.

»Schon ein bisschen. Ich hätte mich gefreut, neben dir aufzuwachen.«

Er war erleichtert. Für Elena-Verhältnisse war das eine nahezu neutrale Feststellung.

»Wollen wir heute zusammen Mittagessen? Gegen 13 Uhr?«, fragte er vorsichtig.

»Gerne. Hol mich ab. Bis dann.«

Er blickte auf das Telefon, aus dem das Freizeichen erklang. Na, mal sehen, wie viel Vesuv ihn da erwarten würde.

Dann sah er auf dem Handy die Uhrzeit. Mist, gleich 8 Uhr. Eigentlich kam er nie zu spät.

Er ging ins Bad, duschte und rasierte sich und zog sich anschließend im Schlafzimmer an. Zu seiner schwarzen Jeans wählte er ein weißes Hemd. Kurz betrachtete er sich im Spiegel. Heute wollte er Elena keinen Anlass geben, sich über sein Äußeres zu beschweren. Ungebügelte Hemden waren ein Reizthema zwischen ihnen. Also holte er etwa zehn Exemplare aus dem Schrank, legte sie mehr schlecht als recht zusammen, verstaute sie in einer kleinen Reisetasche und beschloss, diese zum Bügeln in der Reinigung am Ende seiner Straße abzugeben.

Gegen 8.45 Uhr traf er im Polizeirevier ein und fragte sich, warum der Uniformierte am Eingang ihn ansah, als hätte er einen Geist gesehen. Nachdem er in der dritten Etage angekommen und ins Schreibbüro gegangen war, warf ihm die Sekretärin dort einen ähnlichen Blick zu.

»Habe ich heute Lippenstift aufgelegt und hab's nicht gemerkt? Warum gaffen mich denn alle hier so an, als sei ich ein Gespenst?«, fragte Fricke etwas verärgert.

»Wahrscheinlich liegt es daran, dass Sie lächeln. Gute Laune und Sie – das ist eine Kombination, die man selten sieht. Hatten Sie ein schönes Wochenende?« Ohne eine Antwort auf ihre zweideutig gemeinte Frage abzuwarten, wendete die Sekretärin sich wieder ihrem Computer zu. Das unerwartete Tête-à-Tête zwischen der brillant-klugen, scharfzüngigen Staatsanwältin und Hauptkommissar »Immer-grummelig« war längst Flurthema …

Fricke konnte nicht umhin, noch breiter zu grinsen, nahm sich seinen Stoß Akten aus dem Regal und ging damit in sein Büro. Dort legte er den Aktenstapel ab – auf dem Feindesland –, ging zum Fenster und öffnete es weit. Es war Herbst und er erfreute sich an den Sonnenstrahlen, die einen goldenen Oktobertag versprachen. Trotz Feindkontakt.

# KAPITEL 2

*Majlinda*

Fuhr man von München Richtung Süden, kam man schnell in die ländliche Idylle des Voralpengebietes. Kleine Städte, Dörfer, vereinzelte Bauernhöfe, Felder, Grünflächen. Und viele Wälder.

Hier hatte ein Graf eine Burg errichten lassen, die er nie bezog, denn noch bevor die letzten Steine gesetzt werden konnten, verließ ihn das Leben. So wurde die unvollendete Burg schnell eine Ruine, an der der Zahn der Zeit gut nagen konnte.

Man musste tief in den Wald hineingehen, um sie zu finden. Schon etwa 50 Meter vor der Ruine waren Schilder aufgestellt, die den Zugang untersagten. Eigentlich hätte man nicht auf die Einsturzgefahr hinweisen müssen, denn die war auch mit dem bloßen Auge aus dieser Entfernung gut zu erkennen. Wanderer überlegten sich also zweimal, ob sie sich der Ruine nähern, geschweige denn sie betreten wollten.

Es war eine Einsamkeit, die nicht zufällig ausgesucht worden war.

Eine Gruppe aus acht Mädchen und fünf Jungs saß zusammengekauert in einer Ecke des feuchten Gewölbes und betrachtete die unfreundlichen Menschen, die ihnen gegenüberstanden. Mittlerweile war ihnen allen schmerzlich klar geworden, dass ihr Leben in Deutschland vielleicht doch nicht so aussehen würde, wie man es ihnen versprochen hatte. Mit den aufsteigenden Dampfwolken, die ihr Atem in dem kalten Keller bildete, verflüchtigten sich alle ihre Träume. Skeptisch sahen sie das Pärchen an, von dem sie nicht wussten, was es mit ihnen vorhatte. Die vier Männer, die links und rechts neben ihnen standen, hatten den Jugendlichen längst klargemacht, dass es wohl nichts Gutes sein würde. Wollten die Frau und der Mann ein Kind? Vielleicht weil sie selbst keins bekommen konnten? Jede Überlegung, ob das Pärchen ein fürsorgliches Elternpaar abgeben würde, verflog allerdings, wenn man ihnen in die Augen sah. Der Blick der Frau war kalt. Der des Mannes eher lüstern. Er kniff die Augen zusammen und sah sich hauptsächlich die Mädchen an. Je länger die beiden schweigsam die Körper der verängstigten Jugendlichen betrachteten, desto ängstlicher wurde die Gruppe. Sie spürten, dass sie vor diesem Pärchen noch mehr Angst haben mussten als vor den Männern, die ihnen täglich das Essen brachten. Und sie schlugen.

Die Kälte von außen zog tiefer ins Innerste der jungen Menschen.

»Und? Hast du was gefunden?«, fragte die Frau ihren Begleiter, ohne den Blick von der Gruppe zu wenden.

Der Mann nickte und zeigte langsam auf ein Mädchen. Nun liefen zwei Männer auf die Jugendliche mit den langen schwarzen Haaren zu, die geduckt zurückwich. Doch bald berührte ihr Rücken das feuchte Mauerwerk. Die Gruppe, deren Schutz sie suchte, rückte von ihr ab. Keiner versuchte, das Mädchen zu beschützen. Die Hilflosigkeit und Angst aller war beinahe mit den Händen greifbar.

Und das bitter schwebende Gefühl, dass dennoch jeder erleichtert war, nicht ausgewählt worden zu sein.

Der Mann mit dem Vollbart und den tätowierten Armen griff dem Mädchen in die Haare und zog es hoch. Sie schrie auf, sprach flehende Worte in ihrer Sprache aus. Doch es half nichts. Nicht nur, weil keiner der anwesenden Erwachsenen ihre Sprache verstand, sondern auch, weil es offensichtlich niemanden interessierte.

Die Frau betrachtete weiterhin mit kaltem Blick das Mädchen wie ein Objekt, das sie vor dem Kauf noch abschätzte. Auch in ihrer Angst war die Jugendliche hübsch. Trotz ihrer zerrissenen Jeanshose und dem schmutzig-löchrigen, einst weißen T-Shirt wusste die Frau, dass mit der nötigen Pflege eine kleine Schönheit vor ihnen stand.

Der Vollbärtige sah die Frau an, wartete auf ihr Kopfnicken, packte das Mädchen dann fest am Arm und zog sie hinter sich her aus dem Raum hinaus.

Noch vier weitere Jugendliche suchte sich das Pärchen aus. Drei Mädchen und einen Jungen, alle etwa 16 Jahre alt. Die Männer trieben die vier Jugendlichen hinaus. Vor der alten Ruine stand ein Mercedes-Transporter, dessen Fenster vorne abgedunkelt waren. Der Frachtraum hingegen besaß gar kein Fenster. Die Teenager wurden auf den Bänken mit einem Strick festgebunden, sodass sie nicht aufstehen konnten. Zwei Mädchen weinten und bettelten verzweifelt, aber die Männer gingen nicht darauf ein.

Schließlich schlugen sie die Türen zu und gingen zurück zu dem Pärchen, das noch immer vor dem Eingang zum Gewölbe stand.

»Fünf. 40.000?«, fragte der Vollbärtige in gebrochenem Deutsch.

Ohne zu überlegen, willigte die Frau ein, öffnete ihre große Handtasche und holte fünf Bündel Geldscheine heraus. Sie übergab dem Vollbärtigen das Geld und lief dann hinter ihrem Partner her zum Transporter.

Der Vollbärtige sah dem Lieferwagen nach, bis er hinter den Bäumen des angrenzenden Waldes verschwand. Zufrieden lächelte er, während er die Geldscheinbündel in der Hand wog. »Wenn die wüssten, dass sie krank ist. Egal. Verkauft ist verkauft«, murmelte er und machte sich auf den Weg zurück zu seinen Freunden in der Ruine.

# KAPITEL 3

*Fricke, Montag*

Frickes Lächeln verging ihm jäh, als das Klingeln seines Telefons ihn vom Fenster fortlockte und er den Anrufernamen auf dem Display erkannte: Ahrensmeier. Sein Chef. Das konnte nichts Gutes heißen. Also kein Montagmorgen, an dem er, wenn auch widerwillig, seinen Papierkram erledigen konnte. Wenn Ahrensmeier anrief, bedeutete dies entweder eine Beschwerde, einen saftigen Anschiss oder – einen neuen Fall. Auf nichts davon verspürte Fricke Lust. Aber es half nichts, er musste das Gespräch entgegennehmen.

»Kommen Sie mal in mein Büro«, blaffte es ihm aus dem Hörer entgegen.

Kein »Guten Morgen«, keine weitere Erklärung. Auch Fricke hielt sich nicht gerne mit Höflichkeitsfloskeln auf, aber ein wenig freundlicher hätte Ahrensmeier schon sein können. Ein Gutes hatte die barsche Art seines Chefs jedoch: Wenigstens musste Fricke dann auch nicht freundlich zu ihm sein. Schluss mit Lächeln für heute, dachte er sich.

Ohne anzuklopfen, betrat er zwei Minuten später das Büro von Hauptkommissar Ahrensmeier, der noch telefonierte und ihm mit den Händen bedeutete, sich hinzusetzen. Was Fricke so oder so gemacht hätte.

»Hier ist die Hölle los.«

Fricke zuckte mit den Schultern. Polizeipräsidium. Hier war immer die Hölle los. Himmel war hier nicht.

»München will Sie. Die Soko wurde bereits veranlasst. Sie warten nur noch auf die Zustimmung des Innenministeriums. – Reine Formsache.«

»Ne, nicht schon wieder eine Dienstanforderung«, stöhnte Fricke.

»Das finde ich auch.«

»Schön, dass wir uns da mal einig sind.«

»Nützt aber nichts.«

Beide Männer schwiegen sich einen Moment an. Mit Elena hätte er jetzt losgelacht. Aber wer hier zuerst lachte, hatte das Duell verloren. Also lachte keiner von beiden.

»Das ist eine ganz heiße Kiste in München«, erklärte Ahrensmeier. »Eine Leiche, und zwar ohne Niere. Und das, wo es vor zwei Wochen bereits eine andere Leiche gegeben hat. Ohne Herz.«

Wieder verfielen beide in Schweigen.

»Sieht nach Organhandel aus. Das wäre eine Katastrophe für Deutschland. Bei der ersten Leiche hat die Kripo es geschafft, das Ganze unter Verschluss zu halten, aber die zweite ist zur Presse durchgesickert. Der Polizeipräsident hat gesagt, er will, dass der Fall aufgeklärt wird. S-O-F-O-R-T.«

Fricke zuckte mit den Schultern. »Na und?«

»Sie haben damals den Organhandel-Fall bei uns aufgeklärt. Sie haben gerade die Verantwortlichen für das Bombenattentat in Kiel in sieben Tagen gefunden. Irgendjemand ist jetzt auf die Idee gekommen, dass Sie das auch mit dem aktuellen Fall in München schaffen. Also wurden Sie abberufen.«

Fricke stöhnte. »Ich soll nach München. Ne total heiße

Kiste. Und bekomme dafür sieben Tage eingeräumt. Super. Ich melde mich krank.«

»Wagen Sie das nicht …«

»Ach, Scheiße, ich hab da wirklich keinen Bock drauf. Ich will in Kiel bleiben.«

»Hat das zufällig einen bestimmten Grund? – Vielleicht einen auf zwei hübschen Beinen?«, kommentierte Ahrensmeier süffisant.

Fricke antwortete nicht. Das ging Ahrensmeier wirklich nichts an.

»Fricke, ich habe die passende Lösung für Sie und mich: Wir fordern die Staatsanwältin Karinoglous auch mit an. Wir machen eine kleine Soko daraus. Begründung: erfolgreiche Zusammenarbeit beim Bombenattentat sowie ihre gemeinsame Erfahrung aus unserem Organhandel-Fall vor einigen Jahren. Und mit der Presse kann Frau Karinoglous auch besser umgehen als Sie. Können wir uns darauf einigen?«

Fricke wollte es nicht zugeben, aber so schlecht fand er diese Idee gar nicht. Organhandel allerdings war heftig. Die Presse würde jeden Ermittlungsschritt genau verfolgen, und das war etwas, das er hasste: einen Wettlauf mit den Pressefuzzis veranstalten zu müssen. Dem gegenüber stand aber München gemeinsam mit Elena. Das klang verlockend. Mal sehen, ob sie mitkommen würde.

Ahrensmeier nahm Frickes Schweigen als Zustimmung. »Dann machen wir es so.« Er blätterte in den Unterlagen, die er vor sich auf dem Tisch liegen hatte.

»Zu den Fakten: Beide Tote waren Albaner, die nicht registriert sind, vielleicht illegal eingereist, vielleicht eingeschleust, vielleicht Flüchtlinge. Junge Männer, 16 und 18 Jahre alt. Offensichtlich ausgesucht, weil sie körperlich fit waren. Von jedem wurde jeweils nur ein Organ entnommen – obwohl man sie ja auch ganz hätte ausschlachten können …« Ahrensmeier blickte fragend zu Fricke auf. »Das finde ich verwunderlich.«

Fricke zeigte keine erkennbare Reaktion auf diese Anmerkung. Daher fuhr der Hauptkommissar fort. »Beide wurden professionell operiert, der Tod des Ersten trat aufgrund der Herzentnahme ein«, wieder blickte er zu Fricke hoch, als erwarte er einen dummen Spruch von ihm, der aber ausblieb, »der Zweite ist vermutlich eher aus Versehen gestorben.«

Ahrensmeier ließ die Akte sinken und lehnte sich zurück.

»Fundort?«, fragte Fricke.

»Neuperlacher Forst«, antwortete sein Chef, ohne erneut in die Unterlagen zu blicken, »in beiden Fällen.«

»Wo immer das auch ist. Und weiter?«

»Nichts weiter. Keine Spuren, keine Fingerabdrücke, keine Verdächtigen, keine Anhaltspunkte – nichts.«

»Super Fall!«, stöhnte Fricke und erhob sich. Er ließ sich die Akte reichen und wandte sich zur Tür. Bevor er sie öffnete, drehte er sich noch mal um: »Aber ein schönes Hotel. Doppelzimmer. Eine Suite, besser gesagt. Kostet auch nicht mehr als zwei Einzelzimmer.«

»Suite – können Sie vergessen. Doppelzimmer – weil Sie's sind. Aber es wird hart gearbeitet, verstanden?«

Fricke schmunzelte.

»Ich meine, an dem Fall, nicht an der Staatsanwältin«, brummte Ahrensmeier. »Und jetzt raus mit Ihnen.«

Tatsächlich hatte Ahrensmeier keine Bedenken, die beiden zusammenarbeiten zu lassen. Sosehr Fricke offensichtlich die neue Liebe zur Staatsanwältin genoss, sobald diese zwei an einem Fall dran waren, gab es kein Privatleben mehr. Beide waren verbissen, aus ganz unterschiedlichen Gründen einem Gerechtigkeitswahn verfallen. Ihr Beruf war ihr eigentliches Leben. Auch wenn das frischgebackene Pärchen gerade anderes glaubte. Ahrensmeier wusste es besser.

# KAPITEL 4

*Majlinda*

Majlinda öffnete langsam die Augen und starrte an die Decke. Sie wusste nicht, welches Datum heute war. Sie wusste nicht, ob es regnete oder die Sonne schien. Ob es Tag war oder Nacht.

Nur eine schwache Neonbeleuchtung an der Decke tauchte den fensterlosen Raum in ein kaltes Licht. Kleine rote Standby-LED's vom Fernseher oder DVD-Player starrten sie an wie blutunterlaufene Augen eines Monsters.

Dennoch war es für das albanische Mädchen ein schönes Zimmer mit tollen Möbeln. Einen Raum wie diesen hatte sie bisher nur in Zeitschriften gesehen. Ihr Zimmer zu Hause musste sie sich mit ihren drei Brüdern und ihren beiden Schwestern teilen. Außer den drei Doppelbetten standen nur sechs Kartons auf dem nackten Boden. Auf jedem Karton stand der Name des Kindes, dessen Spielzeug und Schulbücher sich darin befanden. In ihrem Karton lag außer den drei Schulbüchern noch eine Puppe, der ein Arm fehlte. Obwohl Majlinda kein kleines Kind mehr war, begleitete sie diese von ihrer Großmutter gehäkelte Puppe, wo immer sie hinging. Letztes Jahr war ihre geliebte »Giyshe«, ihre Oma, gestorben, und die Puppe war das Einzige, das sie an sie erinnerte. Sie trug sie stets bei sich, sogar im Schulranzen. Keiner ihrer Geschwister lachte sie aus, wenn sie ihre Puppe drückte und ihr einen Kuss gab, denn alle wussten, was sie damit verband.

Großmutter hatte einen kleinen Laden besessen, in dem sie ihre Schneiderkünste anbot. Finanziell war es ihr gut gegangen. Als Majlindas schwer kranker Vater nicht mehr arbeiten konnte, hatte sie die Familie unterstützt, wo sie nur konnte. Die Mutter und manchmal auch Majlinda hatten ihr geholfen und für Großmutter Tischdecken genäht, aber das Geld war zu knapp geblieben, um eine ganze Familie zu ernähren. Als Großmutter starb, wich die anfängliche Verzweiflung langsamen Sich-Ergebens in ein Schicksal, das bittere Armut versprach. Seitdem lebten sie von dem, was ihr Onkel ihnen vorbeibrachte. Es reichte nicht, um alle satt zu bekommen.

Majlinda saß in dem fremden Zimmer, blickte die Wände hinauf und hinunter, und wieder kamen ihr die Erinnerungen an die Ereignisse, die sie hierhergeführt hatten.

Sie war auf dem Weg von der Schule nach Hause gewesen. Hätte sie diesen Tag nur nie erlebt. Oder alles anders gemacht.

Wie immer trug sie ihren Schulranzen mit der gut versteckten Puppe auf ihrem Rücken. Sie blickte auf, als ein in einem schwarzen Anzug gekleideter Mann ihr entgegenkam. Ein seltener Anblick hier. Weißes Hemd, Krawatte. Schon von Weitem nickte er ihr grüßend zu, was sie verwunderte, denn sie glaubte nicht, ihn zu kennen. Eindeutig war er nicht aus dem Dorf. Dennoch lächelte sie zurück.

Als er vor ihr stand, hielt er an und streckte ihr die Hand entgegen, die sie vorsichtig annahm. »Mirë dita, bukuroshë«, sagte er. »Guten Tag, schönes Mädchen.«

So hatte sie noch nie jemand angesprochen.

»Mein Name ist Hajdari. Ich komme aus Tirana und arbeite für eine große Fotoagentur. Wir suchen Models für Modekataloge. Ich habe dich gesehen und dachte mir, du bist ein ausnehmend hübsches Mädchen.« Er betrachtete sie eingehend, aber freundlich. »Ja, dich würde ich als Model nehmen.«

Majlinda sah zu Boden. Peinlich berührt über diese Ansprache des fremden Mannes und doch sehr geschmeichelt. Sie hatte davon gehört. Mädchen, die in anderen Ländern Models wurden. Berühmt. Und reich!

»Ich würde dich gerne dafür gewinnen. Man kann eine Menge Geld damit verdienen.«

Geld verdienen, was das bedeuten würde! Wenn sie Geld verdiente, könnte sie etwas dazu beitragen, die Familie zu unterstützen. Ein verheißungsvoller Gedanke. Vielleicht kein Hunger mehr? Majlinda erfüllte die Vorstellung, ihrer Familie zu etwas Wohlstand zu verhelfen, mit Stolz.

Im Auto saß bereits ein Mädchen, das sie von der Schule kannte. Es war das schönste Mädchen weit und breit. Majlinda stieg ins Auto ein, nickte ihr schüchtern zu, sagte aber nichts.

Der Mann setzte sich hinter das Lenkrad und lächelte den Mädchen auf dem Rücksitz zu: »Wir fahren jetzt nach Tirana«, erklärte er. »Dort gebt ihr uns die Adresse eurer Eltern. Wir werden ihnen Geld bringen und ihnen sagen, wo ihr seid. Jetzt haben wir keine Zeit mehr, bei ihnen vorbeizufahren. Es geht gleich los.«

Zwei Stunden schweigender Autofahrt vergingen. Leise Zweifel hatten Majlinda beschlichen. War es richtig gewesen, loszufahren, ohne zuerst bei ihren Eltern Bescheid zu geben? Aber solch eine Chance bot sich nicht oft, es war nicht genug Zeit gewesen. Das andere Mädchen war auch hier. Es würde Großartiges geschehen, sie würde reich und berühmt werden.

Das Auto fuhr in eine Lagerhalle hinein, und die Tür wurde ihnen geöffnet. Majlinda sah in das düstere Halblicht der fensterlosen Halle, wo etwa zehn Mädchen und Jungen warteten, deren Alter Majlinda auf 15 bis 20 Jahre schätzte. Sie fühlte sich sehr unwohl, Angst kroch in ihr hoch.

Zögernd ging sie zu der Gruppe Jugendlicher, die halb ängstlich, halb erwartungsvoll aussahen, und richtete ihren Blick wie die anderen auf einen Mann, der ihnen – ebenfalls bekleidet mit Anzug und Krawatte – gegenüberstand und zu sprechen begann. Er erzählte, dass man sie nun nach Deutschland bringen würde, wo sie alle ein Zimmer in einem Hotel bekämen, zudem Geld, neue Kleidung und reichlich zu essen. Die Gruppe reagierte aufgeregt und ausgelassen, sie schienen ihr Glück kaum fassen zu können. Doch Majlinda wurde es mit jedem Augenblick unwohler. Sie hätte sich unbedingt von ihrer Familie verabschieden müssen.

Einige Männer, die schon die ganze Zeit um sie herumgestanden hatten, traten nun auf jeden Einzelnen von ihnen zu und schrieben sich ihre Adressen auf.

»Eure Eltern werden von uns so viel Geld bekommen, dass sie euch alle in ein paar Wochen in Deutschland besuchen kommen können«, erklärte der Mann im Anzug weiter und forderte sie schließlich auf, sich in den Lkw zu setzen. Im Laderaum waren rechts und links zwei Sitzbänke angebracht. Etwa zehn Flaschen Wasser sowie eine Kiste mit Brot und Obst standen am Kopfende. In Majlinda begannen die Gedanken zu kreisen. Sie hatte Fragen, so viele wichtige Fragen. Sie wollte wissen, wohin genau sie gebracht würde. Und warum alles so schnell gehen musste. Doch die Männer um sie herum trieben die Gruppe zur Eile an. Als Majlinda an der Reihe war, den Lkw zu betreten, nahm sie allen Mut zusammen und setzte an, den Mann, der so nett gewesen war und ihnen Geld versprochen hatte, nach all dem zu fragen, was sie beschäftigte. Doch bevor sie überhaupt zu sprechen beginnen konnte, wurde sie hart am Arm gepackt und die kleine Treppe vor dem Lkw nach oben geschoben. Stolpernd stieg sie die Stufen hinauf, bevor sich die Türen des Lkws mit einem lauten Knall schlossen und ein kleines Licht an der Decke anging.

Es sollte lange dauern, bis sich die Türen wieder öffneten.

# KAPITEL 5

*Elena, Montag*

Bereits bekleidet mit der schwarzen Robe saß Elena an ihrem großen Schreibtisch und warf einen letzten Blick in die Akten. Jeder ihrer Fälle bedeutete ihr viel, jeden bearbeitete sie akribisch genau, detailliert und lange abwägend, was das richtige und passende Strafmaß für das jeweilige Vergehen war. Sie war bekannt als brillante Juristin, die dennoch nie den Blick für den persönlichen Menschen vor ihr vergaß, die klug und genau abwägte, welche Strafe angemessen und die richtige war, um weitere Straftaten zu verhindern.

Dieses Verfahren jedoch lag ihr persönlich am Herzen. Lange genug hatte sie mit Fricke in diesem Bombenattentat ermittelt. Jeder Fall ging einem nahe, mochte man auch jahrelang schon bei der Mordkommission arbeiten, aber der Tod seines jungen Kollegen, dessen Hochzeit kurz bevorstand, hatte Fricke besonders getroffen. Dass eine Frau, nur des Geldes wegen, neben dem eigenen Mann zahlreiche andere Tote nicht nur bewusst in Kauf genommen, sondern mit einkalkuliert hatte, um von sich selbst abzulenken, war eine Kaltblütigkeit, die selbst Elena zuvor nicht erlebt hatte.

Mit aller Sorgfalt hatte sie den Prozess vorbereitet. Oft genug kamen solche Mörder mit einer viel zu geringen Strafe davon – das zumindest war Elenas Meinung, die als Staatsanwältin junge Menschen, denen sie eine Chance zur Besserung einräumte, meist schonender behandelte als andere Juristen. Bei Jugendlichen wählte sie möglichst andere Maßnahmen als den Strafvollzug. Diese Frau aber, Karin Munsch, sollte nicht leicht mit ihren Taten fortkommen, nur weil sie sich selbstverständlich einen hervorragenden und hochbezahlten Rechtsanwalt leisten konnte.

Elena straffte sich. Hier sollte nicht das Finanzielle siegen. Sie suchte Gerechtigkeit, und sie würde all ihr juristisches Wissen einsetzen, um hier das angemessene Strafmaß zu erreichen.

# KAPITEL 6

*Majlinda*

Die Fahrt nach Deutschland erschien Majlinda ewig. Inzwischen waren sie schon über einen Tag unterwegs. Durch kleine Ritzen an den Türen konnte sie erkennen, ob es draußen hell oder dunkel war. Die erste Nacht hatte sie bereits hinter sich gebracht.

Sie hielt den Geruch kaum aus. Ihre Notdurft mussten die Jugendlichen in Plastikeimern verrichten, Pausen waren auf der Fahrt offensichtlich nicht vorgesehen. Die einzige Rolle Toilettenpapier, die man ihnen zur Verfügung gestellt hatte, war bereits aufgebraucht. Ein Junge hatte sein Hemd ausgezogen und kleine Stücke herausgerissen, die sie als Ersatz benutzten. Er war es auch, der aufmunternde Durchhalteparolen von sich gab: »Kommt, manchmal muss man durch schwere Zeiten hindurch. Am Ziel erwartet uns das Gute!«

Manchmal konnte er sie damit ermutigen, doch der Gestank wurde immer unerträglicher. Inzwischen drängten sich die Jugendlichen auf dem Boden vor den Türen, durch deren Ritzen wenigstens etwas Luft hereinkam. Frische Luft. Sauerstoff.

Gestern war ein Plastikeimer umgekippt und der Inhalt hatte sich auf dem Boden verteilt. Zwei Jungs rissen den Karton, in dem sich nun weder Brot noch Obst befand, auseinander, schoben die Fäkalien mithilfe der Pappe in eine Ecke und versuchten, möglichst alles wieder in den Eimer zu verfrachten.

Auch dem Jungen fiel nun nichts Positives mehr ein.

»Ich habe Angst. Werden wir hier drinnen sterben?«, flüsterte das Mädchen neben Majlinda und sah sie verzweifelt an.

»Nein, wir sterben nicht«, antwortete Majlinda und nahm sie in den Arm.

Irgendwann öffneten sich die Türen. Luft. Endlich. Luft und Tageslicht, das nach all der Dunkelheit blendete. Wieder stand eine Gruppe Männer draußen vor dem Lkw, aber sie waren nicht so gut gekleidet wie jene, die sie vor drei Tagen in ihrer Heimat in den Lastwagen getrieben hatten. Auch ihr Benehmen war nicht so zurückhaltend wie das der anderen Männer – sie waren grob und schrien sie an. Majlinda verstand nicht, was sie riefen. Sie kannte die fremde Sprache nicht, aber es war klar, dass sie den Lkw verlassen sollten.

In einer Mischung aus Angst und Erleichterung stieg sie gemeinsam mit den anderen Jugendlichen aus dem Laderaum des Fahrzeugs und sog die frische Luft in ihre Lungen. Sie sah sich um. Offensichtlich befanden sie sich in einem Wald. Vor ihnen erhob sich die Ruine einer alten Burg. Sie musste früher mal ein prächtiger Bau gewesen sein, jetzt wirkte sie kühl, verlassen und unheimlich auf Majlinda.

Die Männer trieben sie vorwärts in das alte Gemäuer hinein. Nacheinander stiegen sie einige steinerne Stufen hinab und fanden sich in einem alten feuchten Gewölbe wieder. Dicht drängten sie sich aneinander – vor Kälte und vor Angst. Sie wagten nicht zu sprechen, nicht einmal, sich gegenseitig anzublicken. Wie gebannt starrten sie auf den Zugang zum Gewölbe, durch den eine Frau und ein Mann traten, die in die Runde blickten und lächelten. Majlinda lief eine Gänsehaut über den Rücken.

# KAPITEL 7

*Fricke und Elena, Montag*

Fricke nahm immer zwei Stufen auf einmal, als er die Treppe des Gerichtsgebäudes nach oben lief. Er freute sich wie ein kleines Kind auf Elena. War das verrückt? Lächerlich? Pubertär? Es war ihm egal.

Als er die große Tür zum dritten Stock aufstieß, sah er sie schon von Weitem am anderen Ende des Flurs stehen. Sie trug ihre schwarze Robe. Obwohl diese Dinger eigentlich die absoluten Figurkiller waren und nahezu jeden wie eine unförmige Tonne aussehen ließen, schien der Anwalts-Talar für Elenas zierliche Figur wie geschaffen. Er umschmeichelte ihre zarten Kurven. Vielleicht rührte dieser Eindruck für Fricke aber auch nur daher, dass er genau wusste, wie die Kurven beschaffen waren, die unter dieser Robe steckten. Er hatte sie letzte Nacht ausgiebig erkundet und keinen Zentimeter ausgelassen.

Am unteren Rand der Robe sah er ihre Füße hervorblitzen, die wie meistens in zehn Zentimeter hohen Stöckelschuhen steckten. Wie konnte man in diesen Highheels auch nur ansatzweise geradeaus laufen?

In diesem Moment verschwand Elena in ihrem Zimmer. Fricke beschleunigte seine Schritte, denn er wusste genau, dass sie in den nächsten Minuten ihre Robe ausziehen würde, und diesen Moment wollte er nicht verpassen.

Sie drehte sich nicht einmal um, als sie ihn eintreten hörte. Sie hatte ihn bereits im Flur entdeckt und den Duft seines Aftershaves wahrgenommen, der ihn beim Eintreten begleitete. Ganz langsam knöpfte sie die Robe auf und ließ sie aufreizend über ihre Schultern zu Boden gleiten. Sie lachte, als sich seine Arme von hinten um sie schlangen und er ihr einen Kuss in den Nacken gab.

»Hey, und wenn das jetzt nicht ich gewesen wäre?«, brummte Fricke.

Elena drehte sich zu ihm um: »Dann hätte derjenige sich eine Klage wegen sexueller Belästigung am Arbeitsplatz eingefangen – es sei denn, er wäre gut aussehend gewesen. In dem Fall hätte ich jetzt die Tür abgeschlossen.« Sie sah ihm herausfordernd in die Augen.

»Na dann, schließ ab«, gab er zurück, ohne auf ihre kleine Provokation einzugehen.

Sie wandte sich um und holte eine Bluse aus dem Schrank, die sie anzog. Frickes Hände, die das verhindern wollten, schob sie mit tadelndem Blick zur Seite: »Pfoten weg. Hättest du alles heute früh haben können. Aber ich fand ja nicht mehr als ein leeres Kopfkissen neben mir vor«, sagte sie spitz, und in den spöttischen Ton mischte sich ein leiser Vorwurf.

»Ich schlafe nicht gut, wenn ich nicht in meinem eigenen Bett liege«, erklärte er noch einmal.

»Und ich bin vollkommen angezogen, wenn *ich* nicht in meinem Bett liege«, entgegnete sie, »während ich heute Morgen noch wunderbar ausgezogen war …«

Sie schlüpfte in ihren Rock und zog den Reißverschluss zu.

»Kaffee?«, fragte sie und deutete auf ihre Espressomaschine. Als sie seinen kritischen Blick sah, hob sie eine

Augenbraue. »Sag kein Wort. Die ist aus Italien. Macht den besten Kaffee aller Zeiten. Nicht zu vergleichen mit deiner durchgegossenen Plörre. Möchtest du jetzt einen wundervollen italienischen Espresso oder nicht?«

Er verkniff sich alles, was er hätte sagen wollen, und nickte.

Während sie zwei Espressi durchlaufen ließ, setzte er sich auf den Besucherstuhl vor ihrem Schreibtisch und begann zu erklären: »Elena, ich bin für einen Fall abberufen worden, nach München.«

Er registrierte die Enttäuschung in ihrem Blick, als sie sich zu ihm umdrehte.

»Die haben da eine Leiche.«

»Das habe ich mir schon gedacht«, versetzte sie spöttisch und reichte ihm den Espresso.

»Ein Albaner.«

»Oh«, sie wurde ernst, »ein Flüchtling?«

»Das eben ist unklar, denn er ist nicht registriert. Und das Besondere an der Leiche ist: Eine Niere ist entnommen worden. Fachmännisch.«

»Wenn es fachmännisch gemacht wurde, war das ja vermutlich nicht die Todesursache.«

Sie hatte sich noch nicht vom Fleck bewegt, seit er begonnen hatte zu erzählen. Er hatte ihre volle Aufmerksamkeit, und das war eines der Dinge, die er an ihr liebte: Sie war sofort genauso in den Bann eines neuen Falls gezogen wie er. Sie ließ sich vollkommen darauf ein. Das Ganze war für sie kein Job, es war eine Berufung. Wo Unrecht herrschte, suchte sie nach Aufklärung.

»Anscheinend ist er aber an den Folgen der Operation gestorben.«

»Aha.« Man konnte förmlich sehen, wie es in ihr arbeitete.

»Was die Sache noch brisanter macht: Vor einem Monat hat es auch schon einen toten Albaner gegeben. Ebenfalls nicht registriert. Ihm fehlte das Herz. Was die Frage überflüssig macht, woran er gestorben ist«, stellte Fricke lapidar fest.

Elena blieb ernst. »Du gehst also von Organhandel aus.«

»Jetzt setz dich doch erst mal«, bat Fricke, denn er wusste, dass er nun zum schwierigen Teil kommen musste. Er wartete, bis Elena seiner Aufforderung nachgekommen war, und erklärte dann weiter: »Ja, sieht alles danach aus. Deswegen will Ahrensmeier, dass ich auf das Hilfegesuch aus München reagiere und dorthin gehe.«

Er beobachtete, wie sie die Lippen aufeinanderpresste. Und er wusste genau, was in ihr vorging: Sie fand das richtig, aber sie wollte nicht, dass er ging. Das allerdings hätte sie nie laut ausgesprochen. Beruf ging vor Privatleben, so war das bei Frau Karinoglous.

»Aber alleine mache ich das nicht. Ich will, dass du mitkommst.«

Jetzt war es raus.

Elena war anzusehen, dass sie damit nicht gerechnet hatte. »Ich soll dich einfach mal so eben spontan für unbestimmte Zeit nach München begleiten?«

»Genau.«

»Sven, ich habe hier eine Menge Arbeit, die ich erledigen muss. Ich weiß so schon kaum noch, wie ich das alles schaffen soll, da kann ich nicht einfach so mir nichts, dir nichts nach München abhauen!«

»Elena, überleg doch mal: wir zwei gemeinsam in München. Das wird fast wie Urlaub, mein Herz.« Er lächelte sie gewinnend an.

»Abgesehen davon, dass ich momentan keine Zeit habe für Urlaub – hörst du mir eigentlich zu? –, mit dir wird eine Ermittlung kein Urlaub. Es wird sein wie jedes Mal, wenn du einen wichtigen Fall wie diesen aufzuklären hast: Du verschwindest morgens in aller Herrgottsfrühe und kommst erst spätnachts von den Ermittlungen zurück.«

»Pass auf, wir nehmen uns ein gemeinsames Hotelzimmer. Wir schlafen zusammen ein und wachen zusammen auf. Und es gibt kein Zuhause, in das ich flüchten kann.«

»Gefängnis mit Elena quasi«, bemerkte sie scherzhaft.

»Das schönste Gefängnis, das ich mir vorstellen kann.«

Sie musste lachen.

»Wenn in nächster Zeit keine wichtigen Gerichtstermine anstehen, bei denen deine Anwesenheit erforderlich ist, kannst du dir deine Akten ja mitnehmen. So viel Ruhe zum Arbeiten wie im Hotelzimmer in München hast du hier tagsüber bestimmt nicht …«

»Hm. Da ist was dran.«

»Außerdem machen wir das viel geschickter. Du gehst auch beruflich. Wirst angefordert.«

»Wie soll das denn funktionieren?«

»Ahrensmeier organisiert das. Mach dir mal keine Sorgen darum. Die wollen eine Soko einrichten. Und dass die ›Mafiabraut‹ mit dabei sein muss, ist ja wohl klar. Es liegt alles schon beim Innenministerium.«

Elena winkte ab. Sie schmückte sich ungern mit den Lorbeeren aus ihren gewonnenen Mafiaprozessen.

»Nein, im Ernst, die Erklärung für dich ist die gleiche wie die meiner Anforderung: unsere Erfahrung mit dem Organhandel-Fall in Kiel sowie die schnelle gemeinsame Aufklärung des Bombenattentats.«

Sie warf einen kurzen Blick an die Zimmerdecke, dann atmete sie tief durch. »Wehe, du bist morgens nicht da, wenn ich aufwache – dann reise ich sofort wieder ab!«

Er nickte ergeben. »Ich werde da sein, jeden Morgen. Versprochen.«

»Okay«, seufzte sie ihr Einverständnis.

»Ich wusste, dass ich dich rumkriege, mein Herz! Das wird schön mit uns in München«, freute er sich und griff nach ihrer Hand. »Morgen geht's los. Schaffst du das?«

»Ich muss noch einige Telefonate führen, aber bis zu unserem gemeinsamen Mittagessen habe ich das bestimmt geklärt.«

»Da fällt mir ein«, Fricke schaute schuldbewusst, »es wird nichts mit unserem Mittagessen. Ich will gleich mit den Münchner Kollegen am Telefon den Fall durchsprechen. Aber ich komme heute Abend zu dir. Ich versuche auch, bis zum Morgen zu bleiben.«

Sie tat ein wenig pikiert, aber er wusste, dass sie es nicht ernst meinte. Sie hatte längst in den Modus geschaltet, in dem nichts wichtiger war als der aktuelle Fall. »Siehst du, es geht schon los mit der Versetzerei … Das kann ja heiter werden in München. Gut, dann eben heute Abend. Ich freue mich auf dich. Sagen wir 20 Uhr? Ich mache etwas zu essen – also sei halbwegs pünktlich, bitte.«

»Zu Befehl, Frau Staatsanwältin.« Er wollte gerade aufstehen, als sie ihn an der Schulter zurück auf den Stuhl drückte.

»Ich komme gerade aus der Verhandlung Karin Munsch«, erklärte sie. Sie wusste, dass der Ausgang dieses Prozesses für Fricke von großem Interesse war. Sie beide hatten Karin Munsch als Auftraggeberin für das Bombenattentat auf die Belegschaft einer Anwaltskanzlei in Kiel überführt. Zwölf tote Menschen durch eine Sprengstofffalle. Um den Mann ihrer Geliebten aus dem Weg zu räumen, ohne den Verdacht auf sich zu lenken. Im Verlauf des Falles hatte auch Frickes Partner sein Leben verloren, weil der dem Bombenleger zu nahe gekommen war. Das Ganze war jetzt drei Monate her, und Fricke war noch nicht darüber hinweggekommen. Immer wieder quälte er sich mit der Frage, ob er seinen jungen Partner nicht besser hätte schützen können.

Fricke kniff die Augen zusammen, als fürchte er sich vor der Antwort auf seine Frage: »Wie viel?«

»Zwölf Jahre.« Fast entschuldigend hob Elena die Schultern. »Wir wissen beide, dass es letztlich auf weniger hinauslaufen wird. Aber immerhin – dafür habe ich hart gekämpft!«

Fricke wandte sich ab und schlug mit der Faust gegen die Wand. Es war nicht das, was er erwartet hatte.

»Sven, es war Anstiftung zum Mord, kein Mord, das weißt du. In der Praxis folgt darauf selten eine ähnlich hohe Strafe wie bei Mord. Ich war froh, dass ich ihr immerhin das nachweisen konnte.«

Er sah sie an und seine Augen sprühten vor Zorn: »Zwölf Tote. Und Lars Oppermann. Er war 29 Jahre alt und im Begriff zu heiraten. Eine Familie zu gründen.«

Elena nickte. Als ob sie das nicht selbst wusste. Auch wenn sie in den Tagen der Ermittlungen nur wenig Kontakt mit dem Kollegen gehabt hatte. Er war ein freundlicher, sehr aufmerksamer junger Mann gewesen, aus ihm hätte ein guter Polizist werden können.

Sie legte tröstend ihre Hand auf seinen Arm und sah ihn an. »Ich verstehe, dass du wütend bist.«

Er senkte den Kopf, und sie konnte sehen, wie aufgewühlt er war. Sie erinnerte sich an die Situation im Krankenhaus, als Karin Munsch beinahe noch einen weiteren Menschen getötet hätte. Sven war kurz davor gewesen, seine Pistole auf sie abzufeuern, obwohl es die Situation gar nicht erfordert hätte.

»Weil es dir ungerecht erscheint«, redete sie weiter auf ihn ein.

»Es *ist* ungerecht. Dass Lars und all diese Menschen nicht mehr weiterleben dürfen. Weil sie es so wollte. Jetzt sitzt sie ein paar Jahre ab, wird weit vor den zwölf Jahren rauskommen und kann danach ein neues Leben beginnen. Ihre Opfer können das nicht! Das *ist* eine Scheiß Ungerechtigkeit!«

»Sven, wir sind nicht für Gerechtigkeit zuständig. Die Justiz spricht Recht. Nicht Gerechtigkeit.«

»Verdammt noch mal, wenn ich das damals gewusst hätte, wäre ich vielleicht nie in den Polizeidienst eingetreten.«

Mit diesen Worten streifte er ihre Hand ab, verließ mit großen Schritten den Raum und schlug die Tür hinter sich zu.

Elena sah ihm erschüttert nach.

Er war 39 Jahre alt, aber kein bisschen der ruhige Hauptkommissar, der er sein sollte. Kein abgeklärter Beamter. Immer noch ein Rächer der Schwachen. Sie schüttelte den Kopf. Das ging so nicht, das war die falsche Einstellung, damit würde er sich kaputtmachen. Und wer wusste schon, ob nicht doch irgendwann etwas passierte, wenn seine Wut zu groß würde. Sie musste unbedingt noch mal mit ihm darüber sprechen. Sie setzte sich an ihren Schreibtisch und stützte den Kopf in ihre Hände. Oh, Sven.

# KAPITEL 8

*Adnan*

Adnan atmete tief ein. Von Weitem war ein großes Marineschiff zu sehen. Die Fahne, die hoch oben am Mast wehte, war ihm unbekannt. Die deutsche war es zumindest nicht. Das Schwarz-Rot-Gold hatte er sich gut eingeprägt, denn für ihn waren es die Farben seiner Mission, die die Familie ihm aufgetragen hatte.

Als Adnan sich gewundert hatte, warum sein Onkel mit seinen guten Beziehungen und den Gewürzlieferungen nach Deutschland ihm ausgerechnet die Bootsfahrt als Einreiselösung vorschlug, hatte dieser ihm erklärt, dass alle Transporte abgesucht würden und es die leichtere und sicherere Variante war, über Wasser nach Italien zu gelangen. Von dort aus könnte er die Weiterreise spielend organisieren. Adnan hatte ihm geglaubt.

Zum Glück hatte Adnan schon lange, bevor er auf die Mission geschickt worden war, Deutsch gelernt. Nachdem er Englisch bereits in Grundzügen konnte, hatte sein Onkel Maksun ihm ohne eine wirkliche Erklärung aufgetragen, diese Sprache zu erlernen. Maksun war der Clanchef, man widersprach ihm nicht. Adnan vermutete, dass sein Onkel weit mehr Beziehungen nach Deutschland hatte, als er zugab, vielleicht auch welche, die nicht nur dazu dienten, Gewürze zu verkaufen. Bald würde sein

Onkel den Stab des Clanchefs übergeben – und er hatte keine eigenen Kinder. Er hatte Adnan zum Militär gesandt, ihm aufgetragen, fremde Sprachen zu lernen. Adnan tat, wie ihm geheißen. Und hoffte auf mehr, hoffte darauf, den Onkel zu beerben, in seiner Stellung als Clanchef, im Hinblick auf seinen Laden, sein Geld und die geheimen Verbindungen nach Deutschland, die noch viel mehr Geld versprachen. Er war ehrgeizig, er fragte nicht.

Zudem war er bei einer Spezialeinheit der Armee gewesen, für Aufträge wie diesen ausgebildet und trainiert. Adnan hatte große Ziele. Er musste es tun. Und er wollte es.

Schnell hatte er die fremde Sprache gelernt. Manchmal, wenn er aus seinem kleinen Dorf in der Nähe von Krasta nach Tirana reiste, um seinen Onkel zu besuchen, rief er von dessen Telefon aus irgendeine Nummer in Deutschland an, um seine Sprachkenntnisse zu testen. Er war zufrieden. Man verstand ihn.

Adnans Frau Larijeta hatte in ihrer typischen Art darauf bestanden, ihn auf seiner Reise zu begleiten. Vor anderen war sie still und fügsam, aber waren sie alleine, konnte sie sehr bestimmt sein. Er fragte sich, ob sie wohl mit dem Gedanken spielte, in Deutschland bleiben zu können, wenn sie erst mal dort war. Aber nicht nur Larijetas unbedingter Wunsch, mit ihm zu kommen, und sein Bedürfnis, seine Frau und seine Tochter bei sich zu haben, hatten ihn dazu bewogen, die beiden mit auf diese beschwerliche Reise zu nehmen – die Familie war auch seine Deckung, eine unauffällige Tarnung. Im Gegensatz zu seiner Frau stand für ihn fest, dass sie gemeinsam wieder nach Albanien zurückkehren würden, sobald er seinen Auftrag erfüllt hatte.

Und der Rest der Familie würde stolz auf ihn sein, er wollte das nächste Oberhaupt des Clans werden!

Nachdem er in der Familie klargestellt hatte, dass er die Reise nicht ohne seine Frau und seine Tochter antreten würde, sammelte die Verwandtschaft weiteres Geld. 5.000 Euro waren zusammengekommen, von denen Adnan einen Großteil dem Schlepper übergab, bevor die drei ins Boot stiegen. Seinem Onkel missfiel es, dass er Frau und Tochter auf die Reise mitnahm. Eine solche Mission war eigentlich Männersache.

Er drängte sich mit seinem Rucksack neben eine Frau, die ihr Kind auf dem Schoß hatte, und einen jungen Mann, der so abgemagert wirkte, dass Adnan ihm spontan ein Stück Käse und eine Scheibe Brot gab. Er wusste nicht, wie lange sie unterwegs sein würden, und hatte Proviant für eine Woche eingepackt. An diesem Wenigen, das er dem Mann neben ihm gab, sollte es nicht scheitern.

Adnan hatte sich seiner Frau Larijeta gegenübergesetzt. So konnte er sie und seine siebenjährige Tochter Rabishe besser im Auge behalten. Jedes Mal, wenn er sie betrachtete, fragte er sich, ob es richtig gewesen war, sie dieser Reise auszusetzen. Was, wenn etwas passierte?

Hier auf dem Boot würde Adnan die beiden mit seinem Leben beschützen, zumindest vor Übergriffen der männlichen Mitreisenden. Gegen das Meer war er machtlos. Wen das Meer zu sich nehmen wollte, holte es sich. Kein Mensch der Welt konnte dies verhindern.

Aber es gab auch für ihn keine andere Möglichkeit, nach Deutschland einzureisen, als über Wasser, hatte sein Onkel gesagt. Was Adnan seiner Familie versprochen hatte, würde er ausführen, was auch immer es kostete.

Doch schon nach dem ersten Tag wurde ihm klar, dass die Reise anders verlaufen würde, als von den Männern geschildert, die ihm den angeblich sicheren Weg versprochen hatten und denen er so viel Geld dafür gegeben hatte. Hier, nach etlichen Stunden auf dem offenen Meer, wurde ihm bewusst, wie hoch der eigentliche Preis sein könnte, den er für sein Vorhaben bezahlen musste. Ein Preis, der nicht in Geldscheinen gemessen wurde.

In dieser Nacht fiel die Frau, die nun schon seit drei Tagen neben ihm saß, über Bord, als sie gerade ihr Geschäft verrichten wollte. Bei einer besonders hohen Welle kippte sie einfach nach hinten weg. Die Menschen auf dem Boot gerieten in große Aufregung und bedrängten den Bootsführer, er solle umdrehen und die Frau retten. Doch der Mann zog eine Pistole und hielt sich die Meute so vom Hals. Die Leute setzten sich wieder hin und schwiegen betroffen. Niemand drehte sich nach der Stelle um, an der die Frau über Bord gegangen war, auch Adnan nicht. Ihr Sohn, der etwa acht Jahre alt war, bekam von alledem nichts mit. Er schlief tief und fest. Erst als er nach einiger Zeit wach wurde und seine Mutter nicht mehr neben sich fand, sie nirgends auf dem Boot entdecken konnte, begann er zu schreien, fast eine Stunde lang. Bis der Bootsführer drohte, ihn über Bord zu werfen.

»Nein, ich kümmere mich um ihn«, sagte Adnan, nahm den Jungen in den Arm und wiegte ihn sanft hin und her. Das Schreien wurde langsam zu einem leisen Wimmern. Bis zum frühen Morgen schluchzte das Kind in Adnans Armen, bis zu dem Moment, als das graue Schiff langsam auf sie zutrieb.

Adnan starrte das Marineschiff an, das größer und größer wurde, je näher es kam. Nach wie vor konnte er nicht erkennen, welchem Land es angehörte, aber inzwischen war ihm dies auch gleichgültig. Hauptsache, es würde sie retten. Zwei Tage länger, und das Boot, in dem er mit schätzungsweise 30 anderen Menschen dicht an dicht gedrängt saß, würde sinken, denn es hatte ein Leck, das ständig größer wurde und immer mehr Wasser ins Innere fließen ließ. Sie waren dazu übergegangen, sich mit dem Ausschöpfen des Wassers abzuwechseln. Eine Gruppe nachts, eine andere in der Früh und eine Gruppe von mittags bis abends.

Für das Geld, das er für den Platz im Boot gezahlt hatte, hätte er sich wohl auch eine Kreuzfahrt auf einem großen Dampfer leisten können, aber ohne Papiere hätte ihn keines dieser Schiffe an Bord gelassen. Und er musste auf schnellstem Weg nach Deutschland. Mutter, Vater und seine Geschwister zählten auf ihn. Er wollte sie nicht enttäuschen. Die Verwandten hatten all ihr Erspartes zusammengelegt, um ihn auf diese Mission zu schicken, und er war nicht gewillt, in einem Boot auf dem Mittelmeer zu sterben. Also hatte er, bevor er sich des verwaisten Jungen angenommen hatte, tapfer mit seinen Händen das hereinlaufende Wasser wieder ausgeschöpft. Selbst als die andere Gruppe mit ihrer Schicht an der Reihe war, hatte er auf Erholung verzichtet und auch dort mitgeholfen. Endlich würde das Ganze ein Ende haben. Vier Schlauchboote mit Soldaten kamen auf sie zu. Sie würden gerettet werden.

»Nimmst du mich mit?«, fragte der Junge an Adnan gerichtet, während die Soldaten ihnen halfen, in eines der Schlauchboote umzusteigen.

Adnan überlegte nicht lange. Er nickte.

In Italien entkam er mit seiner Familie sofort den Menschen, die sie beaufsichtigten. Wie mit seinem Onkel verabredet, holte ihn ein in Italien lebender Albaner ab und fuhr die Familie nach Deutschland. Ein großer Clan hatte seine Verbindungen.

Der Mann lieferte die nun vierköpfige Familie in München ab. »Asyl«, wiederholte er beim Aussteigen noch mal, »merkt euch das Wort, sagt nur das: Asyl.«

»Ankunftszentrum« stand auf einem Schild am Zaun, der das große Gelände mit Containerunterkünften umgab. Bei der Aufnahme gab Adnan an, der fremde Junge sei sein Sohn. Kaon ergriff erleichtert seine Hand, und die freundliche Frau an dem großen Schreibtisch stellte ihnen sogenannte Übergangspapiere aus. Darauf stand: Adnan Tahiraj, männlich, 1,79 m, 31 Jahre, Albanien, Larijeta Tahiraj weiblich, 1,68 m, 26 Jahre, Rabishe Tahiraj, weiblich, 1,25 m, 7 Jahre und Kaon Tahiraj, männlich, 1,32 m, 8 Jahre, Albanien.

Weitere Aufnahmeformalitäten folgten, bis sie mit einem Bus in das Lager in Manching gefahren wurden, in dem sie untergebracht werden sollten. Die vier setzten sich in dem Empfangsbüro auf eine Bank und warteten.

Adnan wischte die Bilder, die Erinnerungen an die Überfahrt fort. Zwei Tage war es nur her, aber für ihn war es vorbei, sie hatten überlebt, nun musste er sich seinen Plänen zuwenden. Er drehte sich um und sah, wie Kaon friedlich neben ihm schlief. Mit seiner Jacke deckte er ihn zu und fühlte den Schmerz, den der Junge in sich trug, weil er seine Mutter verloren hatte.

# KAPITEL 9

*Elena und Fricke, Dienstagmorgen*

Fricke ließ Elena bereitwillig das Steuer übernehmen – er würde die Fahrt nutzen, um sich umfassend mit den Akten vertraut zu machen und auch der Staatsanwältin einen Überblick über die gesammelten Fakten zu geben. So wären sie beide optimal vorbereitet, wenn sie in München ankamen.

»Sag mal, musst du eigentlich so rasen?«, fragte er sie mit einem Blick auf den Tacho. Er konnte spüren, dass Buddha neben ihm im Begriff war auszusteigen. Und seine Gelassenheit mit ihm.

Elena zuckte mit den Achseln. »Ich fahre 200, der BMW hier kann auch 260!«

»Muss man ja nicht ausfahren«, brummte er.

»Kann man aber, und so sind wir schneller da. Zeigst du dich etwa als Weichei beim Autofahren?« Sie warf ihm einen kurzen, aber provokanten Seitenblick zu.

»Nur, wenn ich nicht selbst am Steuer sitze.«

»Ich fahre ausgezeichnet.«

»Langsamer wäre mir lieber.«

»Also, gut … kriechen wir eben im Schneckentempo nach München und stellen ein Verkehrshindernis dar.« Sie ging nur unwesentlich vom Gas, während sie übergangslos erklärte: »Ich würde gerne mit der Leiche beginnen.«

»Kannst du haben, wenn du weiter so rast.«

»Jetzt krieg dich wieder ein, ich fahre ja schon langsamer. Also … Lass uns vor Ort mit dem Opfer beginnen.«

»Ach ne, muss das sein, so früh am Morgen?«, fragte er missmutig.

»Bis wir in München sind, ist es fast mittags. Wenn ich weiter so krieche, könnte es sogar sein, dass bereits die Dämmerung hereinbricht … Aber mal im Ernst: Ich finde, eine Leiche erzählt einem immer etwas.«

»Hm«, machte Fricke, »ich halte mich lieber an den Obduktionsbericht.«

»Ach, in der Hinsicht also auch zart besaitet! Ich lerne heute ja ganz neue Seiten an dir kennen«, spottete Elena.

»Nein, kein Problem.«

Er merkte, dass sie ihm kein Wort glaubte. Also suchte er in der Akte nach der Telefonnummer der Rechtsmedizin, tippte sie in sein Handy ein und ließ sich kurz darauf einen Termin für 12 Uhr geben. Elenas wissenden Blick ignorierte er geflissentlich.

Sie kamen heil im Hotel an. Fricke war erleichtert, nachdem sie den BMW in der Tiefgarage abgestellt hatten. Er beschloss, sich beim Rückweg selbst ans Steuer zu setzen. Vielleicht würde er auch 200 Stundenkilometer fahren, aber wenn er selbst die Kontrolle hatte, war das etwas ganz anderes.

Die Sekretärin von Ahrensmeier hatte ihm eine SMS mit der Adresse des Hotels geschickt, das sie für ihn und Elena reserviert hatte. Fricke war zufrieden. Das Doppelzimmer war groß und hübsch eingerichtet. Sie brachten ihre Taschen aufs Zimmer und machten sich anschließend auf den Weg zum Pathologischen Institut, das zur Universität München gehörte.

»Du, wir sind hier ganz in der Nähe von der Theresienwiese«, stellte Fricke mit einem Blick auf die Karte des Navigationsgerätes fest, »vielleicht ist ja jetzt Oktoberfest? Wir haben doch Oktober.«

»Na, das stelle ich mir jetzt mal vor: du in der Lederhose!« Elena lachte laut auf. »Aber mal im Ernst, das Oktoberfest ist Ende September und damit Anfang Oktober meist vorbei.«

»Vielleicht gehen wir dafür ins Hofbräuhaus. Oktoberfest – da sind mir sowieso zu viele Menschenmassen«, schlug Fricke vor.

»Ja, das klingt gut. Mal sehen, ob die Arbeit uns dazu Zeit lässt«, willigte Elena ein.

Kurz darauf betraten sie die Rechtsmedizin und wurden dort zu einem Dr. Huber geführt.

»Die Menschen heißen hier wirklich so wie im Kasperltheater«, flüsterte Fricke Elena grinsend ins Ohr. Zudem sah der Arzt, der sie nun begrüßte, auch noch so aus, wie man sich einen typischen Bayern vorstellte. Sein runder Bierbauch ließ auf den Genuss des namensgebenden Gebräus schließen und der Schnauzer auf eine gemütliche Frohnatur.

Als sie den Leichenschauraum betraten, zog Elena die Jacke enger um sich. Es war kühl wie immer in solchen Räumen.

Dr. Huber hatte die Bahre mit der Leiche bereits in die Mitte des Raums geschoben, und das wachsbleiche Gesicht zusammen mit dem durchdringenden Leichengeruch bereitete Fricke Übelkeit. Unwillkürlich hielt er sich eine Hand vor den Mund und wandte sich ab. Routiniert hielt der Gerichtsmediziner ihm eine Pfefferminzpaste hin, die Fricke sich mit dankbarem Blick unter die Nase rieb, um den Geruch etwas abzumildern. Als er die Paste an Elena weiterreichen wollte, winkte sie ab. »Geht schon«, sagte sie und bedeutete Huber, mit seinen Ausführungen zu beginnen.

Während Dr. Huber seinen Bericht abgab, betrachtete Elena den Leichnam. Es war ein junger Mann, fast noch ein Jugendlicher, mit sehr schmalem Körperbau. Auch wenn seine Gesichtszüge im Tod eine maskenhafte Starre angenommen hatten, waren sie ebenmäßig. Zu Lebzeiten musste er ein hübscher junger Mann gewesen sein. Was war nur passiert, dass er seine Heimat verlassen und hier nicht nur seine Niere, sondern auch sein Leben gelassen hatte? Wahrscheinlich hatte ihn das Geld gelockt. Wie sie bereits wussten, stammte der junge Mann aus Albanien, und wahrscheinlich hatte man ihm für dortige Verhältnisse ein Vermögen im Tausch gegen seine Organe versprochen.

Dr. Huber deutete auf die große Narbe am Bauch: »Die Leber ist fachmännisch entnommen worden. Der Schnitt entspricht einer in Mitteleuropa üblichen Schnitttechnik.«

»Die Leber? Ich dachte, es war eine Niere«, fragte Fricke.

Der Arzt nickte: »Ja, eine Niere. Aber auch die Leber.«

»Also wurde die Organentnahme höchstwahrscheinlich in Deutschland durchgeführt?«, fragte Elena nach.

»Dafür sprechen nicht nur der Schnitt und ein paar andere Details, sondern vor allem die Frische der Wunde. Der Todeszeitpunkt liegt nur etwa 48 Stunden zurück, die Organentnahme kann nicht länger als einen Tag zuvor stattgefunden haben.«

»Woran ist er denn gestorben?«, fragte Elena weiter.

»An einer Herzschwäche«, erklärte Huber. »Nach der OP. Das erkennt man an dem Wundheilungsprozess: Blutgerinnung, geschlossene Blutgefäße an den Wundrändern und so weiter. Der Mann hatte einen Herzfehler. Und – jetzt kommt meine Vermutung – er wurde nicht medizinisch betreut, als er aus der Narkose erwachte. Jedenfalls hat infolge des Eingriffs sein Herz versagt – etwa sechs Stunden danach, würde ich schätzen. Sein Tod wurde vielleicht zunächst gar nicht bemerkt.«

»Also ein Unfall, kein Mord«, meinte Elena.

»Das würde ich als Arzt so nicht stehen lassen. Eine Operation unter solchen Umständen, eine höchstwahrscheinlich illegale Organentnahme, das ist fahrlässig, strafbar, für mich Mord.«

Elena nickte und verbiss sich einen Kommentar. Schön, dass ein Mediziner glaubte, ihr die strafrechtlichen Hintergründe erklären zu müssen.

»Gibt es hier in München einen Arzt, der sich auf Organtransplantationen spezialisiert hat und uns in das Thema einführen könnte?«, fragte Fricke, der auch wahrgenommen hatte, dass Dr. Huber, sollte er zu weiteren Rechtsbelehrungen ausholen, gleich von Elena zurechtgewiesen werden würde.

»Ja, sogar ein guter Freund von mir, Dr. Lenhard. Er ist Professor hier am Medizinischen Institut der LMU. Soll ich ihn für Sie anrufen?«

Fricke nickte und reichte ihm seine Karte. »Unter dieser Nummer können Sie mich erreichen, wenn Sie mit ihm gesprochen haben. Am liebsten hätten wir noch heute einen Termin.« Es war unschwer zu erkennen, dass er die Gerichtsmedizin so schnell wie möglich verlassen wollte. Sie verabschiedeten sich und Dr. Huber versprach, ihnen den vollständigen Obduktionsbericht in Kürze ins Polizeipräsidium München zu senden.

Draußen atmete Fricke tief durch. »Sag jetzt nichts!«, warnte er Elena, als er ihren spöttischen Blick bemerkte.

»Meine Lippen sind versiegelt, Herr Kommissar.« Sie lächelte.

Er zog sie an sich und umarmte sie. »Das sagst du heute Nacht nicht mehr«, versprach er ihr.

»Wir werden sehen«, neckte sie ihn und löste sich aus seinen Armen. »Damit du wieder zu Kräften kommst, gehen wir jetzt in den Englischen Garten und essen im Biergarten am Chinesischen Turm zu Mittag. Da wollte ich schon immer mal hin. Ich finde, die kleine Pause haben wir uns verdient«, schlug Elena vor, und Fricke stimmte bereitwillig zu.

Kurze Zeit später saßen sie in herbstlicher Sonne am Chinesischen Turm und aßen ein Brathähnchen. Elena trank eine Limonade, während Fricke sich eine Halbe Bier dazu bestellt hatte.

»Und, was hat dir die Leiche jetzt eigentlich erzählt?«, fragte Fricke, dem es nach dem ersten Schluck deutlich besser ging.

»Dass der Junge noch nicht sterben wollte«, antwortete sie.

»Das hätte mir der Obduktionsbericht auch gesagt«, stellte Fricke höhnisch fest.

»Na ja, gut. Wenn ich diesen fast unterernährten jungen Mann vor mir sehe, vermute ich, dass es nicht schwierig gewesen sein muss, ihn für ein paar Tausender um seine Niere zu bitten. Was denkst du?«

»Ja. Möglich. Aber wer führt solche illegalen Aktionen hierzulande durch? Es bedeutet einen enormen Aufwand, und das Risiko, entdeckt zu werden, ist doch hoch. Man braucht die entsprechenden Räumlichkeiten, einen OP-Saal …«

»Stimmt«, pflichtete Elena ihm bei, »und Ärzte.«

Eine Zeit lang aßen sie schweigend an ihrem Hähnchen. Elena blinzelte in die Sonne, und wären ihre Gedanken nicht ständig zu ihrem aktuellen Fall gewandert, hätte sie sich tatsächlich wie im Urlaub gefühlt. Im Urlaub mit Sven.

»Macht dir das eigentlich wirklich nichts aus?«, fragte Fricke mit zusammengezogenen Augenbrauen.

»Was meinst du?«, fragte sie irritiert.

»Na, diese Leichenschau.«

Sie lächelte. Er schien ordentlich daran zu knabbern zu haben, dass sie offenbar viel abgehärteter war als er. »Nein«, erklärte sie, »jedenfalls nicht so viel wie anderen. Du weißt ja, mein Vater war Arzt. Er hat mich oft in die Klinik mitgenommen, als ich noch ein Kind war. Später auch in die Pathologie. Ich fand das immer spannend. Ich bin es einfach von klein auf gewohnt.«

Fricke schüttelte den Kopf. Er würde sich wohl nie daran gewöhnen, vor allem nicht an diesen grauenhaften Geruch.

# KAPITEL 10

*Adnan und Larijeta*

Larijeta stand in einer Schlange. Sie hatte verstanden, dass man sie nicht in das Haus hineinlassen würde, bevor man nicht ihre Namen und ihre Fingerabdrücke aufgenommen hatte. Egal, sie waren dort, wo Adnan hingewollt hatte. Larijeta konnte es fast nicht glauben.

Sie war so müde, dass sie kaum noch aufrecht stehen konnte. Rabishe hatte geschlafen und war jetzt wach. Sie zog an ihrer Hand. Neben der Aufnahme befand sich eine kleine Wiese mit einem Baum, auf dem ein paar andere Kinder herumkletterten. Larijetas Hand krampfte sich fester um Rabishes. Sie war zu erschöpft, um ihrer Tochter zu erklären, warum sie sie nicht gehen lassen wollte, also ließ sie sie einfach nicht los. Sie konnte es nicht. Die Frau auf dem Boot hatte ihren Jungen losgelassen. Und war dann über Bord gegangen. Dieser kurze Schrei dröhnte ihr noch immer in den Ohren, ein Platschen wilder Hände, bis der schwere Stoff des Kleides die Frau unter Wasser zog, bis dieses große schwarze Nichts sie verschluckte. Es ging so schnell. Die meisten Albaner konnten nicht schwimmen. Sie wäre genauso ertrunken. Wäre untergegangen wie ein Stein. Wie lange lebte man dann noch?

Und nun hatte Adnan diesen Jungen an der Hand. Ihr Mann war einfach zu gut, nahm immer alles klaglos auf sich, auch deswegen hatte die Familie gewollt, dass er nach

Deutschland ging. Weil er nicht Nein sagen konnte. Und natürlich weil er die richtige Ausbildung dafür hatte. Er war dafür bestimmt, die Mission zu erfüllen.

Eigentlich hatte sie nicht mitgehen sollen. Aber sie wünschte sich eine Zukunft für ihre Tochter, sie wollte sich dieses Land ansehen und dann entscheiden. Wenn man sie entscheiden ließ.

Zuerst hatte sie Adnan noch gesagt, er solle alleine nach Deutschland gehen – bis es passierte. Die anderen Frauen waren schreiend zu ihr gelaufen, hatten laut geweint und sie hatte lange nichts verstanden, hatte es nicht verstehen wollen, bis zu ihrem Verstand hindurchdämmerte, dass Tarik tot war. Ihr elfjähriger Sohn. Einfach gestorben, verkümmert, es gab keine Diagnose, nur einen Arzt, der einmal einen Blick auf Tarik geworfen und dann doch nur mit den Schultern gezuckt hatte, denn Medikamente gab es gerade keine.

Da hatte sie eingewilligt. Um Rabishe eine Zukunft zu bieten, in einem Land, in dem es Essen gab, Ärzte und Medikamente. Und auch, um mit ihrem Mann die Mission zu erfüllen. Hätte sie das Meer gekannt, sie hätte es nicht getan. Die drei Tage auf dem Boot waren schrecklicher gewesen als alles, was sie sich je hatte vorstellen können. Lieber hätte sie ihrer Rabishe eine Krankheit wie die Tariks gewünscht, als dort zu ertrinken.

Aber jetzt waren sie hier. Und dieser kleine Junge hielt nun Adnans Hand so fest umklammert wie sie selbst die von Rabishe. Musste das sein? Sie hatten doch so schon genug Sorgen. Nun mussten sie zusätzlich noch einen fremden Jungen durchbringen.

Sie waren in »Manching«. Mehrfach hatte sie den Namen ausprobiert – was für ein seltsames Wort mit diesem kehligen Laut in der Mitte.

Vor ihnen in der Schlange war jetzt nur noch ein Mann. Eine junge Frau saß an einem Tisch und nahm die Namen auf. Die hellen Locken fielen ihr offen auf die Schultern. Sie trug einen so eng anliegenden Pulli, dass sich ihr Busen deutlich abzeichnete. Der Ausschnitt des Pullis ließ die Ansätze ihrer Brüste sehen. Larijeta war entsetzt. So liefen in ihrem Dorf nur Prostituierte herum.

Larijeta hatte auch die begehrlichen Blicke der Männer in der Schlange gesehen, viele davon Afrikaner. Aber das Gesicht der jungen Frau war freundlich, sie war höflich und nett zu jedem. Am liebsten hätte Larijeta einen Umhang genommen und das Mädchen bedeckt. Warum zog sie sich so an, warum setzte sie sich diesen Blicken der Männer aus? Aber sie schien keine Furcht zu haben. Und keiner der Männer in der Schlange hier wagte, etwas zu sagen.

Eben gab es vor ihr einen Disput. Neben der jungen Frau mit dem engen Pulli saß ein Syrer, der ihre Fragen ins Arabische übersetzte. Der Mann, der gerade an der Reihe war, sprach kein Arabisch. Die junge Frau fragte ihn, ob er aus Serbien komme. Das konnte Larijeta den immer wiederkehrenden Fragen auf Serbisch, Englisch und Deutsch entnehmen. Der Mann antwortete nicht mehr. Achselzuckend nahm das Mädchen auch seinen Namen auf und winkte ihn durch. Nun waren sie an der Reihe. Adnan nannte ihre Namen. Auch den von Kaon – mit ihrem Familiennamen. Warum tat er das nur?

Und er gab Albanien als Herkunftsland an.

»Sie wissen, dass Albanien als sicheres Herkunftsland gilt?«, fragte die junge Frau.

Adnan nickte.

»Kein Asyl«, verdeutlichte sie noch einmal mit einer erklärenden Geste. »Abschiebung.«

Adnan zuckte mit den Schultern.

Sie sah ihn traurig an. »Nun, Sie werden noch befragt werden. Mal sehen. Es gibt ja andere Gründe …« Es war, als wollte sie ihm zu bedenken geben, sich gut zu überlegen, was zu sagen sei.

Larijeta fühlte sich wie eine Betrügerin. Dieses Mädchen hatte Mitleid mit ihnen, dabei ging es Adnan doch nur um wenige Wochen, die er hier verbringen wollte. Gegen eine Abschiebung per Flugzeug hatte er dann nicht das Geringste einzuwenden. Nur ein paar Tage für seine Mission …

Die blonde Frau nahm alles auf, händigte ihnen Bändchen aus, die sie sich um den Arm binden sollten, und reichte sie an den Übersetzer weiter, der es übernahm, ihnen zu erklären, dass darauf das Stockwerk und die Nummer des Zimmers stehe, in dem sie heute Nacht schlafen könnten. Zuvor dürften sie sich aus einem Raum im Erdgeschoss Kleider nehmen und in dem Container vor dem Haus duschen.

Adnan drehte sich zu Larijeta um. »Ich muss woandershin als du und die Kinder. Nur heute Nacht. Sie haben Zimmer für die Frauen und Kinder und Zimmer für die Männer.« Er löste Kaons Finger von seiner Hand und legte die kleine Kinderhand in die seiner Frau.

In Larijeta stieg Panik auf. Nein, sie wollte sich nicht von Adnan trennen. Wollte nicht hier, in der Nacht, in einem fremden Land allein sein. Er hatte sie auf ihrer beschwerlichen Reise keinen Augenblick aus den Augen gelassen, hatte immer auf sie aufgepasst. Ohne ihn fühlte sie sich schutzlos. Ein Schluchzer stieg aus ihrem Hals empor.

Adnan hätte sie gerne umarmt. Aber das ging nicht, nicht hier in der Öffentlichkeit. Er legte die Finger auf seinen Mund und nickte ihr aufmunternd zu, bevor er von einem Mann fortgeleitet wurde.

Larijeta stand da wie unter Schock, bis sie spürte, dass der Junge an ihrer Hand zog, denn eine Frau winkte ihr zu und hatte sie offenbar bereits mehrfach aufgefordert, ihr zu folgen. Gut. Was blieb ihr übrig? Fest umschloss sie die Hände der zwei Kinder und folgte der Frau.

# KAPITEL 11

*Elena und Fricke, Dienstagnachmittag*

Elena und Fricke standen gegen 15 Uhr vor dem imposanten Gebäude des Polizeipräsidiums München.

»Ganz schön groß«, bemerkte Fricke.

»Kann man so sagen«, erwiderte Elena und starrte auf die beiden steinernen Löwen, die rechts und links des Eingangs auf zwei Säulen standen.

Durch die offen stehende Eisentür gelangten sie auf einen Vorplatz, den sie überquerten, bevor sie schließlich die Wache betraten.

»Kann ich Ihnen weiterhelfen?«, fragte der uniformierte Beamte hinter dem Tresen.

Fricke stellte sich und Elena vor und sah sich um. Für ihn war klar, dass er in einem solchen Gebäude nicht arbeiten wollte. Das Kieler Polizeipräsidium war zwar auch recht groß, aber immer noch überschaubar. Dieses hier war riesig. Unpersönlich. Menschen verschluckend, wie die Löwen am Eingang.

»Ah, die Soko aus Kiel. Wo sind Ihre Kollegen?«, fragte der Polizist, der offenbar bereits über ihr Eintreffen informiert worden war.

»Kollegen?«, fragte Elena.

»Ja, oder Kolleginnen«, antwortete der Polizist etwas verlegen.

»Es kommen keine Kollegen mehr«, erklärte Elena, die

sich nicht für die gendergerechte Formulierung interessiert hatte, sondern für die grundsätzliche Frage.

Der Uniformierte sah sie zweifelnd an, lächelte schließlich, weil er glaubte, Elena mache einen Scherz, und winkte ab: »Schon klar. Eine Zwei-Mann-Soko«, lachte er nun und verbesserte sich schnell: »Entschuldigung. Eine Ein-Mann-und-eine-Frau-Soko.«

»Wir möchten zum Chef der Mordkommission«, erklärte Fricke, der keine Lust auf Spielchen hatte und erst recht keine, dem Mann zu erklären, warum sie nur zu zweit waren.

Der Beamte nannte ihnen die Etage und die Zimmernummer und wandte sich anschließend dem Mann zu, der bereits hinter Fricke wartete.

»Was ist daran so ungewöhnlich? Eine Soko aus zwei Personen. Wir sind halt gut. Wir brauchen keine weiteren Leute«, brummte Fricke, als er neben Elena im Fahrstuhl stand und auf den Knopf mit der Drei gedrückt hatte.

»Sven Fricke, du bist ein alter Angeber.«

Die Türen schlossen sich und der Aufzug bewegte sich nach oben.

»Hab ich dir schon mal verraten, dass ich es immer mal in einem Aufzug machen wollte? Hast du Interesse?«, grinste Fricke.

»Ja, klar. Lass die Hose runter, bad boy«, antwortete Elena spöttisch, nachdem die Türen sich in der dritten Etage wieder geöffnet hatten.

Fricke verzog seinen Mund, ging an Elena vorbei und betrat den langen Flur.

»Die Gänge von Polizeigebäuden sehen irgendwie alle gleich aus, oder?«, bemerkte Fricke, der nach rechts und links sah und dem Hin und Her von Beamten folgte. Die

Wände hätten mal wieder einen Anstrich gebraucht und die Bänke, die vor den einzelnen Büros standen, hatten auch schon bessere Zeiten gesehen.

»Herr Fricke und Frau Karino…«, begrüßte sie ein etwas beleibter, glatzköpfiger Mann, den Fricke auf fast 60 schätzte und der über den Flur auf sie zukam.

»Karinoglous.« Elena reichte dem Mann die Hand, der sich als Kommissar Stockleben vorstellte.

»Sie sind der Leiter der Mordkommission?«, fragte Fricke.

Stockleben bestätigte das und bedankte sich zunächst dafür, dass die beiden dem Hilfeersuchen nachgekommen waren und den Fall mit den toten Flüchtlingen übernommen hatten. Er erwähnte auch, dass er sehr wohl von den Fällen, die sie in Kiel gelöst hatten, wusste.

»Können Sie uns zwei Schreibtische zur Verfügung stellen?«, fragte Elena. »Ich möchte nicht nur im Gerichtsgebäude, sondern auch hier mit Kommissar Fricke arbeiten.«

»Schon vorbereitet.« Stockleben zeigte ihnen ihr Büro. Es war spärlich eingerichtet, bot jedoch alles, was sie brauchten. Zwei Schreibtische, auf denen je ein Computer stand. An der Wand hing eine Stadtkarte von München, daneben eine verkleinerte Karte von München und Umgebung. Auf einem Sideboard thronte eine etwas vertrocknete Yuccapalme auf einem Unterteller. Elena vermutete, dass irgendjemand sie aus seinem Büro hierher entsorgt hatte.

»Papiere, Aktenordner und andere Büroutensilien finden Sie im Sideboard. Wenn Sie unsere Hilfe brauchen, sagen Sie einfach Bescheid. Unsere Anweisung hier ist unmissverständlich. Wir unterstützen Sie, wo wir nur können«, betonte Stockleben.

»Tatsächlich brauchen wir gleich Ihre Hilfe.«

Auffordernd sah Stockleben Fricke an.

»Ich möchte, dass Ihre Leute mit den Fotos der beiden Toten die Flüchtlingsunterkünfte in der Gegend abklappern und fragen, ob jemand sie kennt. Und wenn ja, mit wem sie Kontakt hatten. Das Übliche eben«, bat Fricke.

Stockleben nickte und versprach, dies sofort in die Wege zu leiten.

»Eines noch. Gibt es vielleicht jemanden, den Sie mit organisiertem oder nicht organisiertem Organhandel in Verbindung bringen würden?«, fragte Elena.

Stockleben konnte das aus dem Stegreif nicht beantworten, verwies jedoch auf zwei Ordner, die sich ebenfalls im Sideboard neben den Schreibtischen befanden. Dort hatten seine Mitarbeiter bereits alles, was mit Organhandel in München und Umgebung zu tun hatte, zusammengetragen. Er wünschte den beiden viel Erfolg und verließ das Büro.

»Sven, wir haben nicht viel Zeit. Um 16 Uhr haben wir einen Termin mit Dr. Lenhard.«

Noch während ihres Mittagessens hatte der Arzt bei Fricke angerufen und war sofort für einen Termin bereit gewesen. Pünktlich zur vereinbarten Zeit saßen sie in seinem gemütlichen Büro in der LMU, der Ludwig-Maximilians-Universität München. Unter Hinweis auf seine Schweigepflicht erklärten sie ihm ihren aktuellen Fall und baten ihn um eine Einführung in die Problematik.

Prof. Dr. Lenhard, ein drahtiger Mittfünfziger, lehnte sich in seinem Drehstuhl zurück und begann, ganz in Dozentenart, zu erläutern: »Organtransplantationen sind ein Wunder der Medizin, sie schenken neues Leben, aber sie können ein Fluch auf dem Weg dorthin sein. Schmerz, Leid, Warten, vergebliches Hoffen, Abstoßung der fremden Organe. Für mich sind Organtransplantationen die Königsdisziplin der Chirurgie. Wer jemals ein Menschenleben mit einem fremden Organ retten konnte, der weiß, was das für ein Glück bedeutet.«

Fricke begann, ungeduldig mit dem Fuß zu wippen. Elena ahnte, dass er weniger an den ärztlichen Glücksgefühlen als mehr an den Fakten interessiert war, zu denen Lenhard sich nun allerdings vortastete.

»In Deutschland gibt es jährlich über 3.000 postmortale Organtransplantationen – streng geregelt durch entsprechende Gesetze. Der größte Teil davon betrifft Nieren, hier sind es über 1.000 Transplantationen im Jahr. Auch wenn es bei uns in Deutschland einen Organspendenskandal gab, bei dem Richtlinienverstöße festgestellt wurden, möchte ich betonen, dass im Grunde, und besonders infolge des Skandals, das Verfahren in Deutschland eindeutig geregelt ist und auch streng kontrolliert wird. Das eigentliche Problem liegt darin, dass es eine viel zu geringe Anzahl an Spenderorganen gibt, viel weniger, als wir brauchen könnten, zu wenig Lebendspenden, zu wenig postmortale Spenden. Der Grund dafür ist, dass immer wieder einzelne Verstöße in der Presse hochgespielt werden und die Menschen dadurch in Panik geraten. Natürlich gibt es diese einzelnen Verstöße tatsächlich, weil eben jedes Organ für den, der es bekommt, sein Leben und damit all sein Geld wert ist. Preise für eine illegale Niere liegen zwischen 15.000 und 200.000 Euro, der Organtourismus nach Ägypten, Indien oder China ist real. Die Spender sehen allerdings nur Bruchteile dieser Summen, die aber für manche bettelarmen Menschen immer noch sehr viel bedeuten.«

»Das ist uns weitgehend klar«, unterbrach Fricke die Ausführungen des Arztes, »im Zusammenhang mit unserem aktuellen Fall interessieren uns vorrangig folgende Dinge: Wer hier in Deutschland ist in der Lage, Transplantationen vorzunehmen? Wie viele Ärzte gibt es, kann man deren Namen herausfinden? Welche Ausrüstung braucht man dafür?«

Der Professor war es offensichtlich nicht gewohnt, unterbrochen zu werden, ging nach einem kurzen Zögern aber bereitwillig auf Frickes Fragen ein.

»Ich schätze, wir haben etwa 100 Mediziner in Deutschland, die in der Lage sind, Transplantationen durchzuführen. Ich kann Ihnen gerne eine Liste zusammenstellen, da ich für meine Kongresse stets Teilnehmerlisten führe, die auch über die jeweiligen Spezialgebiete der Kollegen Aufschluss geben. Ihre zweite Frage ist schon schwieriger zu beantworten. Für eine Organtransplantation scheint mir eine Klinik mit medizinischer Maximalversorgung unabdingbar: Intensivstation, moderne Operationssäle, diagnostische Labore und geschultes Personal. Ich weiß aber, dass Transplantationen grundsätzlich auch in einer kleinen Klinik mit geringerer Ausrüstung vorgenommen werden können: keine Intensivstation, nur ein überwachter Aufwachraum. Selbst in für unsere Vorstellungen unsterilen Operationssälen in Entwicklungsländern werden Transplantationen durchgeführt, ohne Blutkonserven, ohne Intensivmedizin in Notfällen. – Doch genau dies endet oft nicht gut für die Spender.«

Fricke beugte sich nachdenklich vor. »Würden Sie mir zustimmen, dass man eine illegale Organtransplantation in einer großen Klinik gar nicht durchführen kann?«, fragte er.

»Absolut. Da sind Tag und Nacht zu viele Menschen, das würde mit Sicherheit auffallen.«

»Also eher in einer kleinen Privatklinik?«

Lenhard überlegte, bevor er zustimmte: »Ja, richtig, das ist vermutlich die einzige Möglichkeit.«

Fricke bat ihn, auf seiner Liste jene Ärzte zu markieren, die in der Umgebung von München praktizierten und an einer kleinen Privatklinik arbeiteten, was der Professor ihm zusicherte. »Soweit ich das eben weiß«, schränkte er allerdings ein.

»Herr Lenhard, die Spender müssen erst untersucht werden, nicht wahr?«, fragte Elena nach. »Dafür müssten sie einige Zeit hier in Deutschland sein, oder?«

»Unbedingt. Sonst geht eine Transplantation in jedem Fall auch für den Empfänger schief. Es müssen Gewebeproben von Spender und Empfänger entnommen und im Labor abgeglichen werden.«

»Wir müssen also davon ausgehen, dass die ›Spender‹ über Tage oder Wochen hier in Deutschland, freiwillig oder unfreiwillig, untergebracht, geprüft, aussortiert oder ausgewählt werden, bevor es überhaupt zur Transplantation kommt.«

Lenhard nickte.

Auch Fricke hatte noch eine Frage: »Unsere Opfer sind recht jung. Würde man für Transplantationen junge Menschen bevorzugen?«

»Natürlich, wenn man solchen Überlegungen folgen möchte, nähme man junge, allerdings ausgewachsene Menschen, die sich in einem guten körperlichen Zustand befinden.«

Nachdem Lenhard ihnen noch ein paar grundsätzliche Fakten erläutert hatte, bat Elena ihn darum, sie auch weiterhin bei Fragen während der Ermittlungen zu unterstützen.

»Ich mache das. Gerne. Aber ich will dafür auch etwas von Ihnen. Sie werden Kontakt mit der Presse haben. Und ich möchte Sie darum bitten, immer wieder zu betonen, dass illegale Entnahmen und Unregelmäßigkeiten verbrecherische Einzelfälle sind, die nur geschehen, weil wir zu wenige Organspenden haben. Kranke Menschen warten, leiden und hoffen – sie wollen einfach nur leben. Bitten Sie die Menschen um Organspenden!«

»Ja, das werde ich tun«, versprach Elena. »Davon bin ich auch persönlich überzeugt. Ich werde bei den Pressekontakten darauf hinweisen.«

Prof. Lenhard gab Elena seine Visitenkarte und schrieb auf die Rückseite seine Privatanschrift und seine Handynummer.

Den Rest des Tages verbrachten Fricke und Elena in ihrem Büro, um sich die Unterlagen anzusehen, von denen Stockleben gesprochen hatte.

Gegen 20 Uhr schloss Fricke den letzten Ordner, lehnte sich auf seinem Stuhl zurück und streckte sich ausgiebig. Er sah zu Elena, die ihm gegenübersaß. »Lass uns gehen. Alles andere kann bis morgen warten. Vielleicht haben ja die Kollegen Erfolg gehabt, die die Fotos in den Unterkünften herumgezeigt haben.«

Elena pflichtete ihm bei. Auch sie war nicht mehr aufnahmefähig für weitere Informationen. Bevor sie vielleicht noch wesentliche Hinweise übersah, klappte sie ihren Ordner ebenfalls zu, erhob sich und wartete an der Tür auf Fricke.

Eine halbe Stunde später schob Fricke die Schlüsselkarte des Hotelzimmers durch den Schlitz und trat nun neben Elena in das geräumige Hotelzimmer. Neben dem

Fernseher standen ein Wasserkocher, Kaffeepulver, Teebeutel und eine kleine Packung Gebäck.

»Ich habe da noch etwas für dich«, sagte Fricke, nachdem er sich die Jacke ausgezogen, sie auf den Sessel geworfen und sich aufs Bett gesetzt hatte.

»Oh. Ein Geschenk? Ich bin gespannt«, antwortete Elena, die kommentarlos Frickes Jacke nahm und sie an den kleinen Garderobenhaken neben ihre Jacke hängte, bevor sie sich neben ihn setzte.

Fricke nahm eines der beiden Schokoladenherzen, die das Zimmermädchen auf die Kopfkissen gelegt hatte, und streckte es Elena hin.

»Ein Schokoladenherz? Ein Betthupferl?«

»Ja, es ist ein Schokoladenherz. Stimmt. Aber es soll einfach symbolisch sein.«

Sie nickte. »Mach kein Drama, Sven. Schlaf einfach mit mir.«

# KAPITEL 12

*Elena und Fricke, Dienstagabend*

Elena war – nachdem Fricke noch im Bett liegend festgestellt hatte, dass er Hunger habe, aber eigentlich keine Lust, noch mal aufzustehen – zu dem griechischen Laden gegenüber gegangen, den sie schon beim Betreten des Hotels erspäht hatte. Nach ihrem Einkauf hatte sie sich noch Geschirr aus dem Hotelrestaurant besorgt und anschließend auf dem kleinen Tischchen im Zimmer ein Abendessen serviert: Auberginenauflauf, Dolmaki, Tsatsiki, die besten schwarzen Oliven, die sie bei dem Händler hatte erstehen können, und ein guter Rotwein.

Sven lag noch immer im Bett, als sie alles fertig drapiert hatte.

»Magst du jetzt nicht vielleicht aufstehen? Ich dachte, du hättest Hunger?«

»Ich musste an Karin Munsch denken. Die Mörderin, die keine zwölf Jahre absitzen wird.«

Elena wusste, dass es ihm nachging, dass Karin Munsch mit einer aus seiner Sicht lächerlichen Strafe davongekommen war. Aber erst als sie sich zu Fricke ans Bett setzte, sah sie die Mischung aus Wut und Verzweiflung in seinen Augen. Genauso küsste er sie dann, wütend, verzweifelt, verlangend.

Sanft löste sie sich aus seiner Umarmung. »Sven, wollen wir jetzt nicht erst mal essen?« In gespielter Resignation verdrehte sie die Augen und lief ihm voraus zum Tisch. »Wein oder Bier?«, fragte sie im Gehen, ohne sich nach ihm umzudrehen.

Mit wenigen Schritten hatte er sie eingeholt und hielt sie an ihrem Arm fest. »Kein Wein. Kein Bier. Ich will dich.«

Sie blieb stehen und drehte sich um. »Sven, du kannst mich haben, das weißt du«, sie sah ihm ernst in die Augen. »Aber ich will nicht nur diejenige sein, die dich alles vergessen lässt.«

»Wie meinst du das?«

»Manchmal schläfst du mit mir, um zu vergessen, um aus deiner Trauer und Wut herauszukommen.« Sie stockte kurz. »Das ist auch okay, weil ich dich liebe. Aber ich möchte vor allem, dass du mit mir schläfst, weil du mich liebst.«

Er nahm sie in die Arme und hielt sie lange fest. Schließlich hob er ihr Kinn und zwang sie, ihm in die Augen zu sehen. »Meine wunderschöne griechische Blume«, sagte er sanft, »ich schlafe mit dir, weil du die begehrenswerteste Frau bist, die ich kenne.«

Seine Hände wanderten besitzergreifend zu ihrem Po, doch sie drehte sich energisch um und warf die Arme in die Luft. »Malakas«, rief sie wütend.

Selbst ohne es zu verstehen, wusste Fricke, dass das kein griechischer Kosename war.

»Ich rede von Liebe und er denkt an Begehren. Sven Fricke, es war die falsche Entscheidung, mich auf dich einzulassen!«

»Elena«, begann er vorsichtig, »ich hatte noch nie solche Gefühle für eine Frau wie für dich.«

Sie drehte sich um, und der wütende Ausdruck in ihrem Gesicht war einem traurigen gewichen. »Aber für Liebe reicht das bei dir eben immer noch nicht.«

Sven seufzte und ließ sich auf dem Stuhl vor dem gedeckten Tisch nieder. »Ehrlich gesagt, ich weiß es nicht. Ich weiß nur, dass ich noch nie jemanden so nah an mich herangelassen habe wie dich. Mit dir bin ich weiter gegangen als je zuvor – auf emotionaler Ebene. Ich kann mir nicht vorstellen, dass ich mich jemals mit jemand anderem so verbunden fühlen könnte wie mit dir. Ich glaube, das ist Liebe.«

Elena sah zum Fenster hinaus. Sie wusste, dass er die Wahrheit sagte. Dass sie seine emotionale Mauer zum Bröckeln gebracht hatte. Aber Svens Wunden saßen tief. Die Wunden einer lieblosen Kindheit, in der er statt Zuneigung und Geborgenheit nur Ablehnung und Gewalt erfahren hatte. Waren die Vorbelastungen für eine funktionierende Beziehung zu groß?

Ihr war in diesem Moment schmerzhaft bewusst, dass bei ihm immer der Beruf vorgehen würde. Sein Beruf, sein Wahnsinn darin, hatte ihm über die Vergangenheit hinweggeholfen, aus dem kleinen geschlagenen Jungen einen Mann gemacht, der sich selbst aus dem Schlamm mieser sozialer Verhältnisse und Gewalt herausgestrampelt hatte. Sein Beruf war die Sicherheit in seinem Leben, das, an dem er sich festhielt, für das er lebte.

Bei anderen Menschen fiel ihm das schwer. Tief in ihm blieb wohl immer der Zweifel, ob man sich auf sie verlassen könnte, ob sie bei ihm blieben.

Sie biss sich auf die Lippen, bis es schmerzte. »Der Auflauf wird kalt. Lass uns essen«, sagte sie, auch wenn sie keinen großen Appetit mehr verspürte.

Eine Weile aßen sie schweigsam, bevor Elena wieder das Wort ergriff. »Sven, ich habe heute Nachmittag viel nachgedacht. Auch wenn du Polizist geworden bist, um für das Gute und gegen das Böse zu kämpfen – du wirst das Böse nicht besiegen können. Wir stehen für die Einhaltung des Rechts, und das ist leider nicht immer gleichzusetzen mit Gerechtigkeit.«

Ohne dass Elena das erwartet hatte, stand Sven auf und schmiss dabei seinen Teller zu Boden. »Wenn du das so siehst, kämpfst du nicht an meiner Seite«, sagte er nur. Dann nahm er sich seine Jacke und ging.

Elena saß noch lange am Tisch, nachdem die Hoteltür mit einem dumpfen Schlag ins Schloss gefallen war.

# KAPITEL 13

*Adnan*

Adnan hatte keine Ahnung, wo er ansetzen sollte, damit seine Mission gelingen konnte. Aber er hatte es seiner Familie versprochen, und er würde Wort halten. Koste es, was es wolle. Auch wenn er dabei sein Leben lassen müsste. Er würde sich opfern, damit die Familie zumindest stolz auf ihn sein konnte. Sie würden trauern, aber mit Stolz. Sie hatten all ihre Hoffnungen in ihn gesetzt und er wollte sie auf keinen Fall enttäuschen.

Und wenn er die Mission erfolgreich zu Ende brachte, würde er Clanchef werden. Allein dafür lohnte es sich, die Sache zu überleben.

Aber wie sollte er nun vorgehen? Es war klar, dass er von den örtlichen Behörden Informationen benötigte. Wenn er sie erhalten hatte, würde er sich absetzen, einfach aus dem Lager verschwinden und untertauchen.

Bevor sie überhaupt merkten, dass er nicht mehr da war, wollte er seine Mission bereits beendet haben. Sollte man Larijeta nach ihm fragen, würde sie Ausreden finden, warum er gerade nicht anwesend war. Bis vielleicht doch etwas von seinem Verschwinden durchsickerte, wären er und seine Familie im besten Fall schon wieder auf dem Weg zurück nach Albanien.

Er ging zur Aufnahme. »Majlinda Tahiraj, schauen Sie doch bitte noch mal«, bat er die füllige rothaarige Frau, die in dem Wohncontainer am Eingang des Lagers hinter ihrem Schreibtisch saß und den Namen daraufhin erneut in den Computer eingab.

»Tut mir leid. Ich finde den Namen nicht«, antwortete sie mit einem bedauernden Blick.

»Was kann das bedeuten?« Adnan saß ihr gegenüber und sah sie erwartungsvoll an. Er hoffte, dass der Frau irgendetwas einfiele, das ihm weiterhelfen konnte. Vielleicht die Angabe einer Behörde, an die er sich wenden konnte, oder einen anderen Sozialarbeiter, der weitere Informationen für ihn besaß, aber die Frau schwieg, bis er schließlich enttäuscht aufstand und sich für ihre Mühe bedankte.

»Das habe ich gerne gemacht«, winkte sie ab. »Ich wünsche Ihnen wirklich, dass Sie Ihre Schwester finden. Aber sagen Sie, woher können Sie eigentlich so gut Deutsch?«, fragte sie interessiert.

»Ich habe es mir selbst beigebracht. Es war ein langer Weg, aber er hat sich gelohnt.« Adnan freute sich über ihr Lob. »Ich habe mich wochenlang vorbereitet, jeden Tag Deutsch gelernt. Ich wollte nicht hierherkommen, ohne mich verständigen zu können.«

Die Rothaarige nickte anerkennend. »Ich frage nicht ohne Grund«, erklärte sie dann. »Wir könnten Sie hier gut gebrauchen. Als Dolmetscher und eine Art Verbindungsmann, der hilft, Barrieren ab- und Vertrauen aufzubauen. Und, das muss ich zugeben, auch um herauszufinden, ob jemand fälschlicherweise hier um Asyl bittet. Ich muss Ihnen das nicht erklären, Albanien gilt als sicheres Herkunftsland. Ihr Vorteil wäre, dass Sie dadurch wahrscheinlich länger im Land bleiben könnten. Wir suchen händeringend nach Menschen, die geeignet sind, diese Aufgabe zu übernehmen. Sie würden auch Geld dafür erhalten.

Hätten Sie Interesse?‹ Sie sah ihn freundlich an. Vermutlich konnte sie sich gar keine andere Reaktion vorstellen als seine Zustimmung. Geld und eine sinnvolle Beschäftigung – das war es doch, was die Menschen hier wollten. Diese Chance wurde ihm nun geboten.

In Adnans Kopf arbeitete es. Blitzschnell versuchte er, Vor- und Nachteile dieses überraschenden Angebots gegeneinander abzuwägen.

»Verbindungsmann?«, fragte er nach, um Zeit zu gewinnen.

Die Frau ihm gegenüber nickte eifrig. »Ja, Sie helfen uns mit den Anträgen, mit den Fragen, die wir an die Einreisenden haben, und Sie sprechen mit den Menschen in ihrer Muttersprache. Finden Sie für uns heraus, wer tatsächlich aus den nicht sicheren Herkunftsländern und wer aus Albanien oder vom Balkan kommt und sich beispielsweise als Syrer ausgibt. Wir erleben es hier ständig, dass Balkanflüchtlinge ihre Ausweise und sonstigen Papiere, die Hinweise auf ihre Personalien enthielten, vor dem Grenzübergang vernichtet haben.«

Adnan dachte nach. Das würde bedeuten, er würde Verantwortung übernehmen, eine Aufgabe. Man würde ihn zu vielen Stunden Arbeit einteilen und ihn den ganzen Tag über im Auge haben. Genau das konnte er nicht gebrauchen. Wie sollte er denn so verschwinden? Man würde ihn sofort vermissen. Die Anweisung, die er erhalten hatte, war ganz klar: Er hatte sich im Lager aufzuhalten beziehungsweise maximal fünf Kilometer davon entfernt. So stand es in den vorläufigen Papieren, die man ihm bei seiner Registrierung ausgestellt hatte.

»Das kann ich nicht. Es ist, als ob ich meine eigenen Landsleute ausspioniere und an Sie ausliefere, um daraus einen Vorteil zu ziehen. Ich bin der Meinung, dass man aus einem Land fliehen muss, wenn das eigene Leben oder das der Familie in Gefahr ist. Ein Mann muss seine Familie ernähren können. Das ist seine Aufgabe. Ich würde also meine Leute verraten und wäre schuld an ihrer Ausweisung oder Abschiebung. Diese Bürde möchte ich nicht tragen wollen, wenn Sie verstehen, was ich damit sagen will«, führte er in einem so perfekten Deutsch aus, dass die Sozialarbeiterin beeindruckt lächelte und ihm vorschlug, sich stattdessen vielleicht um seine Landsleute zu kümmern, ihnen bei den sprachlichen Hürden zu helfen. Er könne sie auch dabei unterstützen, sich die deutsche Sprache besser anzueignen. Auch hierfür versprach sie ihm Geld.

»Ich möchte wirklich nur bei meiner Familie sein. Ich habe zwei Kinder und eine Frau. Das ist meine Aufgabe«, antwortete er und war erleichtert, keine weiteren Ausreden suchen zu müssen, als er das verständnisvolle Gesicht der Rothaarigen sah.

»Ich verstehe. Ich finde es schade, aber man kann Sie nicht zwingen. Ich hoffe, Sie finden Ihre Majlinda.«

Adnan bedankte sich und verließ den Container. Draußen atmete er durch und sog die mittlerweile knackig kalte Luft tief in seine Lungen ein. Er konnte von hier weit ins Lager hineinblicken und betrachtete die Bewohner. In keinem der Gesichter sah er Hoffnung. Die Männer hatten alle den gleichen Ausdruck. Leere. Die Frauen saßen in kleinen Gruppen zusammen und beobachteten ihre Kinder, die herumtobten. Auch seine Tochter spielte tagsüber mit den anderen Kindern. Nur Kaon hielt sich ständig in Adnans Nähe auf, jetzt allerdings hatte er ihn angewiesen, bei Larijeta auf ihn zu warten. Kaons enttäuschtem

Gesicht war seine mangelnde Begeisterung anzusehen, aber er gehorchte widerspruchslos. Adnan brauchte niemals eine Anweisung zu wiederholen, Kaon gehorchte immer. Wenn er sagte, iss, aß er. Wenn er ins Bett sollte, tat er dies, ohne sich zu beschweren. Er duschte, wann immer Adnan es ihm auftrug, und er half Larijeta, wenn es nötig war. Allerdings nahm er Anweisungen nur von Adnan entgegen. Larijeta hatte es einmal versucht und ihm gesagt, er solle sich waschen gehen, um sich anschließend ins Bett zu begeben. Kaon tat, als habe er sie gar nicht gehört. Larijeta wiederholte es ein weiteres Mal. Nachdem er immer noch nicht reagierte, nannte Adnan nur einmal seinen Namen, und schon stand er auf, wusch sich und legte sich wortlos ins Bett. Doch Larijeta nahm es ihm nicht übel. Er war ein Junge, der seine Mutter verloren und Adnan als Vater und damit als seinen Beschützer gewählt hatte.

Adnan hatte diese Aufgabe ganz selbstverständlich übernommen. Es stellte sich ihm gar nicht die Frage, ob er sich des Jungen annahm. Was sollte aus ihm werden? Ein Waisenjunge ohne irgendeine Bezugsperson, in einem ihm fremden Land? Adnan hatte mit angesehen, wie Kaons Mutter ertrunken war und keiner ihr helfen konnte. Manchmal fragte er sich, wenn er nachts nicht schlafen konnte und die Träume ihn heimsuchten, ob er wirklich alles versucht hatte, um die Frau zu retten. Und wenn nicht, war er dann nicht mitschuldig an ihrem Tod? War es nicht das Mindeste, sich des Jungen anzunehmen? Ja, das war es. Larijeta würde und müsste seine Entscheidung akzeptieren. Er erwartete von ihr, dass sie Kaon so behandelte, als sei er ihr eigener Sohn. Aber Adnan nahm sich vor, mit ihm zu sprechen. Kaon musste auch Larijeta wie eine Mutter annehmen, oder zumindest als die Frau des Mannes, von dem er sich Schutz erwartete.

Langsam und nachdenklich ging er zum Container gegenüber. Darin befanden sich hinter dem Schreibtisch des Securitymannes acht kleine Telefonkabinen. Adnan zeigte dem Mann seine von der Aufnahmestelle ausgestellten Papiere und erhielt nach einer Überprüfung einen Chip. Jeder hatte die Möglichkeit, einmal in der Woche kostenlos für 15 Minuten in sein Heimatland zu telefonieren, um mit Angehörigen reden zu können oder mit Freunden, die man zurücklassen musste. Dafür bekam man einen Chip, den man in einen kleinen grauen Kasten neben dem Telefon warf und so die Zeitschaltuhr aktivierte. Diese Telefone wurden wenig genutzt, da die meisten hier im Lager Handys besaßen. 15 Minuten hatte er also Zeit, mit seiner Mutter zu sprechen. 15 Minuten, um ihr zu berichten, wie weit er mit seiner Mission gekommen war. Aber was sollte er sagen? Wie würden seine Mutter und alle, die ihre Hoffnung in ihn gesetzt hatten, reagieren, wenn er ihnen erzählte, dass er zwar in Deutschland sei, aber nicht wisse, wie er vorgehen solle, weil ihm niemand eine Auskunft bezüglich Majlinda geben konnte? Dass sie wie vom Erdboden verschluckt war. Er konnte es nicht sagen.

Er wählte die Nummer seiner Eltern. Seine Mutter hob ab und stellte sofort die Frage, vor der er sich gefürchtet hatte.

»Noch habe ich Majlinda nicht gesprochen. Ich weiß nicht, wie es ihr geht, aber ich weiß, wo sie ist. Ich mache mich morgen gleich auf den Weg zu ihr«, log er.

Seine Mutter wiederholte diese freudige Nachricht laut in den Hintergrund. Wahrscheinlich war die ganze Familie im Wohnzimmer versammelt. Adnan sah sie alle vor seinem geistigen Auge auf dem Sofa, auf den Sesseln und auf dem schweren Teppichboden sitzen und sich nun freuen.

»Ja, mein Sohn, du wirst sie uns zurückbringen, ich weiß es. Du bist mein Blut, und Majlinda ist mein Blut, und du wirst unser aller Blut wieder vereinen«, sagte sie und schluchzte. »Wo seid ihr jetzt, in Deutschland?«

»Der Ort heißt Manching. Er ist in der Nähe von München. Im Süden des Landes.«

Das Telefonat war nicht weiter möglich. Seiner Mutter versagte die Stimme und obwohl der Onkel im Hintergrund energisch danach verlangte, gab sie ihrem Bruder das Telefon nicht weiter, damit er mit Adnan reden konnte. Sie weinte und Adnan hörte zu. Er hasste sich dafür, seine Mutter belogen zu haben. Aber ihm blieb keine Wahl.

»Meine Telefonzeit läuft ab, Mutter. Mach dir keine Sorgen. Ich bringe Majlinda nach Hause«, flüsterte Adnan und sah zu, wie die Uhr die letzten Sekunden herunterzählte, bis es in der Leitung Klick machte und Stille eintrat.

Adnan blieb noch einige Minuten vor dem Telefon sitzen. »Verzeih mir, Mutter.«

# KAPITEL 14

*Elena und Fricke, in der Nacht von Dienstag auf Mittwoch*

Es war 2 Uhr nachts, als es an der Hoteltür klopfte. Elena, die bereits erschöpft geschlafen hatte, stand müde auf und öffnete die Tür.

Fricke lehnte am Türrahmen und sah sie fragend an: »Ist noch Auberginenauflauf da?«

Sie trat zur Seite und machte ihm den Weg frei. »Bedien dich. Auf dem Tisch, und auf dem Boden ist vielleicht auch noch etwas«, sagte sie knapp, bevor sie sich umdrehte und zurück ins Bett ging.

Er schlug nicht den Weg Richtung Tisch ein, sondern folgte ihr zum Bett, zog sich aus und schlüpfte zu ihr unter die Decke. Er kuschelte sich an ihren Rücken. »Gilt das ›Bedien dich‹ auch hier?«, raunte er.

»Nein. Dieses Restaurant hat schon geschlossen.«

Nach ein paar Sekunden fügte sie hinzu: »Und eins sage ich dir, Sven Fricke, wenn hier jemand für Gerechtigkeit kämpft, dann bin ich das. Ich bin nur vernünftig genug, einzusehen, dass auch dieser Kampf seine Grenzen hat.«

»Das weiß ich doch, mein Herz. Und dafür liebe ich dich.«

»Ich bin manchmal ein Depp«, setzte er nach einer kurzen Pause an. »Aber es geht einfach mit mir durch, wenn ich daran denke, dass eine Mörderin bald frei herumläuft – und die Toten bleiben tot. Entschuldige für das Tellerschmeißen.«

»Der Teller – geschenkt. Mein Vater hat auch Teller geschmissen – wenn er wütend war oder wenn er glücklich war, das macht man in griechischen Familien so. Du kannst gerne anderer Meinung sein als ich und mir das auch sagen. Wir können über alles reden. Aber wenn du mich noch einmal einfach sitzen lässt und abhaust, wenn dir etwas gegen den Strich geht, dann war's das. Und jetzt will ich schlafen.«

# KAPITEL 15

*Elena, Mittwochvormittag*

Elena saß in der U-Bahn, weil sie Fricke den BMW überlassen hatte, falls er einen Einsatz bekäme. Ihr nächster Termin war in der Innenstadt und damit problemlos mit den öffentlichen Verkehrsmitteln zu erreichen. Sie betrachtete die Menschen um sich herum. Ein beleibter Mann saß ihr gegenüber, dessen Bauch unter dem offensichtlich zu klein gewordenen Hemd halb herausschaute. Angewidert versuchte Elena, ihren Blick von diesem unappetitlichen Bild abzuwenden, und blieb stattdessen in dem Gesicht der Frau daneben hängen, bei der sich kleine Schweißtropfen auf der Oberlippe bildeten. Woanders hinsehen, befahl sich Elena. Schräg gegenüber saß ein vollständig schwarz gekleidetes Mädchen mit zahlreichen Piercings in Nase, Augenbrauen und Ohren. Elena fragte sich, ob die schwarzen Ränder unter den Augen geschminkt oder echt waren, und musste unwillkürlich schmunzeln. Wahrscheinlich sahen ihre Augenringe ähnlich dunkel aus. In dieser Nacht hatte sie definitiv nicht genug Schlaf bekommen.

Höchste Zeit, sich auf den Fall zu konzentrieren. Elena nahm sich noch einmal den Ordner vor, den Stockleben, der Leiter der Mordkommission, ihnen bereitgestellt und den sie mitgenommen hatte, um noch mal hineinzusehen. Sie blätterte die Seiten durch, auf die sie besonders aufmerksam geworden war. Vor zwei Jahren hatte es längere Ermittlungen gegen einen Arzt gegeben, der im Verdacht stand, illegale Organtransplantationen anzubieten. Gegen ihn lagen zwei Anzeigen vor von Patienten, die behaupteten, er hätte ihnen unter der Hand gegen größere Summen Lebertransplantationen versprochen. Nachzuweisen war ihm jedoch nichts gewesen. Elena fragte sich, wie sie vorgehen sollte. Dieser Arzt würde ihr freiwillig nicht allzu viel verraten. Aber sie war so verflixt müde, ihr fiel einfach keine gute Taktik ein.

Der fettleibige Mann ihr gegenüber stand auf, drehte sich um und berührte dabei ihre Knie. Es schüttelte sie. Beim nächsten Mal sollte Fricke U-Bahn fahren und sie würde das Auto nehmen.

Zehn Minuten später stand sie vor dem Eingang einer eleganten Privatpraxis. »Dr. Mayrhofer – Klinik« prangte in großen Lettern über dem Eingang. Noch immer hatte sie keine Strategie für das bevorstehende Gespräch. So konnte das nicht weitergehen, in den kommenden Tagen brauchte sie unbedingt mehr Schlaf, um ihre Arbeit vernünftig erledigen zu können.

Sie ging zur Pforte, wo eine gelangweilt dreinsehende Frau mit Brille saß. Als die Empfangsdame endlich aufblickte, begann Elena mit ihrer üblichen Vorstellung: »Mein Name ist Karinoglous …«

Doch bevor sie den Satz mit »Staatsanwältin« beenden konnte, sprang die Frau plötzlich auf wie von der Tarantel gestochen.

»Oh, gut, dass Sie da sind, Herr Dr. Mayrhofer erwartet Sie bereits. Er hat seinen anderen Termin extra für Sie abgesagt. Kommen Sie, Frau Konstantinopoulos, ich führe Sie direkt zu ihm.«

Elena verzichtete darauf, die Frau bezüglich ihres Namens zu verbessern. Hauptsache, sie wurde ohne unnötige Wartezeit zu Dr. Mayrhofer geführt.

Das Besprechungszimmer, in das die Dame sie brachte, war mehr als repräsentativ. Auf dem Boden lagen schwere Perserteppiche, an den Wänden prangten Bilder in goldenen Bilderrahmen und alleine die schwarzen Designer-Ledermöbel mussten Unsummen gekostet haben. Die Geschäfte des Arztes schienen lukrativ zu sein.

Als Elena den Raum betrat, erhob sich hinter dem riesigen gläsernen Schreibtisch ein Mann von seinem Stuhl. Sie schätzte ihn auf Mitte 40. Attraktiv war er, mit seinen dunklen Haaren und der sportlichen Figur.

Mit großen Schritten kam er auf sie zu und schüttelte ihr die Hand. »Es ist mir eine große Freude, Sie hier bei mir willkommen heißen zu dürfen! Bitte setzen Sie sich doch«, sagte er mit einer Handbewegung in Richtung der ledernen Sitzgruppe.

Elena setzte sich auf den Sessel, der ihr angeboten worden war. Wie ein Wattebausch fing er sie auf und hüllte sie ein.

»Darf ich Ihnen Kaffee oder Tee anbieten?«, fragte Dr. Mayrhofer.

»Kaffee, bitte«, nickte sie. Den hatte sie jetzt wirklich nötig.

Langsam müsste sie mal erklären, wer sie war und was sie wollte, aber noch war der Arzt in das Blättern einer Patientenakte vertieft, und schon kam die Sekretärin mit dem offensichtlich bereits vorbereiteten Kaffee auf einem kleinen Silbertablett herein.

Ob die wohl vorsorglich beides bereithielt, fragte sich Elena, oder ob ein Blick auf ihre Augenringe ihr schon verraten hatte, dass sie einen Kaffee brauchte?

»Wir haben ja nun schon sehr lange miteinander korrespondiert. Und wir beide wissen, dass Ihr Problem mittlerweile ein zeitkritisches ist. Dass Hilfe in Ihrem Fall nicht unproblematisch ist, das muss ich Ihnen nicht erklären.«

Elena trank einen Schluck von dem heißen, wundervollen Kaffee und nickte. Sie fand auch, dass ihr Fall nicht unproblematisch war. Sollte der ruhig einfach mal ein bisschen reden. Auch wenn er sie offensichtlich mit einer Patientin verwechselte. Sie brauchte erst noch einen Schluck Kaffee.

»Wir sind hier in einer Privatklinik, die sehr bedacht auf Diskretion ist.«

Er sah sie fragend an, worauf Elena freundlich zurückblickte und nickte. Bestimmt. Also, entweder ging es hier um Schönheitsoperationen oder … Im Moment würde sie die Verwechslung sicher noch nicht aufklären.

»Worüber wir noch gar nicht miteinander geredet haben, ist die Frage nach den Konditionen.«

Elena nickte wieder. Wenn er nun mit einer Summe unter 10.000 kam, ging es vermutlich um einen neuen Busen. Wobei Elena fand, dass er eigentlich erkennen müsste, dass sie das nicht nötig hatte. Aber bitte. Wahrscheinlich ließen sich die entsprechenden Frauen auch auf Medizinball-Größe aufblasen. Oder die Lippen zu so Orang-Utan-Dingern aufpusten. Aber, Quatsch, sie sollte sich mehr konzentrieren. Sie nahm noch einen Schluck Kaffee und fragte über den Tassenrand hinweg: »In welcher Größenordnung befinden wir uns denn etwa?«

»Um das zu beantworten, möchte ich jetzt erst noch einmal Ihre Krankenunterlagen einsehen. Sie haben ja sicher, wie besprochen, alles dabei.«

Das war jetzt blöd. Wie konnte sie ihn weiterhin am Reden halten? Mittlerweile war sie ein wenig wacher. »Ja, natürlich. Aber wir befinden uns hier schon noch im fünfstelligen Bereich, oder?«, versuchte sie, sich vorzutasten.

Er sah sie kritisch an. »Lassen Sie uns erst mal das Fachliche besprechen, in allen Details die Möglichkeiten durchdenken und danach über das Finanzielle reden«, beharrte er und erwartete offensichtlich, dass sie nun die Krankenakten aus der Tasche zog.

Wenn sie nicht so verflixt müde gewesen wäre, wäre ihr vielleicht noch eine bessere Frage eingefallen, aber so blieb es bei: »Und die Gefahren, wie hoch schätzen Sie die ein?«

Es war, als sei er plötzlich auf der Hut. »Das kommt auf Ihren Fall an, Frau …«

Nein, so ging es hier nicht weiter. Also gut, der letzte Schluck Kaffee, wahrscheinlich würde sie hier keinen weiteren angeboten bekommen.

»Frau Karinoglous. Staatsanwältin.«

Sein Gesicht verschloss sich.

Der Rest des Gesprächs blieb sehr kurz und kühl. Er beantwortete ihr alle Fragen, die er beantworten musste, und sagte kein Wort zu viel. Natürlich hatte er in seiner Klinik noch niemals Organtransplantationen vorgenommen. Eine chirurgische Praxis sei dies hier, sonst nichts. Natürlich habe er Operationsräume, Intensiv-Überwachungsräume und auch ein internes Labor. Das sei nichts Ungewöhnliches für eine chirurgische Privatklinik. 25 Mitarbeiter, davon fünf Ärzte mit ihm – alle Fragen wurden schnell und eindeutig von ihm beantwortet. Sehr smart, sehr sachlich, keine Angriffsfläche, keine überflüssigen Informationen. Kein Satz mehr als nötig.

Zehn Minuten später stand sie wieder vor der Tür. Immerhin, der Kaffee war gut gewesen.

Sie drehte sich noch einmal um und ließ ihren Blick über

diese kleine, moderne Klinik schweifen. Sie fand, es stank hier gewaltig. Aber für einen Durchsuchungsbeschluss würde das nicht reichen. Elena verzog genervt den Mund. Lieber würde sie die Nacht mit Sven im Hotelzimmer verbringen und dort vielleicht auch mal ein bisschen mehr schlafen. Aber ihr war der Gedanke gekommen, sich hier nachts ein wenig umzusehen. Mal sehen, was Fricke von der Idee hielt.

Das Klingeln ihres Handys holte sie aus ihren Überlegungen. »Karinoglous.«

»Stockleben hier. Guten Morgen, Frau Staatsanwältin. Sind Sie schon bei den Ermittlungen?«

»Ja, ich verlasse gerade die Klinik von Dr. Mayrhofer. – Sie können sich sicher an ihn erinnern.«

»Natürlich! Wir konnten ihm einfach nichts nachweisen. Aber ein schmieriger Kerl ist das! Und ob da nicht doch mehr als Silikonimplantate eingesetzt werden – ich weiß es nicht.«

»Ja, dieser Klinik geht es auf jeden Fall zu Zeiten, in denen andere Ärzte um ihr Einkommen bangen, verdächtig gut«, bestätigte Elena ihm.

»Ich würde mir wünschen, Sie könnten bei dem etwas finden, Frau Kollegin! Aber ich rufe wegen etwas anderem an. Hier laufen die Drähte heiß. Fast minütlich bekomme ich Presseanfragen. Sehen Sie sich in der Lage, noch heute Nachmittag eine Pressekonferenz abzuhalten? Ich würde das sehr begrüßen. Die Journalisten werden sonst alleine auf Recherchetour gehen.«

Elena seufzte, sie kannte das, aber sie hatten die Ermittlungen doch gerade erst aufgenommen. »Es gibt fast nichts, das ich sagen könnte.«

»Dann sagen Sie das ›fast Nichts‹ eben besonders charmant. Sie können das bestimmt.«

»Gut«, stimmte Elena widerwillig zu.

»17 Uhr. Im Konferenzraum.« Stockleben verabschiedete sich.

Auch das noch, eine Pressekonferenz. Sie war müde, sie war genervt und sie wusste nicht, wo sie wirklich ansetzen sollte in diesem Fall. In ihre Überlegungen vertieft, lief Elena in Richtung U-Bahnstation, bis sie bemerkte, dass sie absolut keine Lust darauf hatte, sich wieder in die stickige Bahn zu setzen. Sie nahm ihr Handy heraus und wählte Frickes Nummer.

»Hallo, Süßer«, säuselte sie ins Telefon.

»Oh, meine griechische Blume – so nett, an einem Arbeitstag, was willst du von mir?«

Elena lachte. »Papa, ich möchte abgeholt werden, ich mag nicht mehr U-Bahn fahren.«

»Okay, meine Kleine«, ging Fricke auf das Spielchen ein. »Ich bin gerade mit meinem Termin fertig – wo bist du denn?«

»Schwanthaler Straße, Höhe Parkstraße.«

»Gut, ich bin nur eine Kreuzung weiter. Dazwischen ist eine Einbahnstraße. Kannst du zu mir laufen?«

Elena sah sich suchend um: »Ja, wohin denn?«

»Richtung Nordosten«, kam die Anweisung aus dem Telefon.

»Sven«, sie rollte mit den Augen, »ich bin in einer Stadt, die ich nicht kenne – und soll nach Nordosten gehen?«

»Schätzchen, die Sonne geht im Westen auf, da wirst du dich doch nach Nordosten orientieren können«, hörte sie seine brummelige Stimme.

»Schätzchen«, wiederholte sie nun auch diesen Kosenamen, »möchtest du mir gleich noch erzählen, dass ich nach dem Moos auf der Westseite von Bäumen Ausschau halten soll?«

Fricke schien ihren ironischen Unterton nicht wahrgenommen zu haben: »Das könnte schwierig werden, in der Stadt.«

»Sven«, jetzt war Elena ernst und scharf, »ich bin eine Frau und kein Pfadfinder und hätte gerne, dass *du mich hier* abholst!«

Fricke sah auf sein Handy, sie hatte das Gespräch abgebrochen. Frauen. Warum konnte sie nicht nach Nordosten um die Ecke gehen?

Ignorant, dachte sich Elena und musste tief ausatmen. Warum kann der mich nicht einfach hier abholen? Nordosten – welche Frau weiß bitte schön, wo Nordosten ist! Der will mich nur ärgern!

# KAPITEL 16

*Majlinda*

Majlinda saß auf ihrem Bett und schaltete den Fernseher ein. Das war wirklich Luxus! Ein Fernsehgerät, für sie ganz alleine. Sie konnte jedes Programm, jeden Film sehen, den sie wollte, ohne sich wie zu Hause mit den Geschwistern darum streiten zu müssen. Hatte sie zumindest gedacht. Doch sie konnte umschalten, soviel sie wollte – der Fernseher zeigte bei jedem Programm sein blaues Begrüßungsbild. Fernsehen war unmöglich. Das Gerät diente lediglich dazu, Filme wiederzugeben, die in den DVD-Spieler geschoben wurden. Aber Majlinda war mit dieser Technik nicht vertraut, sie wusste nicht, wie man ein solches Gerät bediente. So etwas hatte niemand in ihrem Dorf. Manche Erwachsenen besaßen Handys, und mittlerweile stand auch in fast jedem Wohnzimmer ein Fernseher, doch ein DVD-Gerät hatte Majlinda noch nie benutzt.

Nun saß sie auf dem Bett und starrte den Bildschirm mit seinem blauen Testbild an. Die Uhr darüber zeigte acht Uhr. Sie wusste nicht, ob es sich dabei um morgens oder abends handelte. War es hell oder war es dunkel? Kein Fenster verriet ihr die Tageszeit. Da aber der Mann, der ihr immer die kleinen Gebäckstücke brachte, noch nicht da gewesen war, tippte sie auf morgens. Diese noch warmen »Brötchen«, dieses Wort hatte sie von dem Mann gelernt, schmeckten köstlich. Sie schnitt sie nicht auf und sie belegte sie nicht mit Käse oder Wurst, denn ihr Geschmack allein war wunderbar. Mit dem Finger bohrte sie ein Loch hinein und holte das warm-weiche Innere heraus, formte es zu einer Kugel und genoss den ersten Bissen. Der Mann hatte ihr versprochen, beim nächsten Mal vier Brötchen zu bringen.

Lange schon hatte sie auf den blauen Bildschirm gestarrt, als sich endlich die Tür öffnete und sie sich in freudiger Erwartung umdrehte Doch es war ein anderer Mann, der heute ihr Essenstablett trug. Aufgrund seines langen weißen Kittels vermutete sie, dass er Arzt war.

»Hallo, Majlinda«, lächelte der Mann.

Er sprach zwar Albanisch, aber doch war er kein Landsmann, das sah sie ihm an.

»Sie können meine Sprache?«, fragte sie vorsichtig.

»Ja, Majlinda. Ich spreche sie nicht perfekt, aber ich denke, wir werden uns schon verstehen.« Er kam auf sie zu, stellte das Tablett auf den kleinen Tisch vor das Bett und setzte sich neben sie.

»Warum bin ich hier?«, wollte sie jetzt endlich wissen. »Man sagte mir, ich könne arbeiten, ich könne Geld verdienen, aber man hält mich hier gefangen.«

»Majlinda, ich bin hier, um dich zu beschützen. Du bist in diesem Land ohne Papiere. Niemand weiß, dass du hier bist. Du bist sehr hübsch und die Männer würden dir nur schreckliche Dinge antun, wenn man dich hier hinausließe.«

»Man hat mir gesagt, man wolle Fotos von mir machen. Nur deshalb bin ich mitgekommen«, erwiderte sie.

»Das stimmt. Weißt du, wir müssen zunächst sichergehen, dass du gesund bist. Es gibt viele Krankheiten in deinem Land und wenn du krank bist, steckst du hier alle an. Das wollen wir doch nicht, oder?«

Der Mann sprach so freundlich, dass Majlinda begann, ihm zu vertrauen.

»Deshalb bin ich hier. Ich muss dir jetzt etwas Blut abnehmen und sehen, ob deine Leberwerte in Ordnung sind. Aber keine Sorge. Das alles tut nicht weh. Leg dich dazu bitte auf den Rücken und hab keine Angst.«

»Darf ich meine Mutter anrufen?«

Bedauernd verzog der Mann den Mundwinkel und schüttelte den Kopf.

Majlinda überlegte nicht weiter. Sie tat, worum er sie bat.

Nach etwa 30 Minuten war der Mann mit der Untersuchung fertig. Er hatte recht. Es hatte kaum wehgetan, bis auf die kleine Spritze, mit der er Blut entnommen hatte.

Ohne ein weiteres Wort stand er auf und verließ das Zimmer.

Majlinda blieb liegen und hoffte, dass dieser Arzt feststellen würde, dass sie gesund war und man endlich die Fotos mit ihr machen könnte, für die sie Geld bekäme. Geld, das sie nach Hause schicken konnte.

Sie hoffte, trotz der Zweifel, die in ihr bohrten.

# KAPITEL 17

*Elena, Mittwochnachmittag*

Der Raum war nicht nur bis auf den letzten Platz gefüllt, die Reporter standen sogar bis hinaus auf den Flur. Fricke seufzte und legte Elena stützend die Hand auf den Rücken. »Auf in den Kampf, Tore-e-ro …«, summte er in ihr Ohr, bevor sie sich den Weg durch die Menge bahnten und vorne am vorbereiteten Tisch Platz nahmen.

Oberstaatsanwalt Messner sowie der Leiter der Mordkommission Stockleben folgten ihnen. Elena stand auf und wartete, bis Ruhe im Raum herrschte, bevor sie sich wieder setzte und in das Mikrofon sprach.

»Organtransplantationen retten Leben. In Deutschland warten etwa 10.000 Menschen auf ein Organ, damit sie nicht sterben müssen. Davon 8.000 auf eine Niere, von denen jeder von uns eine spenden könnte. Aber viel zu wenige Menschen sind dazu bereit, selbst nach ihrem Tod einen Teil von sich für jemand anderen weiterleben zu lassen. Deswegen warten kranke Menschen weiterhin, und aus Angst vor dem Tod sind manche bereit, viel Geld für ihr rettendes Organ zu zahlen. Leider gibt es einige wenige, die daraus Profit schöpfen. Hier entstehen, selten, aber doch, Fälle von illegalem Organhandel. Einen solchen Einzelfall haben wir jetzt in München. Bevor ich Ihnen dazu die Details erläutere, möchte ich Sie bitten, das, was ich gesagt habe, ernst zu nehmen und an Ihre Leser weiterzutransportieren. Jede reißerische Story um Organhandel wird die Menschen dazu veranlassen, noch weniger Bereitschaft zum Organspenden zu zeigen. Das aber bedeutet, dass da draußen Menschen sterben: Männer, Frauen – alte, aber auch junge –, Kinder, die auf eine Niere warten, eine Lunge oder ein Herz, das sie zum Überleben brauchen. Bitte schreiben Sie so, dass Ihre Leser wissen, wie wichtig Organspenden ist.«

Elena blickte in den Saal, in dem es ausnahmsweise mal ruhig war. Selten auf einer Pressekonferenz. Sie wünschte so sehr, dass sie mit diesen Worten alle erreicht hatte, auch die von den schreierischsten Blättern. Jeden von der schreibenden Zunft konnte man auch an seiner Journalisten-Ehre packen. Sie hoffte es zumindest.

Mit den Worten »Hauptkommissar Fricke wird Ihnen nun die Einzelheiten erläutern« übergab sie an Sven, der von den zwei Leichen mit entnommenem Herzen und Niere berichtete und die Fundorte nannte.

Im Vergleich zur Aufregung, die das Thema normalerweise bei Journalisten hervorrief, blieben die Fragen diesmal recht sachlich. Spuren, Verdächtige, Täterkreise et cetera. Elena und Fricke antworteten möglichst ehrlich, ohne Details preiszugeben. Wie immer. Weder der Polizeipräsident noch der Oberstaatsanwalt schalteten sich in die Pressekonferenz ein.

Nach dem Termin gingen beide in ihr Büro. Elena goss zwei Gläser Wasser ein und reichte eines Fricke, der es nahm, sich auf einen Stuhl setzte und ohne zu trinken erst ihren Auftritt kommentierte.

»Das hast du richtig gut gemacht. Ein sehr emotionaler Einstieg – die Ansprache zum Organhandel. Man hätte eine Stecknadel fallen hören können im Saal. Wirklich gut!«

»Oh, dass du mich mal lobst!« Sie sah ihn erfreut an.

»Ich lobe dich doch immer.«

»Nö«, meinte sie, »machst du nicht. Und wenn, viel zu wenig!«

Sie setzte sich auf seinen Schoß und gab ihm einen Kuss. »Ich könnte mehr davon gebrauchen.«

»Wundervolle Staatsanwältin Karinoglous«, er sah ihr in die Augen, »und wann lobst du mich?«

»Du bist schon so viel zu selbstüberzeugt, du brauchst kein Lob mehr«, gab sie spöttisch zurück.

Gerade als sie ihn noch mal küssen wollte, klopfte es an der Tür und sie sprang auf. Trotzdem fühlte sie sich wie ertappt, als Stockleben hereinkam.

Kurz zögerte dieser an der Tür, als ob er sich die Frage gestellt hatte, was hier gerade geschehen war, kam dann aber herein und setzte sich auf den freien Stuhl, ohne auf eine Aufforderung zu warten.

»Ich wollte Ihnen beiden nur mitteilen, dass meine Beamten in allen Auffanglagern Münchens waren – ohne irgendeine Spur zu finden. Leider.« Missmutig schüttelte er den Kopf. »Nur eines: Eine Albanerin in Manching behauptet, aus den Dörfern in der weiteren Umgebung von Tirana, in Ostalbanien, seien in letzter Zeit Kinder, genauer gesagt Jugendliche, verschwunden. Mehrere. Eine albanische Familie in der Manchinger Flüchtlingsunterkunft habe zum Beispiel auch eine Nichte verloren. Das hätte die Mutter der Familie ihr erzählt. Aber der Beamte war sich weder sicher, ob er alles richtig verstanden hat, noch, ob die Frau sich nur wichtigmachen wollte. Ich weiß nicht, ob es ein ernst zu nehmender Hinweis ist. Aber hier ist der Name der Frau.« Er wollte gerade schon aufstehen, ließ sich dann aber wieder zurück in den Stuhl fallen. »Und dieser Mayrhofer – also, Frau Karinoglous, mir gefällt der nicht. Ich hatte ihn bei der Ermittlung damals die ganze Zeit in Verdacht. Aber er ist aalglatt.«

Elena hatte Fricke bereits von ihrem Besuch bei dem Arzt erzählt und auch davon, dass ihr Bauchgefühl ihr sagte, dass in dieser Klinik etwas Seltsames vor sich gehe. Nach dem letzten Fall, bei dem er sich noch über ihr Bauchgefühl lustig gemacht hatte, hatte er sich vorgenommen, diesmal ihre subjektiven Eindrücke ernst zu nehmen.

»Wie wär's dann mit einer Hausdurchsuchung, also in diesem Fall mit einer Klinikdurchsuchung?«

Stockleben hob die Arme: »Weswegen denn? Da ist ja noch nicht mal ein begründeter Anfangsverdacht – gar nichts!«

Fricke sah Elena an, die auch nur mit den Schultern zuckte und den Kopf schüttelte.

Okay, dachte sich Fricke. Was sein muss, muss sein.

Aber er sagte nichts.

# KAPITEL 18

*Adnan, Mittwochnachmittag*

Adnan kam aus dem Essenscontainer und erschrak, als plötzlich zwei Polizisten vor ihm standen. In ihre Mitte hatten sie den Verbindungsmann und Dolmetscher des Lagers genommen, der den Polizisten erklärte, dass Adnan Deutsch spreche und sie ihn direkt befragen könnten. Daraufhin zeigten ihm die beiden Beamten zwei Fotos. Es war auf den ersten Blick ersichtlich, dass die jungen Männer auf den Bildern tot waren.

»Wir möchten wissen, ob Sie die Jugendlichen schon einmal gesehen haben. Kennen Sie vielleicht einen von beiden?«, fragte einer der Beamten.

Adnan nahm die Bilder und sah sie sich genauer an. »Jugendliche …« Er dachte sofort an Majlinda.

Die Polizisten nickten.

»Sie wurden umgebracht, ja?«, fragte Adnan und gab den Beamten die Bilder zurück.

Die zwei antworteten nicht darauf, sondern wiederholten nur ihre Frage.

»Nein, tut mir leid«, antwortete Adnan und ging zur Seite, als der Verbindungsmann die Polizisten weiter in den Essenscontainer bat.

»Um diese Zeit sind die meisten beim Frühstück, am besten folgen Sie mir einfach. Da hier kaum einer Deutsch versteht, geschweige denn es sprechen oder lesen kann, dürfte noch niemand von den beiden toten Flüchtlingen erfahren haben – weder über die Zeitung noch über die Nachrichten«, war das Letzte, was Adnan hörte, bevor die Gedanken in seinem Hirn zu rasen begannen.

Er ging in das Büro der Sozialarbeiterin und fragte sie nach einer Zeitung. »Von heute und möglichst auch von den letzten Tagen, bitte.«

»Gerne.« Die Frau zeigte auf den kleinen Tisch, der in der Ecke stand. Darauf befand sich ein ganzer Stoß Zeitungen. »Was wollen Sie denn mit den alten Ausgaben?«

Obwohl er innerlich aufgewühlt war, erklärte Adnan betont beiläufig, dass er seine Deutschkenntnisse auffrischen und intensivieren wolle, indem er Zeitung lese. Das hielt die Sozialarbeiterin für eine gute Idee. Adnan nahm den ganzen Stapel, bedankte sich und verließ den Container. Er ging einige Schritte bis zum Zaun, wo eine kleine Bank unter einem Baum stand, und begann hektisch in den Zeitungen zu blättern, bis er tatsächlich fand, was er suchte.

In der Nähe des Flüchtlingslagers in Feldkirchen hatte man einen toten Jugendlichen gefunden. Es war bereits der zweite tote Flüchtling, dessen Identität nicht geklärt werden konnte. Das konnte nur bedeuten, dass sie eingereist waren, ohne sich zu registrieren. So wie Majlinda. Niemals wäre sie mit irgendwelchen Schleppern über das Meer geflüchtet. Dafür hatte sie auch kein Geld. Vielleicht gehörte sie zu einer Gruppe unregistrierter Flüchtlinge. Vielleicht zu der Gruppe, zu der auch die beiden toten Teenager gehört hatten.

Adnan ging zurück in den Container der Sozialarbeiterin. »Braucht man im Lager in Feldkirchen einen Verbindungsmann?«, fragte er und stand lässig vor dem Schreibtisch, während es in seinem Inneren ganz und gar nicht ruhig aussah.

»Feldkirchen? Ich weiß es nicht genau, aber ich gehe davon aus. Verbindungsleute werden immer und überall gebraucht. Wie kommen Sie denn jetzt gerade auf Feldkirchen? Sie haben die Zeitungen gelesen. Geht es um die toten Jugendlichen? Kennen Sie die vielleicht? Dann müssen wir das der Polizei mitteilen«, fragte die Frau, die plötzlich angespannt wirkte.

Adnan winkte ab. »Nein. Freunde von mir sind dort untergebracht. Ich möchte sie gerne wiedersehen.«

Die Sozialarbeiterin schien ihm diese Erklärung zu glauben. »Aber wir können nicht Ihre Familie umsiedeln. Sie haben doch eine Frau und zwei Kinder, eine Tochter …«

»… und einen Sohn«, unterbrach er sie und lächelte bei dem Gedanken an Kaon.

»Die Unterkünfte dort sind alle belegt. Meine Kollegen werden sicher ein Bett für Sie finden können, aber nicht für Ihre Familie. Zumal Sie hier registriert sind. Der Verwaltungsaufwand … ach, ich rufe jetzt erst einmal dort an.« Sie blätterte in einem kleinen Ringbuch, fand die entsprechende Nummer und tippte sie in ihr Telefon ein.

Das Gespräch dauerte nicht sehr lange. Ihre Mimik ließ bereits darauf schließen, dass nichts dagegensprach. »Man wird Sie in zwei Stunden hier abholen. Packen Sie also, was immer Sie mitnehmen wollen.«

Adnan bedankte sich und ging zurück zu seiner Unterkunft, wo ihm Kaon bereits entgegengerannt kam. Adnan nahm ihn an die Hand und setzte sich auf den kalten Steinboden vor Larijeta und Rabishe, die auf zwei Holzschemeln saßen. »Vielleicht gibt es eine Spur von Majlinda. Vielleicht. Ich weiß es nicht, aber ich muss es versuchen.« Er erzählte von den Zeitungsberichten und der Möglichkeit, in Feldkirchen als Verbindungsmann zu arbeiten.

»Du willst uns alleine lassen?«, fragte Rabishe.

»Wo auch immer ihr seid, ich bin bei euch. Feldkirchen ist nur knapp eine Stunde entfernt. Ich habe ein Handy und werde euch ebenfalls eines besorgen, sodass wir immer telefonieren können«, versuchte Adnan, seine Tochter zu trösten. »Wann immer es geht, werde ich auch hierherkommen. Du weißt – es muss sein. Ich werde versuchen, euch nachzuholen.«

»Ich komme mit«, sagte Kaon.

»Das geht nicht. Ich brauche dich hier. Ich möchte, dass du auf meine, nein, auf unsere Familie aufpasst. Du bist jetzt der Mann hier. Ich möchte, dass du Rabishe und Larjieta beschützt und dass du auf meine Frau hörst, wenn sie dir etwas sagt. Versprich es mir.« Adnan sah Kaon tief in die Augen.

»Ich verliere nicht wieder eine Mutter«, sagte der Junge sehr ernst.

Larijetas Augen füllten sich mit Tränen.

»Ich verspreche dir, dass ich aufpassen werde. Uns wird nichts geschehen.« Kaon sagte dies mit so viel Stolz, dass Adnan wusste, dass dieser kleine Junge sein Leben für beide geben würde.

Larijeta selbst schwieg und legte ihren Arm um die Schultern des kleinen Jungen. Was sollte sie sagen? Adnan war nicht hergekommen, um in Deutschland eine neue Zukunft aufzubauen. Seine Zukunft sah er in Albanien. Es war allen klar, dass sie wieder zurückgehen würden. Nur sie selbst beschlichen Zweifel, ob sie tatsächlich zurückkehren wollte. Mal sehen, was die Zukunft bringen würde. Zuerst musste Adnan seine Mission hier erfüllen. Und das konnte er nur, wenn sie ihn dabei unterstützte und den Weg dafür frei machte.

Adnan ergriff seine Reisetasche, küsste Rabishe, Larijeta und Kaon auf die Stirn und ging ohne ein weiteres Wort in Richtung Haupttor.

# KAPITEL 19

*Elena und Fricke, Mittwochabend*

Als Stockleben gegangen war, erklärte Fricke: »Ich habe Hunger. Komm, wir gehen jetzt irgendwohin etwas essen.«

Dem konnte Elena nur beipflichten. Obwohl sie noch lachend versuchte, den Autoschlüssel einzufordern, wehrte Fricke energisch ab und setzte sich selbst hinters Steuer. Er fuhr Richtung Innenstadt und erwischte zufällig hinter dem Karlstor einen soeben frei werdenden Parkplatz. Als sie ausstiegen, stellten sie fest, dass sie direkt vor einem italienischen Restaurant standen. Fricke deutete fragend mit dem Finger auf die Eingangstür, aus der es verlockend duftete und Elena nickte einfach nur. Das Lokal war gut besucht. Der Kellner wollte gerade schon auf die Frage nach einem freien Tisch abwinken, als zwei Männer sich von ihren Stühlen am Tresen erhoben und Elena und Fricke sofort darauf Platz nahmen. Vom Tresen aus hatten sie Blick auf die Arbeitsfläche, wo zwei italienische Köche in rasanter Geschwindigkeit Salate zusammenstellten, Pasta mit verschiedensten Saucen zubereiteten und Pizzen belegten, die in dem großen Pizzaofen verschwanden. Alles sah herrlich aus.

Als der Kellner die Bestellung aufnahm, sah Elena vorsichtig Fricke an. »Sind wir eigentlich für heute mit der Arbeit fertig?«, fragte sie, worauf Fricke »Ein Bier und einen Prosecco für die Dame« orderte, bevor er sich an

Elena wandte, ihr einen Kuss auf die Stirn gab und sagte: »Sind wir. Habe ich gerade beschlossen.«

Kurze Zeit später standen die gefüllten Gläser vor ihnen und Elena murmelte: »Hm, du weißt ja, wie gerne ich Prosecco trinke, aber eigentlich fände ich es wirklich nicht schlecht, wenn wir uns heute Nacht noch zwei, drei Stunden vor die Klinik stellen. Wer weiß, was da passiert. Einen Durchsuchungsbeschluss kriegen wir nie, aber beobachten können wir ja.«

Fricke seufzte. »Jetzt will ich mal Schluss mit der Arbeit machen und das Privatleben beginnen lassen – und du möchtest dich die halbe Nacht mit mir zur Beobachtung postieren?« Als sie etwas unsicher mit den Schultern zuckte, legte er nach: »Das letzte Mal hat so eine Beobachtungsrunde bei uns auch großartig funktioniert!«

Elena schoss die Röte in die Wangen. Als sie beim letzten Fall jemanden beschatten wollten, waren sie gerade anderweitig beschäftigt gewesen, als der Verdächtige sich auf und davon machte …

»Jetzt wird erst mal gegessen«, bestimmte Fricke.

Nachdem sie beide den ganzen Tag nichts zu sich genommen hatten, genossen sie zusammen eine große Antipasti-Platte, Fricke bekam Gorgonzola-Gnocchi und Elena eine Parmaschinken-Rucola-Pizza. Nachdem Fricke ihre letzten zwei Pizzastücke übernommen hatte, die sie beim besten Willen nicht mehr essen konnte, erklärte Elena: »Ich bin so müde, ich brauche auf jeden Fall noch einen Espresso! Sonst wird das mit Sicherheit nichts mit der Beschattung.«

Nach dem Kaffee bezahlte Fricke, ließ sich von Elena die Adresse der Privatklinik geben und gab sie ins Navi ein.

»Ich weiß gar nicht mehr, ob das eine gute Idee ist«, ruderte Elena plötzlich zurück, als sie schließlich vor dem Gebäude parkten.

»Na ja, ich finde, es gibt zwei Möglichkeiten«, grinste er und beugte sich zu ihr hinüber, »entweder wir machen es wie beim letzten Mal – hoffentlich ohne Unterbrechung …«

Sie schüttelte lachend den Kopf und schob ihn von sich: »Also nein, Sven, das lief schon damals schief.«

»Gut«, sagte er, »dann steigen wir aus.«

Elena blickte ihm zweifelnd hinterher, öffnete aber auch ihre Tür, stieg aus und folgte ihm zögernd. »Sven, was hast du jetzt vor?«

»Also, ich stehe bestimmt nicht stundenlang hier vor der Klinik rum, wenn höchstwahrscheinlich sowieso nichts passiert. Wir gehen da rein und sehen uns um.«

»Sven, nein, das geht nicht.«

»Das werden wir sehen.«

»Bitte, das wäre Hausfriedensbruch …«

Er drehte sich zu ihr um, zog sie an sich und küsste sie. »Du glaubst, dass hier was vor sich geht. Und ich will mit dir ins Bett, so schnell wie möglich. Und deswegen verlieren wir keine unnötige Zeit, schauen nach, ob wir was Brauchbares finden, und dann bringe ich dich ins Hotel.«

Elenas Gesichtsausdruck war etwas verzweifelt. Fricke ließ sich davon nicht beirren, lief von Fenster zu Fenster und rüttelte dann an den Rosten über den Kellerschächten, doch alles war fest verschlossen und abgesichert. Elena war bereits erleichtert, als er nach oben deutete: »Da ist ein Fenster gekippt. Und daneben steht ein Baum.«

»Bitte, Sven. So ein Quatsch.«

Fricke reagierte gar nicht, kletterte auf den Baum, hangelte sich an einem der dicken Äste langsam zur Seite, bis er tatsächlich mit den Händen an die Scheibe kam. Elena wandte entsetzt den Blick ab. Nein, das ging gar nicht. Sie war eine Staatsanwältin!

Als sie wieder nach oben sah, war Sven verschwunden. Hektisch blickte sie sich um, aber in dem dunklen Park hinter der Klinik hatte kein Mensch irgendeinen Blick auf die Klinik-Fenster. Es ertönte auch kein Alarm. Stattdessen öffnete sich kurz darauf das Fenster direkt vor ihr.

»Mag die Rechtsvertreterin draußen auf den bösen Jungen warten oder helfen?«

Elena warf einen verzweifelten Blick Richtung Himmel und stieg dann durch das Fenster ein. »Sven, das kann uns unseren Beamtenjob kosten.«

»Nur wenn wir uns erwischen lassen. Komm. Wo ist das Büro von dem Typen?«

Elena betrat den Gang, versuchte sich zu orientieren und fand mühelos Mayrhofers Büro. Sie setzte sich an den Schreibtisch und sah die Schubladen durch, während Fricke sich die Akten in den Schränken vornahm. Fast eine Stunde blätterten sie in Unterlagen, Aktenordnern und Patientenkarteien. Nichts. Alle möglichen chirurgischen Krankenfälle, aber kein Hinweis auf eine Transplantation. Absolut nichts.

Elena lehnte sich resigniert zurück und starrte auf Frickes breiten Rücken, während er weiter Ordner für Ordner aus dem Regal zog und durchsah. Ach, sie wäre viel lieber mit ihm im Hotel. Das hatte hier doch gar keinen Sinn. Und das Risiko, das sie hier eingingen, war wahnsinnig.

In dem Moment drehte Fricke sich um. Er schien ihre Gedanken erraten zu haben: »Wir setzen hier unseren Job aufs Spiel, für nichts, oder? Frau Staatsanwältin und Einbrecherkönigin Karinoglous?«

Plötzlich ging ein Ruck durch Elena. »Frau Karinoglous – genau! Wie hieß die noch? ... Frau Konstantinopoulos – ja, das war's!«

Fragend sah er sie an.

»Die Patientenakte von der Frau, die er eigentlich erwartet hatte, als ich ihn besucht habe. Die müssen wir finden!«

Jetzt verstand er. Er hatte die Akte bereits in den Rollschüben gesehen. Er öffnete das Register »Ka – Ko«, suchte nach ›Konstantinopoulos‹ – und fand sie. Schulter an Schulter standen sie über der Akte und öffneten sie gespannt. Es gab ein Personalblatt mit Name, Adresse, Krankenkasse und weiteren persönlichen Daten, doch dahinter – nichts. Kein Krankenblatt, kein Arztbericht, keine Behandlungsdokumentation.

»Der hat hier aufgeräumt. Da können wir suchen, solange wir wollen, der hat alles gesäubert«, stellte Elena fest.

»So sehe ich das auch. Und in einem gebe ich dir uneingeschränkt recht: Das hier stinkt gewaltig!«, stimmte Fricke zu. »Aber mehr können wir hier höchstwahrscheinlich nicht entdecken.«

Sie legten die Krankenakte wieder zurück und kletterten aus dem Erdgeschossfenster hinaus, durch das sie auch hineingekommen waren. Elena war erleichtert, als sie draußen war.

»Mensch, Sven, wozu du mich nicht alles bringst!«

»Du willst es doch auch, Elena«, grinste er anzüglich und meinte damit nicht nur den Ausflug in die Klinik.

Im Hotel ging erst Elena ins Bad, danach duschte Fricke. Immerhin, nur zwei Stunden statt einer Nacht Klinikbeschattung. Nun hatte er Zeit für Elena. Und darauf freute er sich. Er öffnete die Tür und blickte aufs Bett. Dort lag Elena, mit T-Shirt und Slip bekleidet, die Decke nur halb über sich. Das sah sehr, sehr reizvoll aus – aber sie schlief, so tief und fest, dass sie nicht einmal merkte, wie er die Decke über sie zog und sich an sie kuschelte.

# KAPITEL 20

*Adnan, Donnerstagmorgen*

Adnan wurde schon früh wach. Die Kälte kroch unter seine Decke und in seine Glieder. Es war bereits Oktober und die sonnigen Tage hatten sich verabschiedet. In der Nacht war es kühl geworden in der Container-Wohnung. Zudem hörte man durch die dünnen Wände das Schnarchen der Nachbarn und jeden Schritt auf dem Gang. Es war schwer für Adnan, Schlaf zu finden.

In diesem Lager herrschte eine Unzufriedenheit, die deutlich zu spüren war. Unterschiedliche Religionen waren hier vertreten. Statt sich einfach darauf zu besinnen, dass es sich bei allen religiösen Gruppen doch einfach um Menschen handelte und sich alle in der gleichen Lage befanden, versteifte man sich auf seinen Glauben. Religionen verbanden nicht, sondern spalteten die Menschen. Adnan beteiligte sich an diesen Streitigkeiten nicht. Einmal sagte er zu jemandem: »Glaube, was du willst. Am Ende trinken wir das gleiche Wasser, atmen die gleiche Luft und frieren im gleichen Zelt. Warum also soll dein Gott besser sein als meiner?«

Adnan hatte einen, nein, zwei Wünsche. Den einen würde er sich gleich erfüllen. Er wollte in einen Supermarkt gehen. Man hatte ihm von meterlangen, vollen Regalen berichtet. Von Geschäften, in denen es alles zu kaufen gäbe und die so groß waren wie ein Fußballfeld. Heute würde er einen solchen Laden betreten. Der andere Wunsch, den er hatte und über den sein Bettnachbar gelacht hatte, war, einmal ausgiebig heiß zu duschen.

Adnan stand auf und streckte sich. Er zog den kleinen Tabakbeutel aus seiner Unterhose und sah sich dabei in alle Richtungen um. Darin steckte sein ganzes Geld. Er hatte noch etwa 2.000 Euro.

Gestern, nachdem er angekommen war und man ihm sein Bett zugewiesen hatte, hatte er alle Menschen, die er traf, nach den zwei toten Jugendlichen gefragt. Aber niemand kannte sie. Er hatte sich die Bilder der beiden aus der Zeitung herausgerissen und herumgezeigt. Nicht einer der Menschen im Lager konnte ihm weiterhelfen, keiner hatte sie je gesehen. Würde er auch hier keine Spur von Majlinda aufnehmen können?

Dann ging er in den Container, in dem man sich das Frühstück abholen konnte, das stets das gleiche war. Drei Scheiben Brot, zwei Scheiben Käse, ein Töpfchen Marmelade und eine kleine Packung Butter. Alles auf einer Pappschale und mit Folie verpackt. Diese Rationen lagen in etwa zehn Plastikboxen parat. Auf den Tischen standen mehrere Kannen Kaffee und Tee. Adnan nahm sich eine Packung Brot mit Käse und einen Becher Kaffee. Der Kaffee wärmte ihn ein wenig. Noch am Tisch belegte er sein Brot mit den Käsescheiben und ging anschließend durch das Haupttor, von wo aus er nur einige Schritte laufen musste, bis er zur Bushaltestelle kam. Gestern Abend hatte er noch nachgesehen: 9.12 Uhr fuhr sein Bus nach München. Obwohl es eine Fahrt von mehr als einer Stunde war, musste er dorthin, denn er hatte Larijeta ein Handy versprochen. Außerdem wollte er Schokolade für die Kinder kaufen und eine Karte von München und Umgebung.

Und er erhoffte sich, in München ein Messer zu bekommen. Ein Jagdmesser vielleicht. Auch hier in der Nähe gab es ein Jagdgeschäft, aber dort würde man ihn sofort mit dem Lager in Verbindung bringen und ihm womöglich keines verkaufen. Oder aber ihn später wiedererkennen. Das wollte er vermeiden.

Es war etwa 9 Uhr, als Adnan an der Bushaltestelle ankam und mit den Gedanken bei Larijeta war. Seit ihrer Heirat waren sie noch nie über Nacht voneinander getrennt gewesen. Er stellte sich vor, dass Kaon, ähnlich wie ein Kampfhund, knurrend vor Larijetas Bett wachte und sein Leben geben würde, um sie zu verteidigen.

»Hey, schau mal einer an«, hörte er plötzlich eine Stimme hinter sich.

Er drehte sich um und erblickte zwei Männer, die ihn hämisch ansahen.

»Ja, du Stück Scheiße. Du verstehst uns nicht, oder? Macht nichts. Du brauchst auch nie wieder etwas verstehen«, sagte jetzt der andere.

Beide Männer waren nicht besonders kräftig. Sie waren keine 30 Jahre alt, trugen Jeans und dünne Jacken. Zunächst nahm Adnan an, wenn er sich ruhig verhielt und nicht auf ihre Ansprache reagierte, würden sie von ihm ablassen. Deshalb beschloss er, zurück ins Lager zu gehen und den nächsten Bus zu nehmen, der eine Stunde später fuhr. Doch dann sah er das Messer in der Hand des einen Mannes.

»Was soll das?«, fragte er und starrte auf die Klinge. Er war darin ausgebildet, sich gegen Angreifer zu verteidigen, auch wenn sie bewaffnet waren. Situationen wie diese hatte er während seiner Ausbildung beim Militär immer und immer wieder trainiert.

»Hey, der Kanacke kann Deutsch. Ich werd nicht mehr«, spottete der Mann mit dem Messer.

»Scheißegal. Stich die Sau ab«, antwortete der andere und schlug ihm auffordernd gegen den Arm.

Genau das war der Moment, den Adnan nutzte. Der bewaffnete Mann war durch den Schlag seines Kumpels kurz abgelenkt. Mit einem Tritt stieß Adnan ihm das Messer aus der Hand, das in hohem Bogen hinter ihn in den Wald flog. Der Mann schrie auf und hielt sich die Hand. Noch bevor sein Freund registrierte, was vor sich ging, rammte Adnan ihm seine Faust in den Magen, drehte sich blitzschnell um und trat dem anderen mit dem Fuß gegen sein Schienbein. Als der sich vor Schmerz krümmte, hob Adnan sein Knie an und stieß es ihm an den Kopf. Mehr musste Adnan nicht tun, denn die beiden Männer rannten davon, als soeben der Bus kam.

»Was ist? Wollen Sie einsteigen oder was?«, fragte der Busfahrer ungeduldig aus der geöffneten Tür.

Adnan nickte, betrat den Bus, löste ein Ticket und setzte sich neben eine ältere Frau, die ihm ein freundliches Lächeln schenkte.

Keine zwei Stunden später hatte er alles besorgt, was er kaufen wollte: Schokolade, eine Puppe, eine Actionfigur, ein Handy.

Und ein sehr scharfes Messer.

# KAPITEL 21

*Elena und Fricke, Donnerstagmorgen*

Elena und Fricke saßen vor Stocklebens Schreibtisch, in dessen Büro sie in aller Frühe zitiert worden waren.

Stockleben sah die beiden abwechselnd an und sagte zuerst lange nichts. »Hier ist eine Meldung«, hob er schließlich an. »Einbruch in der Mayrhofer Klinik. Nichts wurde gestohlen. Ein Fenster wurde aus den Angeln gehoben. Fußabdrücke weisen eindeutig auf Einbrecher hin. Haben Sie mir dazu etwas zu sagen?«

Elena betrachtete eingehend ihre Hände. Fricke dagegen blickte ihm direkt in die Augen.

Schweigen hing im Raum. Eine verdammt lange Zeit.

Stockleben atmete aus. »Gut. Ich hätte auch nichts hören wollen. Raus.«

Elena und Fricke gehorchten wortlos.

Im Büro saßen sie sich gegenüber. »Was jetzt?«, fragte Elena.

»Also, ich habe von Dr. Huber die Liste mit Transplantationsärzten bekommen. Sieben von ihnen kann er identifizieren als Besitzer einer Privatklinik – einer davon ist Mayrhofer! Die anderen sechs müssen wir uns vornehmen. Drei für dich, drei für mich?«, schlug Fricke vor.

»Okay«, stimmte Elena zu, »aber das Auto krieg ich.«

»Klar, Prinzessin kann doch nicht öffentlich fahren!«

Elena hielt ihn am Arm zurück, als er schon aufstehen

wollte. »Wollen wir zuvor noch zusammen in das Lager in Manching fahren? Dieser seltsame Hinweis von Stocklebens Beamten … Selbst wenn es nichts ist, vielleicht können wir uns einfach mal dort umhören.«

Fricke nickte.

»Man nennt es jetzt ›Ankerzentrum‹«, fügte Elena spöttisch hinzu. »Eine dieser tollen Worterfindungen der großen Koalition. ›Abschiebelager‹ klingt nicht so fein. Es soll nach Verankerung und Integration klingen. Ankunft, Entscheidung, Verteilung oder Rückführung. – ›Rückführung‹, auch so ein tolles Wort!«

»Komm, Elena, wir können nicht die ganze Welt aufnehmen. Und dass hier Kriminalität entsteht, wissen wir beide.«

»Kriminalität entsteht auch so. – Das wissen wir ebenfalls beide!« Elena wurde laut und bestimmt. »Für mich sind das Abschiebegefängnisse!«

Fricke brummte nur. Auf jeden Fall wollte er sich jetzt nicht mit Elena auf eine politische Diskussion einlassen. Sie stand immer auf der Seite der Schwachen und Armen, während für ihn, wenn er das Gesetz bedroht sah, auch harte Mittel die richtigen waren.

*

Larijeta beobachtete vom Fenster aus, wie Rabishe und Kaon zusammen im Baum kletterten. Sie waren schon beinahe wie Geschwister und fanden aneinander Halt. Vielleicht hatte Allah ihr tatsächlich Kaon geschenkt für ihren toten Sohn, für Tarik. Mit ihren Augen suchte sie auch den Weg ab, ob Adnan zurückkam.

Unten fuhr ein großes dunkles Auto vor. Von oben

konnte sie gut in die Windschutzscheibe sehen. Ein Mann und eine Frau saßen darin. Jetzt beugte sich der Mann zu der Frau und küsste sie. Larijeta zuckte entsetzt zurück. Unglaublich.

Die beiden stiegen aus. Die Frau lachte den Mann selbstbewusst an, dann liefen sie Schulter an Schulter zum Eingang. Nicht er vor ihr, wie Larijeta das gewohnt war, sondern nebeneinander wie zwei Geschäftspartner. Es war alles so seltsam hier.

*

Es dauerte ein wenig, bis Fricke und Elena einen Zuständigen gefunden hatten. Sie stellten sich vor und Elena erklärte: »Wir möchten eine Frau aus Ihrer Unterkunft sprechen, Fatime Gashi. Und wir brauchen einen Übersetzer.«

»Liegt etwas gegen sie vor?«, fragte der Mann.

»Nein, wir wollen nur etwas von ihr wissen«, beruhigte ihn Elena.

Zehn Minuten später stand eine Frau vor ihnen, deren Hijab gerade nur ihr Gesicht sehen ließ. Sie baten sie, sich zu setzen, und warteten auf den Übersetzer, nachdem sie gemerkt hatten, dass es ihnen schon bei der Frage nach ihrem Namen kaum gelang, sich verständlich zu machen.

Als dieser endlich eintraf, begann Fricke, sie zu befragen. »Wir sind hier, weil Sie einem Kollegen berichtet haben, in Ostanatolien und aus der Umgebung von Tirana verschwinden Kinder. Ist das richtig?«

Die Frau nickte und der Mann übersetzte ihre hektisch hervorgepressten Sätze. »Es gibt Gerüchte. Männer aus dem Westen. Genau weiß ich es nicht. Aber man hört es überall. Immer mehr Kinder fehlen. Es fahren große

Autos durch die Dörfer und dann sind Kinder fort. Mehr weiß ich nicht.«

Elena hörte den bruchstückhaften Erzählungen zu und in ihr entstand das Bild eines Landes, in dem eine Mutter nie wusste, ob ihre Kinder aus der Schule wieder zurückkehrten. Ein eiskalter Schauer lief ihr über den Rücken.

»Larijeta weiß es!«, wiederholte der Übersetzer die Worte der Frau. »Ich nicht. Larijeta weiß es.«

Nachdem von der Frau nicht mehr zu erfahren war, baten sie den Übersetzer, die besagte Larijeta zu holen.

Fast eine halbe Stunde geschah nichts. Sven und Elena stellten sich ans Fenster und beobachteten das Treiben vor dem Lager. Männer standen in Gruppen, rauchten und sprachen miteinander. Etwas abseits saßen auf einer Bank einige Frauen und beaufsichtigten ihre Kinder, die auf der kleinen Wiese spielten. Zwei hatten Federballschläger und versuchten sich ungeschickt, aber tapfer mit diesem offensichtlich für sie ungewohnten Spielgerät. Eine andere Gruppe kickte mit einem Ball und ein kleines Mädchen kletterte auf den Baum neben der Wiese.

Sven legte seinen Arm um Elenas Taille. »Ein kleines Stück Idylle. Normalität. Oder?«

»Ja, für die Kinder ist das ein großes Abenteuer. Ich denke, sie haben nicht so viele Verlustängste wie die Eltern«, fand auch Elena. »Aber sie werden ebenfalls ihre Traumata mit sich durchs Leben tragen.«

Als sich die Tür öffnete und sie sich umdrehten, sahen sie in das erschrockene Gesicht einer sehr jungen Frau. Eigentlich konnte man nur die weit geöffneten Augen in dem ebenfalls vom Hijab umrahmten Gesicht sehen. Aber Sven und Elena hatten beide sofort das Gefühl, dass diese Frau, als sie sie Arm in Arm gesehen hatte, fast so entsetzt gewesen war, wie wenn sie sie nackt beim Sex erwischt hätte. Elena warf einen Seitenblick auf Sven und rückte dann einen Schritt von ihm ab. Der Betreuer drängte die Frau geradezu ins Zimmer hinein, in das sie offensichtlich lieber keinen Fuß mehr gesetzt hätte.

Fricke bot ihr einen Platz an und sie wich zurück, als er dabei einen Schritt auf sie zumachte. Du meine Güte, was dachte sie denn, was er jetzt von ihr wollte! »Wie ist denn Ihr Name?«, fragte er.

Sie sah zur Seite und sagte nichts.

Elena winkte Sven zurück und übernahm nun selbst die Befragung. Dabei hatte sie den Eindruck, dass die Frau genau registriert hatte, dass Sven ihrem Winken gefolgt war und sich daraufhin zurückgezogen hatte. Elena glaubte, eine Mischung aus Verwunderung und Erkenntnis in den dunklen Augen gesehen zu haben.

»Sie wollte eigentlich auf keinen Fall mitkommen. Nicht ohne ihren Mann. Sie hat Angst«, erklärte der Übersetzer.

»Ich bin von der deutschen Staatsanwaltschaft. Das Einzige, was wir von ihr wollen, sind Informationen. Sie soll uns etwas erzählen. Sonst nichts. – Bitte sagen Sie ihr das und beruhigen Sie sie«, wandte sie sich zu dem Übersetzer, der die Worte ins Albanische übersetzte. Die Frau fing den Blick Elenas auf und nickte.

»Ihr Name ist Larijeta, und weiter?«, fragte Elena.

Scheu blickte die Frau auf den Boden und antwortete flüsternd: »Tahiraj.«

»Eine Bekannte von Ihnen hat uns erzählt, dass aus den Dörfern um Tirana Kinder verschwinden und dass Sie mehr darüber wissen.«

Larijeta riss die Augen auf und Elena konnte blanke Angst darin erkennen.

»Sagen Sie ihr noch einmal, wir werfen ihr nichts vor. Wir wollen nur etwas wissen«, wiederholte sie an den Übersetzer gewandt, der das offensichtlich auch tat.

Unruhig huschten Larijetas Augen kurz zu Fricke und kehrten wieder zu Elena zurück. Dann begann sie zu sprechen, und der Dolmetscher übersetzte ins Deutsche: »Kinder verschwinden. Meine Nichte ist nach der Schule einfach nicht mehr nach Hause gekommen. Ein Nachbar hat gesehen, dass sie in einen großen, schwarzen Wagen eingestiegen ist. Die Leute sagen, die Kinder werden nach Deutschland gebracht.«

Elena warf Sven einen Blick zu. Konnte das tatsächlich sein? War das eine Spur? Kidnappte man Kinder in Albanien und holte sie hierher? Sven nickte ihr zu. Auch dies schien Larijeta genau zu beobachten.

»Was können Sie uns dazu noch sagen? Warum geschieht das? Wieso glauben Sie, dass es nach Deutschland geht?«

»Mehr weiß ich nicht. Das Mädchen ist fort. Nur das weiß ich. Ein Kind hat aus München angerufen. Aber wir wissen nichts sicher. Meine Nichte hat nicht angerufen. Sie ist einfach verschwunden.«

Aus ihren schwarzen Augen löste sich wie eine glitzernde Perle eine Träne, und Elena hatte das Bedürfnis, die Frau zu umarmen.

Fragend sah sie wieder zu Sven, der auch nur mit den Schultern zuckte. Er reichte Elena seine Karte, die sie an Larjieta weitergab. »Wenn Ihnen irgendetwas dazu einfällt, Sie können es uns immer sagen. Danke«, fügte Elena hinzu und die junge Frau schlich aus dem Zimmer.

Durch die Tür konnten sie sehen, dass davor ein Junge und ein Mädchen gewartet hatten, die Larijeta jetzt ängstlich an den Händen fassten. Sie waren vielleicht sechs oder sieben Jahre alt.

Elena drehte sich zu Sven um: »Die Frau war doch höchstens Anfang 20, oder? Wie jung kriegt man in Albanien eigentlich Kinder?«

Sven zuckte mit den Schultern.

# KAPITEL 22

*Elena und Fricke, Donnerstagabend*

Den Nachmittag hatten sie beide mit Vernehmungen in den aufgelisteten Kliniken verbracht. Zwei der Privatkliniken konnten sie gedanklich aus ihrer Liste streichen, da sie weder Operationsräume noch ein Labor besaßen. Bei den anderen gab es genauso wenig Verdächtiges wie Entlastendes. Auffallend war, dass niemand auch nur eine Vermutung äußerte. Keine Gerüchte, kein böses Gerede, nichts. Es war offensichtlich, welch heikles Thema sie hier bearbeiteten. Keiner der Ärzte wollte etwas dazu sagen oder auch nur eine Vermutung aussprechen.

Am frühen Abend waren sie ins Hotelzimmer gegangen. Sie fanden beide, dass sie einen ruhigen Abend verdient hatten.

»Wo setzen wir jetzt an? Wo machen wir weiter?«, fragte Elena Fricke etwas ratlos.

Der schmiss sich erschöpft aufs Bett. »Was für ein Tag. Mein Kopf qualmt«, sagte er gequält und starrte an die Decke.

Elena stand am Fußende und betrachtete ihn. »Ich muss dich mal was fragen. Ich würde gerne noch mal schick mit dir ausgehen – hast du eigentlich irgendein gebügeltes Hemd dabei?«

Fricke stöhnte genervt und antwortete ihr nicht. Das alte Thema.

Elena verschwand im Bad und schloss die Tür hinter sich. Dumpfe Stimmung hing im Raum.

Es war zu viel, zu nahe. Fricke war ein Einsiedler. Solche Eingriffe in sein Leben waren genau der Grund, warum er sich nie auf eine langfristige Beziehung eingelassen hatte. Es nervte ihn.

»Vielleicht solltest du an der Rezeption fragen, ob du ein Einzelzimmer haben kannst. Dann stört dich meine Erscheinung nicht mehr«, rief er ihr zu.

Elena öffnete die Badezimmertür, positionierte sich vor dem Bett und funkelte Fricke an: »Vielleicht solltest du einfach mal etwas annehmen.«

Fricke wollte gerade kontern, als sein Handy klingelte. Er meldete sich, hörte dem Anrufer zu, setzte sich auf und notierte sich etwas in sein Notizbüchlein. Als er das Telefonat beendete, war er plötzlich in einer anderen Welt. Der Zorn von vor wenigen Sekunden war verflogen: »Wir müssen nach Wolfersdorf, Nähe Freising. Die nächste Leiche.«

»Organentnahme?«, fragte Elena und zog sich bereits ihre Schuhe an.

»Keine Ahnung. Jedenfalls ein Flüchtlingsmädchen. 17 vielleicht, meinte der Beamte. Lass uns fahren«, antwortete Fricke und holte seinen wetterfesten Parka aus dem Schrank.

»Gute Idee. Es wird regnen und es ist kalt«, lächelte Elena und warf sich ebenfalls eine wärmende Jacke über.

»Braucht man gar nicht bügeln, praktisch, was?«, fand Fricke und hielt ihr die Zimmertür auf.

Elena kommentierte seine Bemerkung nicht, sondern lief an ihm vorbei auf den Flur hinaus.

Sie fuhren etwa eine halbe Stunde mit eingeschaltetem Blaulicht von München nach Wolfersdorf. Dank Navigationsgerät im BMW fanden sie ohne Probleme den Waldrand an der FS9. Es war dunkel, aber durch die vielen Blaulichter, die an dem kleinen Feldweg blinkten, war der Tatort nicht zu übersehen.

Fricke parkte zwischen zwei Streifenwagen und stieg aus. Er wartete, bis Elena sich die Jacke angezogen hatte und neben ihm stand, bevor er mit ihr den Beamten folgte, die in den Wald hineinliefen. Vor dem Absperrband zeigte er einem uniformierten Polizisten seinen Dienstausweis, stieg über das Band und hielt es Elena hoch, damit sie darunter durchlaufen konnte. Dann sahen sie schon den Gerichtsmediziner, der sich unter einem Baum über die Leiche beugte.

»N'Abend, Herr Huber«, begrüßte Fricke den Gerichtsmediziner, der sich sofort aufrichtete und ihnen entgegenkam.

»Herr Fricke, Guten Abend, Frau Karinoglous, haben Sie gut hergefunden?«

Wie so oft überging Fricke auch diesmal den Smalltalk mit einem kurzen Nicken. »Und, was können Sie uns sagen? Welches Organ wurde entnommen?«, fragte er, während er vor der Leiche stehen blieb.

»Das sage ich Ihnen, wenn ich sie gleich auf dem Tisch habe. Natürlich hat es mich auch sofort interessiert, aber ich konnte keinen Eingriff feststellen.«

»Können Sie sagen, wie sie gestorben ist?«, hakte Fricke nach.

»Aufgrund der Würgemale am Hals vermute ich, man hat sie mit den Händen erwürgt. Aber wie gesagt, Näheres später.«

»Sie war sehr hübsch«, stellte Elena fest. »Gibt es Papiere? Weiß man, wer sie ist?«

Der Mediziner verneinte dies, verwies jedoch an die Spurensicherung.

»Letzte Fragen: Wann wurde sie umgebracht und gibt es Anzeichen für sexuelle Gewalt?«, wollte Fricke wissen.

»Etwa gegen 20 Uhr. Also vor zwei Stunden. Ich habe keine Anzeichen für einen sexuellen Übergriff gefunden. Ich fahre jetzt mit ihr in die Gerichtsmedizin nach München und lege sie mir gleich auf den Tisch. Morgen früh haben Sie den vorläufigen Bericht. Den endgültigen Bericht mit den toxikologischen Ergebnissen werden Sie spätestens übermorgen haben«, antwortete der Gerichtsmediziner und wies seine zwei Gehilfen an, die Leiche in den Transporter zu bringen.

»Sie werden sie sofort untersuchen?«, fragte Elena.

Der Mediziner nickte.

»Was dagegen, wenn wir mitkommen?«, wollte sie wissen, obwohl sie sich gut vorstellen konnte, dass der Mediziner wenig begeistert sein würde. Aber zum einen wollte sie damit erreichen, dass er wirklich sofort begann, zum anderen wollte sie bei der Obduktion dabei sein. Als Medizinertochter bekam sie beim Gespräch direkt über der Leiche oft mehr mit, als später im Bericht stehen würde. Huber willigte ein und forderte die beiden auf, seinem Wagen zu folgen.

»Wir kommen nach. Ich will noch mit der Spurensicherung sprechen«, erwiderte Fricke und begab sich zu einer kleinen Gruppe, die in ihren weißen Schutzanzügen zusammenstand. Er stellte sich den Beamten vor, und der zuständige Einsatzleiter erklärte ihm, dass man aufgrund des Regens keine Gipsabdrücke der Reifenspuren nehmen könne, da der Boden bereits aufgeweicht und sämtliche charakteristische Merkmale in der Reifenspur zerstört waren. Ansonsten hatte man bisher keine Spuren gefunden. Das Mädchen trug auch keine Papiere bei sich. Entdeckt hatte die Leiche ein Pärchen, das den Waldrand wohl für ein Tête-à-Tête im Auto genutzt hatte. Man habe die beiden bereits verhört, aber auch hier habe sich nichts Aufschlussreiches ergeben. Ein entsprechender Bericht würde morgen im Lauf des Tages auf Frickes Tisch liegen.

»Verstehe. Also wird auf dem Schild an ihrem Zeh kein Name stehen, sondern nur die Fallnummer«, murmelte Fricke und ging zurück zu seinem Wagen, in dem Elena bereits hinter dem Steuer saß.

»Warum willst du fahren?«, fragte er durchs Fenster.

»Warum nicht?«, entgegnete Elena.

»Weil es mein Wagen ist? Weil ich vielleicht sicherer fahre und mich an Geschwindigkeitsbegrenzungen halte?«

Elena stieg seufzend aus und auf der Beifahrerseite wieder ein.

Um kurz vor Mitternacht öffneten die beiden die großen Schwingtüren zum Obduktionssaal 3. Huber war bereits mit der Leiche aus dem Wald beschäftigt. Er sah hoch und zeigte auf den Karton, der auf einem Tisch neben den Eingangstüren stand. Fricke und Elena verstanden. Sie zogen sich Schutzanzüge und Mundschutz über. Nachdem sie auch die Latexhandschuhe übergestreift hatten, näherten sie sich dem Obduktionstisch.

Fricke schluckte, er hatte ein mulmiges Gefühl im Magen. Aber er bemühte sich, Elena keinen Grund zu geben, ihn wieder ein Weichei zu nennen.

»Gibt es etwas Interessantes?«, fragte Elena.

»Allerdings. Fast hätte ich es übersehen. Aber meinem Auge entgeht nichts«, brüstete sich der Mediziner.

In Fricke stieg Ungeduld auf. Er wollte keine Spielchen spielen und keinen Smalltalk führen. Er wollte Informationen, möglichst kompakt und schnell und wieder raus aus dem Saal.

Vor ihm auf dem Tisch lag die Leiche mit geöffnetem Brustkorb. Ausgehöhlt sozusagen.

»Also. Dem Mädchen wurden keine Organe entnommen. Aber es bestand Interesse daran. Insbesondere an der Leber.«

»Aber Sie sagten doch, es fanden keine Eingriffe statt«, unterbrach Elena ihn.

»Stimmt. Man hat sie nicht aufgeschnitten. Aber ich fand einen Einstich. Der Durchmesser ist größer als der einer normalen Spritze und mich hat interessiert, warum man ihr eine Injektion in die Bauchdecke gegeben hat. Ich bin dem Einstich nachgegangen bis zur Leber. Man hat ihr mit einer Stanze Gewebeproben entnommen. Einen weiteren Einstich gab es in der Ellenbeuge. Man hat also auch ihr Blut untersucht.«

»Verstehe, und warum hat man ihr die Leber nicht entnommen?«, fragte Fricke.

»Das Mädchen hatte Bauchspeicheldrüsenkrebs.«

»Und das stellt man mit einer Gewebeprobe in der Leber fest?«

Huber schüttelte den Kopf: »Nein. Man wird Metastasen festgestellt haben. Bei Bauchspeicheldrüsenkrebs ist die Leber oft allein durch die räumliche Nähe beider Organe mitbetroffen. Lebermetastasen sind ein Zeichen dafür, dass eine Krebserkrankung fortgeschritten ist. Trotzdem arbeitet die Leber bei vielen Krebspatienten noch längere Zeit weitgehend normal. Aber für eine Transplantation konnte man sie nicht gebrauchen.«

»Und hat deshalb das Mädchen einfach entsorgt«, folgerte Fricke.

Der Mediziner zuckte mit den Schultern und nickte.

»Verraten Sie mir doch mal, warum den Opfern immer nur ein Organ entnommen wird. Man könnte sie doch regelrecht ausschlachten, und ich weiß, dass auch Blut- und Rückenmark stets gebraucht werden. Warum entnimmt man das den Opfern nicht?«, insistierte Fricke.

»Ich gehe davon aus, dass die Transplantation eins zu eins stattfindet. Man entnimmt also auf dem einen Tisch das Organ, dreht sich um und transplantiert es auf dem zweiten direkt in den Empfänger. Würde man alle Organe, einschließlich Blut und Rückenmark, entnehmen, müsste man diese lagern, was nicht einfach ist. Zudem sind auch die Lagerzeiten nicht unbegrenzt.«

»Also kann man davon ausgehen, dass die Transplantationen nicht in einer Klink stattfinden? Denn dort gäbe es doch Lagermöglichkeiten.«

»Schwer vorzustellen, da man dort Buch über die Nutzung der OP-Säle führt. Ich denke, man braucht auch die anderen Organe nicht«, sagte der Mediziner.

»Warum?«, fragte Elena.

»Weil – entschuldigen Sie, wenn ich es so sage – der Nachschub gesichert ist. Es gibt immer mehr Menschen, die sich aus finanziellen Gründen auf eine Transplantation einlassen. Und es gibt immer noch viele unregistrierte Flüchtlinge … Verstehen Sie, was ich meine?«

Fricke verstand sehr wohl, nickte und drehte sich rasch um. Elena bedankte sich bei dem Mediziner und folgte Sven.

Wortlos streiften sie ihre Schutzanzüge, Hand- und Mundschutz ab, warfen sie in den Mülleimer und verließen das Gebäude. Erst draußen konnte Fricke wieder reden. »Morgen früh fahren wir noch mal ins Lager und befragen diese Frau. Vielleicht kennt sie das Mädchen ja.«

Auch als sie wieder im Hotel waren und Elena das Licht löschte, blieb Fricke nachdenklich und wortkarg. Sie wusste, dass er sich jetzt in den Fall verbiss, weil die Leichen sich mehrten und sie immer noch keinen wirklichen Ansatzpunkt hatten. Dass er sich ärgerte über eine Welt, in der junge Menschen für das Wohl der Reichen ermordet wurden, und über sich, der dem Täter nicht auf die Spur kam. »Ich habe keine Ahnung, wie wir vorankommen sollen, und ich bin sicher, wir werden noch einige ausgehöhlte Leichen bei Huber auf dem Tisch sehen«, sagte er entsprechend frustriert und drehte sich auf die andere Seite.

Elena legte ihm sanft die Hand auf den Rücken.

# KAPITEL 23

*Elena und Fricke, Freitagmorgen*

Die Stimmung war angespannt. Fricke zog sich, nachdem er geduscht hatte, ein neues Hemd an und wurde beim Anblick des knittrigen Stoffes immer zorniger. Er wartete nur darauf, dass Elena, die bereits fertig angezogen, geschminkt und mit ihrer Jacke über den Beinen auf dem Sessel saß, einen Kommentar dazu abgeben würde. Ihre Bettseite war ordentlich gemacht. Die Bettdecke wies nicht eine einzige Falte auf, wohingegen Frickes Decke und Bettlacken zerknäult dalagen. Er wäre niemals auf die Idee gekommen, es zu machen. Er wusste, dass das die Zimmermädchen erledigten. Wo käme er denn hin, wenn er ihnen die Arbeit abnehmen würde! Schließlich schlüpfte er in seine Lederschuhe, die noch schmutzig von der gestrigen Nacht waren, als er durch den aufgeweichten Waldboden zum Tatort gelaufen war. Er ging ins Bad, kam mit einem Handtuch wieder heraus, setzte sich aufs Bett und wollte gerade beginnen, seine Schuhe damit zu säubern, als Elena erschrocken ausrief: »Also bitte – nein!«

Fricke blickte zu ihr auf: »Was ist denn?«

»Du willst mit dem weißen Handtuch über die Schuhe gehen? Ein Handtuch ist zum Abtrocknen da, nicht zum Schuheputzen«, belehrte sie ihn.

Fricke holte tief Luft und warf das Handtuch auf den Boden. Er ging zur Tür und öffnete sie. »Die waschen die

Handtücher hier übrigens. Ich wette, die finden noch ganz andere Flecken in ihrer Wäsche. Okay, dann bleiben die Schuhe halt schmutzig, wenn dir das lieber ist.«

Elena stand auf, zog die Augenbrauen hoch, kommentierte seinen Trotz mit »Mir doch egal« und ging an ihm vorbei in Richtung Tiefgarage.

Die Fahrt nach Manching verlief schweigend. Elena stellte fest, dass es so war wie immer und sich daran wohl auch nie etwas ändern würde: Der Fall ging vor, die Stimmung schlug sich auf ihre Beziehung nieder. Eine Trennung von Beruf und Privatleben würde es bei Fricke nie geben.

Fricke parkte den Wagen vor dem Zaun und zeigte seinen Ausweis einem Sicherheitsmann, der sich ihm energisch in den Weg stellte und zu wissen verlangte, wer sie seien und was sie hier wollten.

»Ist das ein Hochsicherheitstrakt?«, empörte sich Elena, nachdem sie auf das Gelände gelangt und die Stufen zu dem Container hochgestiegen waren, auf dem in großen Lettern »Leitung« stand.

»Guten Tag. Wir bräuchten noch mal Ihren Verbindungsmann. Wir möchten ein Foto herumzeigen, in der Hoffnung, irgendjemand kennt das Mädchen darauf«, sagte Fricke, als er vor dem Schreibtisch der Sozialarbeiterin stand.

Diese nickte, öffnete das Fenster und rief einen Namen. Kurz darauf erschien der Verbindungsmann im Container. Fricke erklärte ihm, worum es ging, bevor sie gemeinsam loszogen.

Nach etwa einer Stunde und unzähligen Befragungen kamen sie an das Zelt, in dem Larijeta Tahiraj und die Kinder untergebracht waren. Larijeta saß vor dem Zelt auf einem Holzschemel und sah Rabishe und Kaon beim

Spielen zu. Heute hatten sie das Paket erhalten, das Adnan ihnen geschickt hatte. Kaon freute sich über die Actionfigur so sehr, dass er nirgends mehr ohne sie hinging. Genau wie Rabishe, die ihre Puppe drückte, als hätte sie nichts lieber auf der Welt.

Der Verbindungsmann begrüßte Larijeta, deren Lächeln erstarb, als sie Fricke erkannte. In ihr rasten die Gedanken. Ob etwas mit Adnan geschehen war, wenn die Polizei schon wieder vor ihr stand? Leise fragte sie den Verbindungsmann danach, aber der winkte ab und erklärte ihr, dass sie sich keine Sorgen machen müsse. Es ginge nicht um Adnan, sondern darum, sich ein Foto anzusehen.

Erleichtert lächelte sie und streckte ihre Hand aus. Der Verbindungsmann gab ihr das Bild, Larijeta drehte es um und erstarrte für Sekunden. Dann ließ sie das Foto fallen und hielt sich schreiend die Hand vor den Mund. Elena eilte sofort zu ihr und nahm sie in den Arm, doch Larijeta konnte sich einfach nicht beruhigen.

Fricke holte sein Handy aus der Tasche und beorderte einen Rettungswagen ins Lager. Nach etwa zehn Minuten kam ein Notarzt mit zwei Sanitätern auf das Zelt zugerannt. Larijeta war nicht mehr ansprechbar. Das Einzige, was sie ständig rief, war »Majlinda«.

»Vielleicht fragen Sie einfach mal ihren Mann. Sie sagte doch etwas von einer verschwundenen Nichte. Womöglich ist sie das?«, schlug der Verbindungsmann vor.

»Sie hat einen Mann? Hier im Lager? Warum haben Sie uns das nicht schon beim letzten Mal gesagt, als wir mit ihr gesprochen haben?«, ärgerte sich Elena.

Der Verbindungsmann hob die Schultern: »Sie haben nicht gefragt. Ich wusste nicht, dass es wichtig ist, es zu erwähnen. Er ist gestern oder vorgestern als Verbindungsmann in das Lager in Feldkirchen gegangen. Sie werden ihn dort sicher finden. Er heißt Adnan Tahiraj. Ich werde Sie dort anmelden.«

»Also nach Feldkirchen«, entschied Fricke und lief, gefolgt von Elena, zum Dienstwagen.

»Jetzt will ich aber mal fahren«, forderte sie.

Angesichts der bereits angespannten Stimmung beschloss er, ihr den Autoschlüssel zu geben und nur zu nicken. Kommentare bezüglich der Geschwindigkeit verkniff er sich.

# KAPITEL 24

*Adnan, Freitagmorgen*

Adnan beendete das Telefonat mit Larijeta, drehte sich um und stand kreidebleich vor dem Sozialarbeiter, der heute Dienst hatte.

»Hey, Adnan. Da sind wohl zwei Polizisten unterwegs. Sie wollen mit dir reden. Hast du was ausgefressen?«, fragte Manfred.

Manfred Leerhof war erst vor Kurzem als Sozialarbeiter eingestellt worden und arbeitete sich noch ein. Er kannte Adnan und hatte sich ein wenig mit ihm angefreundet.

»Nein. Es geht um eine Person, die ich kenne. Ich warte am Haupttor auf die Polizei.«

»Geht es dir gut? Du siehst aus, als hättest du ein Gespenst gesehen.«

Adnan winkte ab: »Alles okay. Ich habe keine Geister gesehen, nur Geister aus der Vergangenheit geweckt.«

Der Sozialarbeiter verstand nicht, was er damit meinte, hatte aber auch keine Zeit mehr, weiter nachzufragen, da hinter ihm bereits eine kleine Gruppe Flüchtlinge stand, die lautstark auf ihn einredeten. Irgendetwas stimmte mit dem Essen nicht. Einige der christlichen Flüchtlinge machten sich manchmal einen Scherz mit den Muslimen, indem sie auf die Frühstückskisten eine Mettwurst legten.

»So ein Kinderkram hier wieder. Adnan, ich gebe dir einen Rat: Zieh ein Ticket und schick die Geister wieder zurück ins Jenseits«, rief Manfred und wendete sich schließlich der aufgeregten Gruppe zu.

Adnan, der zum Haupttor ging, murmelte: »Darauf kannst du dich verlassen. Jeden Einzelnen von ihnen!«

Er wartete dort und sah nach etwa 30 Minuten den schwarzen BMW vor dem Zaun neben dem Tor halten. Er bemerkte die südländische Herkunft der Frau, die aus der Fahrerseite ausstieg, und den Mann, der grimmig dreinblickte und hinter ihr herlief. Keine Frage, sie waren von der Polizei. Wobei er sich in diesem Moment kaum vorstellen konnte, wie diese zierliche Frau einen Mann überwältigen wollte, wenn sie ihn auf frischer Tat erwischte. Mit gesenktem Haupt ging er auf die beiden zu und rempelte die Frau an.

»Hey. Also, bitte! Haben Sie keine Augen im Kopf?«, ärgerte diese sich, als Adnan einfach weiterlief.

Adnan hob die Hand und rief: »Ich entschuldige, ich entschuldige.«

Die Frau und der Mann gingen durch das Haupttor in Richtung des Büros des Sozialarbeiters. Adnan öffnete seine Hand und nickte dem darin befindlichen Autoschlüssel zu, den er der Frau beim Anrempeln unbemerkt aus dem Blazer geholt hatte. Viel Zeit blieb ihm nicht. Bald würde Manfred den beiden sagen, dass sie ihn am Haupttor finden würden, dann kämen sie zurück.

Als die beiden außer Sichtweite waren, schloss er die Fahrertür auf und fuhr los. Nach wenigen Minuten befand er sich bereits auf der Landstraße und gab Gas. Nach etwa 15 Minuten erreichte er ein Waldgebiet, bog dort in einen Feldweg ein und hielt hinter einer kleinen Baumreihe. Auf dem Beifahrersitz lag eine Akte, die er aufklappte und nach der zweiten Seite einen Schrei ausstieß: Er sah Tatortbilder und eine Leiche – Majlinda. Seine süße, kleine Schwester, tot. Wie ein Engel, doch bedeckt mit Spritzern von Erde und Schlamm. Ein explosives Gemisch breitete sich in ihm aus. Trauer, Entsetzen, Grauen – und dann Wut. Blinde Wut.

Es dauerte Minuten, bis er sich fassen konnte. Dann blätterte er weiter. Auf einer Seite stand ganz oben der Tatort. Aus seiner Jackentasche zog er die Karte heraus, die er in München gekauft hatte, und fand die Stelle, an der Majlinda umgebracht worden war.

Nun wurden seine Gefühle kühl, das Ziel klar, die Wut kalt und gerichtet. Er fuhr dorthin. Den weißen Golf, der ihm folgte, bemerkte er nicht.

Nur zehn Minuten, nachdem er den BMW am Waldrand abgestellt und die Gegend abgesucht hatte, entdeckte er den Tatort. An einem Baum hing noch ein Fetzen Absperrband, auf dem »Polizei« stand. Auf dem Boden unter dem Baum fand er, mit Sprühfarbe gezogen, weiße Umrisse. Dort also hatte Majlinda gelegen. Die Umrisse eines zierlichen Mädchens. Die Umrisse seiner Schwester, die nun nicht mehr lebte, nie mehr in ihr helles Lachen ausbrechen würde. Er dachte an den Schmerz seiner Mutter, der ebenso groß wie seiner sein würde. Sie hatte ihm vertraut, doch nun musste er ohne Majlinda zurückkommen. Vielleicht könnte sie ihm verzeihen, aber die Verwandtschaft würde ihn als Versager hinstellen. Auch wenn er nichts für Majlindas Tod konnte, würden sie ihm sagen, dass sie noch leben könnte, hätte er sie früher gefunden. Clanchef zu werden, war dann nicht mehr möglich.

Er war so in seinen Ärger vertieft, dass er die leisen Schritte hinter sich nicht wahrnahm. Als ein Ast knackte, drehte er sich um, aber es war bereits zu spät. Er sah ein

Stück Holz auf seinen Kopf zukommen, konnte den festen Schlag nicht mehr abwehren und ging zu Boden. Das Letzte, was er mitbekam, war, dass man ihm einen schwarzen Stoffsack über den Kopf zog, ihm in die Rippen trat und er von zwei Männern davongetragen wurde. Dann verlor er das Bewusstsein.

# KAPITEL 25

*Fricke und Elena, Freitagmorgen*

Fricke betrat den Container des Sozialarbeiters, aber fand ihn dort nicht vor. Elena blieb draußen stehen und ließ ihren Blick über die Container wandern. Sie machte sich ihre eigenen Gedanken. Glaubten diese Menschen wirklich, sie kämen in dieses Land und würden mit einer Wohnung, Geld zum Einrichten, einem Job und einem monatlichen Verpflegungsgeld begrüßt? Wahrscheinlich hielten sie Deutschland für ein so reiches Land. Ob sie Angst hatten, dass selbst dieses Land irgendwann an seine Grenzen stieß?

Elena war in Deutschland geboren, doch ihr Vater hatte oft von seiner Einwanderung erzählt. Er war nach Deutschland gekommen, um hier Medizin zu studieren. Wohlhabende Griechen ließen ihre Kinder oft im Ausland studieren. Als er dann in Deutschland ihre Mutter kennengelernt hatte, wollte er nicht mehr zurück, was seine Familie in Griechenland ihm lange übel genommen hatte.

Allerdings war bei ihm damals alles ganz anders gewesen. Als Arzt war er gefragt in Deutschland, erwünscht, war sofort in einem Krankenhaus untergekommen und gut bezahlt worden. Dennoch hatte er auch immer wieder erzählt, wie entsetzt er über manche Sitten gewesen war, wie lange er sich fremd gefühlt hatte in diesem Land und wie oft er in der Öffentlichkeit verbal und sogar tätlich angegriffen worden war, nur weil er fremdländisch aussah. Er hatte seine Familie und die griechische Kultur lange schmerzhaft vermisst. Es war auch für ihn nie leicht gewesen, obwohl er so viel privilegierter war als diese Menschen.

»Er schwirrt sicher irgendwo hier herum.«

Elena, aus ihren Überlegungen gerissen, erschrak: »Wer?«

Fricke sah sie verwirrt an: »Der Sozialarbeiter. Wo bist du mit deinen Gedanken?«

»Bei diesen Menschen hier, die alles aufgegeben haben, um jetzt in einem Container zu schlafen. ›Ankerzentrum‹ – ich finde das Wort eine Verschleierungstaktik der Politik. Hier wird aussortiert: Asyl oder Abschiebung. Und dann schneller Zugriff. Deswegen diese Überwachung. Das ist nicht menschenwürdig.«

Frickes Augen folgten Elenas Blick. Diese Diskussion hatten sie doch schon geführt, aber ja, er wusste, was sie meinte. Die Menschen hier taten ihm ebenfalls leid, und dennoch kamen ihm sofort wieder die toten Teenager in den Sinn. Der Fall musste gelöst werden, die politischen und sozialen Probleme der Welt würde er nicht lösen können.

Er seufzte: »Lass uns den Sozialarbeiter suchen.«

Als hätte er Frickes Worte gehört, kam der Mann soeben fluchend aus dem Essenscontainer herübergelaufen.

»Fricke. Kripo. Man hat uns angemeldet, nehme ich an. Wir möchten zu …«, begann Fricke, wurde aber genervt unterbrochen.

»Adnan. Ich weiß. Mann, unmöglich hier. Da beschweren sich die Leute, dass es morgens nur Käse und Marmelade gibt, ich gebe die Beschwerde weiter und was liefern sie dann? Körbeweise Brot mit Salami. Können Sie sich vorstellen, was hier abgeht, wenn Muslime diese Kisten aufmachen?«

»Ja, das können wir uns vorstellen. Aber sagen Sie uns doch bitte, wo wir Adnan Tahiraj finden können«, antwortete Elena.

Der Mann sah sie entgeistert an, als wäre er beleidigt, dass sich keiner für seine Probleme interessierte.

»Er war doch am Tor. Hat er zumindest gesagt. Er wollte dort auf Sie warten. Vielleicht ist er kurz zur Toilette gegangen. Dann wird er gleich wieder da sein. Warten Sie, ich komme mit.«

Fricke lief mit Elena hinter dem Sozialarbeiter her und stand schließlich wieder vor dem Haupttor, wo die drei sich suchend umsahen.

Fricke hatte plötzlich ein mulmiges Gefühl im Magen. »Beschreiben Sie mir doch bitte diesen Adnan. Gibt es vielleicht ein Foto von ihm?«

»Ja, wenn wir ihn registriert haben, was wohl in München in der Maria-Probst-Straße geschehen ist, gibt es auch ein Bild. Er ist etwa 1,80 Meter groß, hat schwarze kurze Haare. Eher so ein Stoppelschnitt. Er ist ziemlich kräftig. Also muskulös. Ach, und er hat eine Narbe auf der linken Wange.«

Fricke hörte aufmerksam zu und legte seine Stirn in Falten. Wieder sah er sich um, aber diesmal nicht auf der Suche nach Adnan: »Sag mal, Elena, wo haben wir eigentlich geparkt?«

Elena verstand die Frage nicht und wies irritiert hinter sich: »Na, da drüben, oder?« Sie blickte in die Richtung, in der sie den Wagen vermutete, und erstarrte.

»Wo ist der Autoschlüssel?«, fragte Fricke aufgeregt.

Elena griff in ihre Blazertaschen, klopfte dann ihre Jeans ab und starrte, ohne zu antworten, wieder auf den leeren Platz, an dem sie vor wenigen Minuten geparkt hatte.

»Der Mann, der dich angerempelt hat. Das war kein Versehen, das war so geplant! Er hat dir den Schlüssel aus der Jacke geklaut und hat nun unseren Wagen. Ruf auf der Wache an, die sollen eine Fahndung rausgeben, und gib ihnen das Kennzeichen durch«, rief Fricke Elena zu, die bereits auf dem Weg zu der Stelle war, an der der BMW stehen sollte, und sich auf dem Boden umsah.

»Rufen Sie in der Maria-Probst-Straße an, die sollen das Bild von Adnan bereithalten. Man wird eine Streife schicken und es abholen.«

Der Sozialarbeiter lief sofort los, während Fricke sein Handy aus der Hose zog und Stockleben anrief und ihm schilderte, was vorgefallen war. Stockleben wusste nicht, ob er lachen oder weinen sollte. Sein Unmut war an seinem Tonfall zu erkennen. Er erklärte Fricke, dass er zwei Wagen schicken werde, einen in die Maria-Probst-Straße und einen nach Feldkirchen, denn sie bräuchten ja ein Dienstfahrzeug. Fricke bedankte sich, beendete das Telefonat, drehte sich um und stand der etwas verlegenen Elena gegenüber.

»Was ist los?«

»Ich habe mein Handy im Auto vergessen«, antwortete sie kleinlaut.

Fricke atmete tief durch. Eigentlich wollte er wütend werden, aber er wusste, dass dies alles auch ihm hätte passieren können. Also zuckte er nur mit den Schultern, zog noch einmal sein Smartphone aus der Tasche und rief wieder im Polizeipräsidium an. Er gab das Kennzeichen des BMW durch und ordnete die Fahndung an.

»Warum hat er das gemacht?«, fragte Elena.

Fricke stand da wie ein begossener Pudel. »Wir sind die letzten Pfeifen. Wir haben nichts erreicht, sind in eine Klinik eingebrochen und lassen uns jetzt auch noch unseren Wagen klauen. Die werden sich ihren Teil über uns denken. Die Vollpfosten-Soko aus Kiel. Ahrensmeier wird mich Streife fahren lassen.«

»Lass uns darüber nachdenken, warum Adnan unser Auto gestohlen hat und abgehauen ist. Was hat er mit der Sache zu tun?«, versachlichte Elena das Gespräch.

»Keine Ahnung. Weiß er, dass seine Schwester tot ist? Und wenn ja, von wem? Von dem Verbindungsmann aus Manching vielleicht?«

»Ich kläre das ab«, sagte Elena und ging in Richtung Verwaltung, wo der Sozialarbeiter damit beschäftigt war, dem Kollegen in Manching zu erklären, was vorgefallen war.

Fricke kochte vor Wut. Was war mit Adnan los? Was hatte er vor?

Nach etwa zehn Minuten kam Elena zurück und stellte sich neben ihn. »Larijeta hat heute Morgen von Adnan ein Handy bekommen. Vermutlich hat sie ihn angerufen.«

»Das ist es!«, rief Fricke, dem dabei etwas eingefallen war. »Dein Handy ist eingeschaltet, oder?«

»Ja, warum?«

Fricke griff wieder hastig in die Jeans und holte abermals sein Telefon heraus. Noch einmal rief er Stockleben an und gab Elenas Nummer durch. »Veranlassen Sie bitte eine Ortung und schicken Sie alles, was sich bewegen kann, dorthin. Wir melden uns, wenn der Dienstwagen eintrifft, und machen uns dann ebenfalls auf den Weg.«

Elena lächelte, allerdings immer noch etwas verlegen: »So hat es immerhin etwas Gutes, mein Handy im Wagen gelassen zu haben.«

# KAPITEL 26

*Adnan, Freitagmittag*

Adnan hatte Mühe, seine Augen an das grelle Licht im Raum zu gewöhnen, nachdem man ihm den Stoffsack vom Kopf genommen und einen Eimer kaltes Wasser über den Kopf gegossen hatte.

»Schau an, da wird er wach«, hörte er eine höhnische Stimme.

Nun erkannte Adnan Umrisse, die langsam deutlicher wurden. Vor ihm standen zwei Männer, die er schon einmal gesehen hatte. Es waren die Männer, die ihn an der Bushaltestelle angegriffen hatten.

»Na? Wie ich sehe, hast du uns erkannt«, sagte der Mann, dem er das Messer aus der Hand geschlagen hatte.

»Warum bin ich hier? Was wollt ihr von mir?«, fragte Adnan.

»Schön, dass du Deutsch sprichst. Das macht es uns etwas leichter.«

Adnan sagte nichts, sondern sah den Mann weiterhin fragend an.

»Du suchst also deine Schwester.«

Sofort stieg Zorn in Adnan hoch. Er wusste allerdings, dass es nicht sinnvoll war, jetzt in Rage zu verfallen. Die beiden Männer vor ihm hatten jeder eine Pistole in der Hand. Hinter ihnen standen drei weitere Männer, jeweils bewaffnet mit einem Maschinengewehr. Woher wussten sie, dass er seine Schwester suchte? Wo war er hier? Pistolen, Maschinengewehre – das waren nicht nur irgendwelche Ausländerfeinde. Wer waren diese Männer? Was taten sie? Was wollten sie von ihm?

Man hatte ihn nicht gefesselt. Das war aufgrund ihrer Überzahl und der Waffen auch nicht nötig. Er wäre bei dem Versuch, von seinem Stuhl aufzuspringen, sofort erschossen worden.

Er bemühte sich, ruhig zu bleiben und seinen Atem zu kontrollieren. »Ja. Könnt ihr mir sagen, wo sie ist?«, entgegnete er, obwohl er eigentlich schon wusste, dass Majlinda tot war. Aber es war sicher besser, sich hier unwissend zu stellen. »Und warum wolltet ihr mich umbringen?«

Sein Gegenüber lachte: »Was heißt, wir wollten dich umbringen? Wir werden dich umbringen. Und zwar jetzt.«

Adnan sah, wie der Mann seine Waffe hob und auf seinen Kopf zielte.

»Warte«, rief der andere.

»Was ist los? Hast du Schiss? Brauchst du nicht haben. Ich werde ihn abknallen.«

»Ich habe keinen Schiss. Ich dachte nur gerade daran, ob wir noch einmal verhandeln sollten. Vielleicht können wir noch ein paar Tausender extra rausschlagen. Ruf ihn an und frag ihn.«

Der Mann, der immer noch auf Adnan zielte, kam ins Grübeln. »Du hast recht. Gute Idee. Vielleicht ist der ihm wirklich etwas mehr wert«, erwiderte er und senkte seine Waffe.

Adnan sah sich im Raum um und wagte es, sich dabei leicht umzudrehen. Hinter ihm saßen fünf junge Männer im Alter von etwa 16 bis 25 Jahren und blickten ihn ängstlich an. Sie sahen für Adnan wie albanische Landsleute aus.

»Sie werden dir Gesellschaft leisten«, kommentierte der Mann, der eben noch mit der Waffe auf ihn gezielt hatte.

»Warum haltet ihr sie hier fest, was haben sie euch getan?«, fragte Adnan.

»Eigentlich nichts. Aber sie sind wertlos. So wie deine Schwester. Sie sind alle krank und wir können nichts mit ihnen anfangen. Wenn wir sie weiter hier gefangen halten, kosten sie uns nur ein Zimmer, und fressen wollen sie auch noch.«

»Meine Schwester war nicht krank«, zischte Adnan, der sich zwingen musste, den Mann nicht augenblicklich anzugreifen.

Der Mann musterte Adnan einen Augenblick und erkannte, dass er wohl tatsächlich keine Ahnung hatte. »Doch, das war sie. Sie hatte Krebs. Unser Arzt hat sie untersucht. Eigentlich hätten wir ihre Leber gebraucht, aber … Na ja, mehr muss ich dir wohl nicht sagen, oder? Du könntest vielleicht ihren Platz einnehmen, aber wir bekommen mehr Geld dafür, wenn wir dich einfach nur abknallen.«

»Von wem?«, fragte Adnan.

Der Mann antwortete nicht, sondern starrte Adnan nur an. Nach wenigen Sekunden hob er wieder seine Waffe und zielte abermals auf seinen Kopf.

»Nein, warte doch. Ich ruf erst an«, beschwor ihn sein Partner.

»Scheiß drauf. Ist doch egal. Wenn wir mehr Geld bekommen, ist es gut, wenn nicht, ist es auch gut. In jedem Fall legen wir ihn um. Dann kann ich es auch gleich machen, und direkt danach kommt das Pack da in der Ecke dran.«

Adnans Gedanken rasten. Was sollte er tun? Wenn er überhaupt noch eine Chance hatte, dann jetzt, denn der

Mann vor ihm sah entschlossen aus und richtete weiter die Mündung seiner Waffe auf ihn.

In diesem Moment flog die Tür auf und jemand schrie: »Die Bullen!«

Sofort rannten die drei Männer mit den Maschinengewehren hinaus.

»Geh raus. Sieh zu, was da los ist«, sagte der, der seine Waffe immer noch auf Adnan gerichtet hielt, zu seinem Partner.

»Warum ich? Geh du doch«, bekam er zur Antwort.

»Mach ich, dann knallst du die hier ab.« Der Mann sah den anderen herausfordernd an. Der blickte zuerst zu den Albanern in der Ecke, dann zu Adnan und nickte. Hastig verließ er den Raum.

»Jetzt wirst du auf eine lange Reise gehen.« Der Mann drückte den Lauf seiner Pistole gegen Adnans Kopf.

Adnan sah an ihm vorbei und schrie: »Warum helfen Sie mir nicht?«

Der Mann vor ihm drehte sich kurz um, um zu sehen, wen Adnan dort um Hilfe bat.

Genau das hatte Adnan bezwecken wollen. Er nutzte diese kleine Unkonzentriertheit seines Gegenübers, hechtete aus seinem Stuhl hoch, schlug mit der linken Hand gegen den Arm des Mannes, der daraufhin seine Waffe fallen ließ. Blitzschnell schoss Adnans Faust wieder vor und schlug dem Mann auf den Kehlkopf. Dieser fasste sich sofort an den Hals und rang um Luft. Adnan sprang auf, griff sich die Waffe, drehte sich um und zielte auf seinen Gegner. Aber von ihm würde er nichts mehr zu befürchten haben, denn er kniete, hielt sich immer noch den Hals und lief blau an. Adnan hatte genau richtig getroffen. Es dauerte nur noch Sekunden, bis der Mann schließlich mit aufgerissenen Augen umfiel und reglos liegen blieb.

Adnan sah sich um. In der Ecke kauerten immer noch die jungen Leute und sahen ihn verängstigt an.

»Ihr braucht keine Angst haben, aber jetzt müsst ihr mir helfen«, sagte Adnan auf Albanisch.

Die Männer nickten hektisch und fragten ihn, was sie tun sollten.

»Nichts, bleibt einfach so«, antwortete Adnan und vernahm von Weitem Stimmen, die immer wieder »sauber« riefen.

# KAPITEL 27

*Elena und Fricke, Freitagmittag*

Endlich bog der Streifenwagen, gefolgt von einem silberfarbenen VW Passat, um die Ecke und hielt vor dem Tor der Flüchtlingsunterkunft, wo Fricke und Elena immer noch ungeduldig warteten.

Aus dem Passat sprang ein uniformierter Polizist und ging auf Fricke zu.

»Kripo?«, fragte er Fricke, der nickte.

»Ihr Dienstwagen. Folgen Sie uns, wir haben Ihren BMW gefunden«, forderte er ihn auf und übergab Fricke den Autoschlüssel. Dann lief er zum Streifenwagen, stieg auf der Beifahrerseite ein und schaltete das Blaulicht an.

Fricke und Elena rannten zum Passat. Elena bremste im letzten Moment ab, als sie merkte, dass sie auf die Fahrertür zusteuerte, und lief dann zur Beifahrertür.

Fricke raste hinter dem Streifenwagen her und war froh, als sie die Landstraße erreichten, auf der er das Gaspedal durchtreten konnte.

»Die Gegend kommt mir bekannt vor. Kann es sein, dass wir gestern schon mal hier waren?«, fragte Elena.

»Ja, er ist zum Tatort gefahren.«

»Aber woher weiß er, wo Majlinda umgebracht wurde?«

»Die Akte liegt im Auto. Daher«, brummte Fricke.

Nach etwa 30 Minuten hielten sie an dem Ort an, an

dem sie letzte Nacht schon gestanden waren. Etwa sechs Streifenwagen parkten bereits dort.

»Und?«, rief Fricke der Gruppe Polizisten zu.

Diese zuckten mit den Schultern. Einer trat aus der Gruppe heraus und kam Fricke entgegen: »Keine Ahnung. Hier wurde das Handy geortet.«

»Mein Wagen ist auch nicht hier. Entweder hat er das Handy hier weggeworfen oder er hat es noch im Wagen. Ortet es noch mal«, befahl Fricke.

Der Polizist nickte und verschwand in einem der Streifenwagen.

Elena stand vor dem Passat und sah sich das Geschehen an. Fricke zog eine Lucky Strike aus der Hemdtasche und steckte sie sich an. Er konnte seine Aufregung kaum in Grenzen halten und hoffte, die Lucky würde ihn ein wenig beruhigen. Das tat sie aber nicht. Buddha war wohl auch nicht bei ihm, so aufgeregt, wie er war.

Nach etwa zehn Minuten stieg der Polizist aus dem Streifenwagen und rief: »Wir haben ihn! Ein Waldstück im Süden von München. Eine alte Ruine. Man leitet uns über Funk dorthin.«

Fricke, der sich bereits die zweite Lucky Strike angezündet hatte, warf sie zu Boden, drehte sich um und rannte zum Passat, in dem Elena schon saß.

Es dauerte fast eine Dreiviertelstunde, bis sie in einen Waldweg einbogen und vor einer zerfallenen, ehemaligen Burg standen.

»Betreten verboten? Einsturzgefahr?«, fragte Elena.

»Ja, so schreckt man unerwünschte Besucher ab«, antwortete Fricke und starrte auf seinen BMW, der direkt vor der Ruine stand. »Ich schwör dir, hier halten sie die jungen Albaner gefangen.«

Zwei Polizisten zogen ihre Waffen und gingen langsam auf den Wagen zu. Die anderen Uniformierten postierten sich, ebenfalls bewaffnet, hinter ihren Streifenwagen und beobachteten das Umfeld, bereit, auf jede Bewegung zu reagieren.

Fricke stand ohne Deckung neben dem Passat und beobachtete die beiden Beamten, die nun den BMW erreichten. Sie liefen langsam und vorsichtig um den Wagen herum. Nachdem sie auch darunter nachgesehen hatten, gaben sie Entwarnung, indem einer von ihnen der Gruppe hinter den Streifenwagen zuwinkte. In genau diesem Moment knallten mehrere Schüsse hintereinander und ein Polizist fiel zu Boden. Sofort schossen seine Kollegen in die Richtung zurück, aus der sie die Schüsse vermuteten.

Ein Uniformierter sprang geduckt in einen Streifenwagen und funkte die Situation an die Zentrale. Fricke hörte die Antwort. Das SEK sei alarmiert und bis dahin solle keiner sich der Ruine nähern. Immer noch hockte ein Polizist hinter dem BMW. Man sah, wie er versuchte, den auf dem Boden liegenden Kollegen heranzuziehen. Als es ihm schließlich gelang, schüttelte er den Kopf in Richtung der anderen Beamten.

Elena zog nun auch Fricke hinter den Passat. Ohne Deckung gab er ein hervorragendes Ziel ab.

»Woher hat Adnan die Waffe?«, fragte Fricke.

»Ich habe keine Ahnung.«

»Das SEK kommt aus München. Das kann dauern«, stellte Fricke fest.

»Was hast du vor? Du willst doch wohl nicht da rein, oder?«

Fricke antwortete nicht gleich. Ja, er überlegte sich reinzugehen. Aber er war sich nicht sicher, ob Adnan alleine war. Die Sache war zu gefährlich.

»Nein«, sagte er daher.

»Rauch eine Lucky. Das wird dir helfen.«

Aus der Ruine wurde nicht mehr geschossen und die Uniformierten hockten nach wie vor in der Deckung der Autos, mit Waffen, die sie schussbereit in Richtung der Burg hielten. Fricke stand schließlich auf und ging, sich achtsam umsehend, zu den Polizisten: »Seid vorsichtig mit dem Abzug eurer Waffen, Leute. Dort sind wahrscheinlich junge Menschen gefangen. Nicht, dass ihr sie erwischt.«

»Verstanden«, sagten sie einer nach dem anderen.

Fricke rechnete damit, dass das SEK mindestens eine Stunde brauchte, um die Ruinen zu erreichen. Er war erleichtert, als er von Weitem Rotorblätter hörte. Zwei Helikopter näherten sich und landeten schließlich vor ihm auf einem Acker. Schwarz vermummte Beamte mit Maschinengewehren sprangen heraus und rannten auf Fricke zu.

»Klären Sie uns auf«, forderte einer der beiden Männer, die nicht vermummt waren und »Leitung« auf ihrer Schutzweste stehen hatten.

Fricke berichtete kurz, was vorgefallen war, und von seiner Vermutung, dass Menschen in der Ruine gefangen gehalten wurden. Nachdem Fricke seine Ausführungen beendet hatte, ging der Einsatzleiter zurück zu seinen Leuten. Er gab ihnen Anweisungen, sie nickten, drehten sich um und verteilten sich. Wenige Minuten später näherten sich aus allen Richtungen etwa 30 SEK-Beamte der Ruine.

Fricke hockte hinter einem Streifenwagen und beobachtete die Situation. Zwei SEK-Leute erreichten den BMW, hielten ihre Schutzschilder vor dem Polizisten hoch, der sich dort verschanzt hatte, und kamen mit ihm wieder zurück. Er war noch jung und die Angst stand ihm ins

Gesicht geschrieben. Er hatte mit ansehen müssen, wie sein Partner vor seinen Augen erschossen wurde.

Plötzlich fielen wieder Schüsse. Die SEK-Beamten schossen zurück und gewannen an Boden. Sie waren mittlerweile am äußeren Mauerwerk der Ruine angelangt und Fricke sah, wie einige von ihnen in der Ruine verschwanden.

Schüsse, immer wieder Schüsse.

Nach etwa zehn Minuten ebbten sie ab, bis es still wurde. Der SEK-Leiter kam zu Fricke und erklärte ihm, dass seine Leute die Lage im Griff hätten und in der Ruine jetzt alles sauber sei. Er reichte ihm eine schusssichere Weste. Dennoch liefen sie äußerst vorsichtig zusammen auf das Gemäuer zu. Als sie es fast erreicht hatten, kamen ihnen einige SEK-Beamte daraus entgegen und trieben zwei Männer vor sich her.

»Tote?«, fragte Fricke den Einsatzleiter.

»Drei sind erschossen worden. Zwei konnten überwältigt werden, wie Sie sehen. Unseren Leuten ist nichts geschehen. Aber dort drinnen wurden wohl wirklich Menschen gefangen gehalten.«

Elena hatte das Gespräch zwischen Fricke und dem Einsatzleiter verfolgt und blickte den beiden hinterher, die nun zur Ruine gingen. Jetzt atmete sie durch, die Jugendlichen waren wohl gerettet.

Fricke betrat die Ruine und sah in einem der Gänge drei Leichen liegen. Er kniete sich über die leblosen Körper und blickte in ihre Gesichter.

»Suchen Sie eine bestimmte Person?«, fragte der Einsatzleiter.

»Ja, Adnan Tahiraj. Aber keiner dieser Männer hat eine Narbe auf der Wange.«

# KAPITEL 28

*Adnan, Freitagnachmittag*

Um genauso auszusehen wie die anderen, die hier schon lange gefangen gehalten worden waren, hatte Adnan sein Hemd zerrissen, als er die Stimmen hörte, die sich der Tür näherten.

Ein vermummter Mann mit einem Maschinengewehr trat die Tür auf, kam langsam herein und zielte mit seiner Waffe in alle Richtungen.

Adnan, der inmitten der Gruppe von jungen Männern saß, die vor einer Stunde noch dem Tod geweiht waren, rief: »Hilfe! Bitte helfen!«

Der Beamte ließ die Kollegen im Gang wissen, dass er gefangene Personen gefunden hatte, und näherte sich der Gruppe. Die jungen Männer sprangen auf und liefen ihm entgegen. Der Polizist schrie zwar immer wieder, sie sollten sich auf den Boden legen, gab aber schließlich nach, nachdem ihm klar wurde, dass er von diesen jungen Menschen nichts zu befürchten hatte. Womit er nicht gerechnet hatte, war, dass einer der Männer ihm auf die Schläfe schlug. So hart, dass er augenblicklich zusammensackte.

»Keine Angst, er ist nur bewusstlos«, erklärte Adnan den anderen. »Jetzt helft mir.«

Die jungen Leute waren ihm dankbar. Er hatte ihr Leben gerettet. Für sie stellte sich nicht die Frage, ob alles rechtens war, was er tat und wobei sie ihm helfen sollten. Sie verdankten ihm ihr Leben und er hätte alles von ihnen verlangen können.

*

Diesmal kamen gleich mehrere SEK-Beamte in den Raum. Die albanischen Männer, die gerade noch die Gefangenen bewacht hatten, lagen auf dem Boden, während sie von einem Beamten in Schach gehalten wurden.

»Waffen?«, fragte der Einsatzleiter.

»Keine«, antwortete einer der SEK-Männer.

»Okay, helft ihnen raus hier. Die anderen kommen mit mir«, befahl der Einsatzleiter und verließ, gefolgt von etwa sechs seiner Männer, den Raum und ging mit ihnen ins Freie.

»Haben wir Decken für die Leute?« fragte Fricke, der sich zu der kleinen, vermummten Gruppe gesellte.

»Ich hole welche«, antwortete ein SEK-Beamter und ging zu einem schwarzen Opel Kombi.

»Sind das alle aus der Ruine, oder haben sich noch welche versteckt?«

»Das werden wir wissen, wenn wir hier jeden Winkel durchsucht haben«, antwortete der Einsatzleiter und nickte seinen Männern zu, die daraufhin ausschwärmten.

Nach etwa zehn Minuten kam einer von ihnen zu Fricke und dem Leiter zurück. »Dahinten liegt Markus«, erklärte er aufgeregt.

Der Einsatzleiter drehte sich um und folgte mit seinem Blick dem ausgestreckten Arm des SEK-Beamten. »Unser Markus? Markus Kürten?«, fragte er und ließ seinen Blick über die Gruppe der befreiten Flüchtlinge schweifen. Dann erkannte er einen seiner Männer auf dem Boden liegen.

»Man hat seine Uniform gegen Straßenkleidung getauscht und ihm Dreck ins Gesicht geschmiert. Er ist noch bewusstlos«, antwortete der SEK-Mann.

»Und wer hat seine Uniform?«

Fricke war wie elektrisiert. »Wo ist der Mann, der die Decken holen wollte, und warum sind die Decken noch nicht da?«

Der Einsatzleiter lief mit Fricke zu den Fahrzeugen, wo er wie erstarrt stehen blieb. »Und wo zum Teufel ist mein Wagen?«

*

Adnan war die Landstraße mit Höchstgeschwindigkeit entlanggebraust und hatte kurz nach einer Ortseinfahrt angehalten. Von Weitem sah er einen braunen Toyota Corolla auf sich zukommen. Er stieg aus und stellte sich auf die Straße. Der Toyota drosselte sein Tempo und fuhr rechts ran, als der Fahrer den mit schwarzer SEK Uniform bekleideten Polizisten sah.

»Um Himmels willen. Sind Sie vom Überfallkommando? Sind Terroristen in der Gegend? Warum halten Sie mich an?«, fragte der etwa 60-jährige Fahrer und stieg aus seinem Toyota.

»Keine Angst. Ich möchte, dass Sie mich zu meinem Wagen begleiten«, sagte Adnan.

Der Mann folgte ihm wortlos und stand nun am Heck des schwarzen Kombis.

Adnan öffnete die Kofferraumklappe, zog die Pistole hervor, die er dem SEK-Mann in der Ruine abgenommen hatte, und forderte den Fremden auf, ganz ruhig zu bleiben.

Der Mann erstarrte beim Anblick der Waffe. »Ich tue nichts, versprochen, aber bitte schießen Sie nicht. Ich habe Familie«, bettelte er.

»Ich werde Ihnen nichts tun, wenn Sie sich jetzt bis auf die Unterhose ausziehen und hier hineinlegen«, antwortete Adnan und zeigte auf den Kofferraum.

Der Mann verstand. Hastig zog er sich aus, kletterte geduckt in den Kofferraum und lag schließlich zusammengekauert darin. Adnan griff sich ein paar Kabelbinder, die dem SEK als Handschellen-Ersatz dienten, und fesselte den Mann.

»Keine Angst. Man wird Sie bald finden«, sagte Adnan und schloss die Heckklappe.

Er zog sich die Uniform aus und die Kleidung des Mannes an. Die Hose war ein wenig zu kurz. Da der Mann ziemlich beleibt war, passte Adnan das Hemd ganz gut. Anschließend stieg er in den Toyota, wendete den Wagen und fuhr durch die Ortschaft Richtung München.

# KAPITEL 29

*Elena, Freitagabend*

Elena stieg in das Taxi ein, das sie gerufen hatte. Den BMW konnten sie nicht nehmen, da die Spurensicherung ihn noch untersuchen wollte, und einen Schlüssel hatte sie ja auch nicht mehr.

War das hier ihr Fehler gewesen? Wenn sie sich nicht so einfach den Schlüssel hätte klauen lassen, gäbe es jetzt keinen toten Beamten. Nein, sie schüttelte den Kopf, das war Unsinn. Wer so clever – und kriminell – war, der hätte sich auch woanders ein Auto besorgt. Allerdings nicht gerade eines mit den Ermittlungsakten darin. Verflixt. Es war doch ihre Schuld. Aber hätte sie damit rechnen können? War sie zu leichtsinnig gewesen? Wer hätte nicht seinen Autoschlüssel in die Jackentasche gesteckt? Selbst Sven hätte das getan. Aber der hätte sofort Verdacht geschöpft, wenn ihn jemand angerempelt hätte. Sie war eben keine ausgebildete Polizistin.

Sie ärgerte sich unglaublich über sich selbst. Es war ein Fehler gewesen. Ein Fehler, der Sven vielleicht nicht passiert wäre. Aber ein Fehler, der einem nicht speziell ausgebildeten Menschen eben geschehen konnte.

Ihr Blick ging nach draußen, aber sie nahm kaum etwas wahr. Eigentlich hätte sie sich gewünscht, dass Sven sie in so einer Situation auffing, sie tröstete, ihr erklärte, dass Fehler menschlich waren.

Ihre Gedanken rannten im Kreis.

Sie war froh, als sie vor dem Lager in Manching ankam. Es war besser, sich auf die Arbeit zu konzentrieren.

*

Larijeta saß an der Eingangstür. Wieder einmal sah sie Rabishe und Kaon beim Spielen zu. Aus dem Spielzimmer hatten die beiden sich einen Ball genommen und kickten damit hin und her. Gerade war ein Bus mit neuen Flüchtlingen gekommen. Und wieder saß das blonde Mädchen an der Aufnahme und fragte nach den Namen. Heute hatte sie eine Bluse an, deren Ausschnitt tiefe Einblicke gewährte, besonders für die Ankömmlinge, die vor ihrem Tisch standen. Unglaublich. Larijeta beobachtete alles hier mit Argusaugen. Sie sah die Blicke der Albaner, Syrer, Araber, Afrikaner. Und sie sah die Blicke der deutschen Männer. Und die waren anders. Die Deutschen beachteten den Ausschnitt der jungen Frau gar nicht, die albanischen Männer dagegen, und viele andere der Flüchtlinge, blickten auf die wenigen Zentimeter nackter Haut, als seien sie der Inbegriff der Weiblichkeit, ja, pure Sexualität. Das Mädchen war bei allen hier beliebt, sie lachte mit Frauen und Männern, aber die deutschen Männer nahmen das offensichtlich nicht als Angebot wahr. Larijeta beobachtete das Verhalten zwischen den deutschen Frauen und den deutschen Männern so genau, als ob sie Studien betrieb. Es war ganz anders. Die Frauen benahmen sich unziemlich, aber die Männer nahmen sie nicht als Frauen, sondern als gleichberechtigte Gesprächspartner wahr. Die Chefin dieses Hauses war eine Frau und auch sie wurde von allen respektiert. Larijeta registrierte dies alles. Die anderen Albanerinnen schimpften über die deutschen Frauen. Was waren das für Mütter, die sich nicht um ihre Kinder kümmerten, sie gleich in Kinderkrippen gaben, statt sie zu stillen und zu umsorgen. Nicht einmal ihren Männern kochten sie Essen. Was waren das für schlechte Frauen!

Wie bei dem Polizisten und der Staatsanwältin, die mit ihr gesprochen hatten. Sie waren ein Paar. Sie küssten sich in der Öffentlichkeit, er legte den Arm um sie, und trotzdem schien jeder die Frau zu respektieren. Sogar der Polizist selbst. Er hatte sich zurückgezogen, als sie ihm das Zeichen dazu gegeben hatte. Aber sie waren nicht verheiratet, trugen keinen Ring, auch das hatte Larijeta gesehen. Keine echte Ehefrau, keine Kinder. Unvorstellbar, seltsam. Oder eben vielleicht doch vorstellbar? Dass Frauen gleichberechtigt waren. Larijeta dachte die ganze Zeit darüber nach, wenn sie die Deutschen beobachtete.

Aus dem Bus stieg eine afrikanische Frau mit einem Bündel in der Hand. Die Lumpen konnte sie wegschmeißen, dachte Larijeta sich. Sie wusste, dass hier alle neu eingekleidet wurden. Mit wundervoller Kleidung, die oft von Menschen gebracht wurden, die hier vorbeifuhren und ganze Wagenladungen abgaben. Larijeta fragte sich, was diese Menschen selbst noch zum Anziehen hatten. Die Frau kniete nieder und weinte. Nichts Ungewöhnliches. Oft weinten Menschen bei der Ankunft hier, sogar die Männer, es war die Erleichterung. Aber sie weinte über dem Bündel. Und dann schien sie darauf zu spucken. Larijeta sprang auf, denn plötzlich wusste sie genau, was die Frau tat. Sie versuchte, ihrem Baby Flüssigkeit zuzuführen. Larijeta rannte zu der Frau. Was sie im Bündel entdeckte, hatte sie nicht erwartet: ein Neugeborenes, noch schleimverkrustet von der Entbindung, blau und leblos. Sie zog die Frau mit dem

Baby aus der Schlange und schob sie vor zu dem blonden Mädchen. Auf Larijetas aufgeregtes Winken hin stand die Blonde auf und blickte in das Bündel Lumpen. Nach einem überraschten Zurückzucken streckte sie ihre Hände aus. Die Frau drückte ihr Baby an sich. Larijeta sprach auf sie ein, auf Englisch, und versuchte ihr gleichzeitig mit Zeichensprache zu erklären: »Gib ihr das Baby, sie hilft. Du darfst noch nicht rein. Gib ihr das Baby!«

Man konnte der Mutter die Zweifel ansehen, dieser in ihren Augen halb nackten, gottlosen Frau ihr Neugeborenes anzuvertrauen. Aber es würde sterben, wenn es nicht sofort Hilfe bekam. Sie hatte keine Milch für dieses Kind. Es war vor zwei Tagen auf der Flucht zur Welt gekommen und seitdem hatten weder Mutter noch Baby etwas zu trinken gehabt. Schließlich streckte sie das Bündel dem blonden Mädchen hin, die das Kind nahm und ins Haus lief. Dann brach die Mutter zusammen und weinte.

»Alles wird gut, sie bringt dir das Kind zurück«, versuchte Larijeta zu trösten, auch wenn die Fremde höchstens ihrem Tonfall das Zuversichtliche entnehmen konnte.

Lange geschah nichts. Aber dann, etwa eine Stunde später kam das blonde Mädchen zurück und gab der Frau das Baby in die Hände. Es war gewaschen, hatte nun die dunklen Augen offen und einen rosa Strampler an. Um es herum war eine gelbe Decke gewickelt. Über den afrikanischen Übersetzer ließ sie die Mutter wissen: »Es hat eine Flasche Milch getrunken. Ein Arzt hat gesagt, alles ist okay. Sobald Sie angemeldet sind, sollen Sie ins Arztzimmer kommen und sich dort Babymilch abholen.«

Die Mutter hatte ihr Kind wieder in den Armen und blickte auf. Sie deutete auf das deutsche Mädchen und fragte den Übersetzer, wie sie heiße.

»Amelie«, sagte er.

Sie nickte und erklärte etwas in ihrer Sprache. Der Dolmetscher übersetzte: »Meine Tochter wird Amelie heißen.«

*

Elena musste nicht nach Larijeta suchen. Sie sah sie direkt am Eingang auf einem Stein sitzen. Irgendwie war ihr nicht nach einem klassischen Verhör zumute. Larijeta sah sehr traurig aus. Und sie selbst fühlte sich ebenso. Sie setzte sich zu ihr auf den großen Findling.

»Sollen wir einen Dolmetscher holen? Oder können wir in Deutsch oder Englisch sprechen?«, fragte sie.

Larijeta nickte: »I speak English. Und bisschen Deutsch«, fügte sie gebrochen hinzu, »ich versuche zu lernen.«

Elena nickte erleichtert. Es war besser, das Gespräch ohne Übersetzer zu führen, sie würde es versuchen. »Ich hole uns etwas zu trinken. Tee oder Kaffee?«

»Tee«, bat Larijeta.

Elena besorgte zwei große Becher mit Tee und Kaffee aus dem Essensraum und kehrte damit zurück. Sie reichte Larijeta den Tee und nahm selbst einen großen Schluck von dem heißen Getränk. Das tat gut.

»Adnan hat unser Auto …«, Elena zögerte mit ihrer Wortwahl, sie wollte die Atmosphäre zwischen ihnen nicht zerstören, »… genommen.«

An den erschrocken aufgerissenen Augen konnte Elena sehen, dass Larijeta dies weder gewusst hatte noch es für gut befand.

»Er ist damit zu einem Ort gefahren, an dem albanische Jugendliche gefangen gehalten wurden. Wissen Sie, was er damit zu tun hat?«

»Adnan nicht böse. Adnan gut«, beteuerte Larijeta.

»Er hat nichts damit zu tun, dass die Kinder gekidnappt werden?«, fragte Elena zweifelnd nach.

Entsetzt schüttelte Larijeta den Kopf: »Nein, nein, nein!« Sie packte Elena am Arm. Offensichtlich wollte sie sie unbedingt davon überzeugen. »Adnans Schwester auch fort. Er sie soll suchen. Hat Familie gesagt!«

»Sie sind also nicht hier, um aus Albanien nach Deutschland zu fliehen?«, hakte Elena nach.

»Ich schon. Will gehen aus Land. Mein Sohn … Mein erster Sohn ist tot. Krankheit, keine guten Ärzte. Dann ich wollte gehen. Aber Adnan muss Majlinda suchen. Hat Familie gesagt. Muss sie zurückbringen. Adnans Familie ist große Familie in Albanien. Reicher Onkel. Majlinda muss zurück! Und jetzt ist sie tot. Jetzt muss Adnan rächen!«

Elena versuchte, diese bruchstückhaften Informationen zusammenzusetzen. Adnan war kein Flüchtling, sondern ein Albaner auf der Suche nach einem gekidnappten Familienmitglied. Und wenn seine Schwester tot war, blieb nur noch die blutige Rache.

»Haben Sie Mörder von Majlinda?«, fragte Larijeta, während sie weiterhin Elenas Arm festhielt.

Elena schüttelte den Kopf. »Leider nein. Noch nicht.«

Sie sah Larijetas entmutigten Blick, der trauriger Gewissheit wich. »Dann Adnan muss rächen. Finden und rächen. Ehre von Familie wiederherstellen.«

Elena sagte dazu nichts. So ein fürchterlicher Unsinn, diese Blutrache.

»Adnan hat eine Ausbildung, bei Armee, Spezial«, Larijeta sah Elena nicht in die Augen, als sie ihr diese Information gab.

»Er war bei einer Spezialeinheit in der Armee? Er ist militärisch ausgebildet und trainiert?«, fragte Elena nach und Larijeta nickte.

Elena atmete tief ein. Die Frage war, inwieweit Adnan ihnen voraus war.

»Jetzt Sie wissen, was Adnan vorhat.«

Larijeta sagte das so, als ob sie Elena auf etwas hinweisen wollte.

Elena stand auf und bat Larijeta zu warten. Sie lieh sich von den Sozialarbeitern ein Handy aus – ihres war ja nach wie vor verschwunden – und ließ sich mit dem Einsatzleiter von der Spurensicherung verbinden, der wie erwartet noch am Tatort war.

Er war zwar zuerst etwas genervt, ging auf Elenas Bitten hin aber zum Auto, ließ es öffnen, was die Beamten vor Ort in wenigen Momenten bewerkstelligten, und blätterte wie von Elena gefordert die Ermittlungsakte durch. Schließlich musste er ihr bestätigen, was sie bereits ahnte: Die Seite mit der Liste der infrage kommenden Ärzte fehlte.

Elena wurde es nun klar. Adnan war also zumindest auf gleicher Höhe mit ihnen. Er hatte eine Liste von möglichen Tätern.

Heute würde sie keinen Fehler mehr begehen. Sie würde sofort handeln. Sie rief Stockleben an und forderte Personenschutz für alle sieben aufgelisteten Ärzte an. Man sollte sie sofort warnen. Hier war jemand unterwegs, der auch vor dem Äußersten nicht zurückschreckte.

Stockleben zögerte. »Wo soll ich denn so viel Personal hernehmen?«

Doch Elena beharrte mit ihrer ganzen Autorität darauf. Kein Toter mehr heute, den sie vielleicht verhindern konnte.

Missmutig willigte er ein, konnte ihr aber nicht zusagen, dass er alles noch heute schaffte, wie von Elena verlangt.

»Sie *müssen* es schaffen!«, ordnete sie, ganz Staatsanwältin, diesmal klar an.

Seufzend setzte sie sich danach wieder zu Larijeta auf den Stein und trank ihren Kaffee aus. Was für ein Scheißtag.

»Darf ich fragen etwas?«, kam es zögerlich von Larijeta.

»Ja«, nickte Elena. Es war kein Gespräch mehr zwischen Verdächtiger und Staatsanwältin, es war ein Gespräch unter Frauen. Das war am Tonfall schon klar.

»Sie und Polizist sind verheiratet?«

Elena musste grinsen. Verheiratet, sie und Sven, davon waren sie wohl weit entfernt. Ein verheirateter Fricke, undenkbar. Kurz schweiften ihre Gedanken ab. Eine verheiratete Elena war für sie früher gar nicht so abwegig gewesen, im Gegenteil, es war ihr ganz normal erschienen. Aber in den letzten Jahren hatte der Beruf alle Gedanken an eine dauerhafte Partnerschaft aufgefressen. Mr. Right war auch nicht in Sicht gewesen. Und Sven Fricke, nein, als Ehemann konnte sie ihn sich nicht vorstellen. Andererseits …

»Aber Sie sind … Paar?«, hakte Larijeta weiter nach und riss damit Elena aus ihren Gedanken.

Sie hob zwar nur vage die Hände in die Luft, aber Larijeta deutete das Erröten ihrer Wangen wohl als klares Ja.

Nach einem kurzen Schweigen fragte Larijeta zögernd weiter: »Dann er sie nicht ehrt, oder?«

Elena sah sie verwundert an. Empört wollte sie ansetzen, dass Sven sie natürlich schätze und dass das in Europa nichts mit dem Status einer verheirateten Frau zu tun habe. Aber irgendwie blieben ihr die Worte im Hals stecken. Kein Trost, wenn man ihn brauchte, kein Arm um die

Schulter. So selten ein schätzendes Wort. Wo war da tatsächlich eine tiefe gegenseitige Achtung?

Elena schüttelte einfach nur den Kopf und sagte gar nichts mehr. »Ich muss gehen.«

Bevor sie sich verabschiedete, ließ sie sich von Larijeta noch deren Handynummer geben, um sie benachrichtigen zu können, falls sie die Täter – oder auch Adnan – fanden.

Larijeta blickte ihr nach. Er ehrte sie nicht.

Und in ihr formte sich ein Plan.

*

Elena griff zum Handy und rief die Staatsanwaltschaft an. Es war Freitag und fast 18 Uhr. Ein Staatsanwalt musste Notdienst haben. Irgendjemand, der zuständig war und Entscheidungen treffen konnte. Tatsächlich bekam sie die Auskunft, dass der Oberstaatsanwalt noch im Haus wäre und wenn sie es bis 19 Uhr schaffen könnte, könne sie noch mit ihm sprechen. Nachdem sie dem Sozialarbeiter das Handy zurückgegeben hatte, stieg Elena wieder in das Taxi ein, das an der Straße auf sie gewartet hatte.

»Nach München. Zur Staatsanwaltschaft. Infanteriestraße.«

*

»Der Oberstaatsanwalt ist jetzt in einem Termin. Sie sind zu spät. Dauert mindestens noch zwei Stunden.«

Die Sekretärin wollte Elena abwimmeln, doch heute war sie nicht aufzuhalten. Sie beugte sich über den Tisch und kam dem Gesicht der Dame gefährlich nahe. »Zwei Möglichkeiten: Entweder Sie gehen da rein und holen ihn raus.

Oder *ich* gehe rein. Ganz egal, was für ein Termin da läuft. Und besser ist es, Sie versuchen nicht, mich aufzuhalten.«

Die Frau hob erschrocken die Hände.

Entweder da drin beim Oberstaatsanwalt Messner saß gerade ein hohes Tier, ein Politiker – oder eine Frau. Elena war das jetzt völlig egal. Und die Sekretärin hatte das nun auch verstanden. Sie lief zur Tür, die sie mit ihrem Körper schützte, öffnete sie nach einem kurzen Klopfen nur einen winzigen Schlitz und rief, ohne hineinzusehen: »Herr Messner, hier ist Frau Staatsanwältin Karinoglous, und wenn Sie nicht für eine Minute herauskommen, stürmt sie wohl hinein.«

Drinnen ertönte nur ein unwirsches »Ja«.

Die Sekretärin zog die Tür wieder zu und blieb wie Zerberus, der Höllenhund, davor stehen.

Elena trat nun grinsend einen Schritt zurück. Na also, es ging doch.

Zwei Minuten später kam Oberstaatsanwalt Messner heraus.

»Frau Karinoglous, es passt gerade gar nicht.«

»Es muss aber passen. Wir haben hier einen Albaner in München herumlaufen, der Blutrache verüben will. Und der eine militärische Spezialausbildung genossen hat. Jetzt wird er sich mit Sicherheit die sieben Ärzte vorknöpfen, die in der Lage sind, Transplantationen vorzunehmen. Wir hatten heute bereits einen Toten, wie Sie wissen. Weitere werden folgen, in den nächsten Stunden. Ich brauche Personenschutz für alle sieben Mediziner. Dafür benötige ich Ihre Anordnung. Stockleben wird sonst vor morgen gar nichts unternehmen und sein knappes Personal nur halbherzig einsetzen. Aber das reicht nicht. Ich will hier keine toten Ärzte!«

»Okay.« Messner hob die Hände, als ob Elena ihn mit einer Waffe bedrohte, dann wandte er sich an seine Sekretärin.

»Geben Sie eine Anordnung raus, Gefahr in Verzug, alle zur Verfügung stehen Beamten haben eingesetzt zu werden. Frau Karinoglous wird Ihnen die Einzelheiten mitteilen.«

Er wandte sich um und zog seine Krawatte gerade. »In Ordnung?«, fragte er Elena, die nur nickte. »Aber ich sage Ihnen etwas: Das ist das Äußerste, was ich tun kann. Und ich tue es für Sie! Nützen wird es uns allerdings nicht viel. Wir haben einfach zu wenig Polizisten! Ich wage zu bezweifeln, dass hierfür sieben Beamte zur Verfügung stehen. Das kann ich nicht ändern, das kann Stockleben nicht, und Sie auch nicht! Ich werde mich jetzt wieder in mein Zimmer begeben. Und ich möchte nicht, dass Sie es stürmen!«

Ohne zu fragen, nutzte Elena das Telefon der Sekretärin und gab die Mobilnummer von Larijeta weiter. Diese Anordnung konnte sie treffen, ohne jemanden um Hilfe bitten zu müssen.

Larijetas Handy würde ab sofort überwacht werden. Es war doch wohl sehr wahrscheinlich, dass Adnan sich bei seiner Frau melden würde.

Entmutigt verließ Elena anschließend das große Gebäude der Münchner Staatsanwaltschaft. So ein riesiger Apparat und doch so hilflos, wenn es darauf ankam. Sie hätte schreien können vor Wut.

Was für ein absoluter Scheißtag.

# KAPITEL 30

*Elena, Freitagnacht*

Elena hatte sich vom Taxi vor die Mayrhofer-Klinik fahren lassen.

Seit einer Stunde saß sie auf einer Parkbank, die zurückgezogen im Dunkeln unter einer Trauerweide stand. Das schien ihr heute Nacht genau der richtige Ort für sich. Sie fror erbärmlich, aber heute würde sie nicht aufgeben. Sie hatte auf der Liste die Mayrhofer-Klinik mit einem gelben Marker angezeichnet – vielleicht würde Adnan hier zuerst auftauchen.

Doch seit einer Stunde war nicht einmal ein Auto in die kaum befahrene Stichstraße gekommen. Elena zog ihre Jacke noch enger um sich, aber sie merkte schon, wie ihre Beine vor Kälte zu schlottern begannen. In diesem Moment bog ein dunkler Wagen verdächtig langsam in die Straße ein. Als er schließlich auch noch die Lichter ausmachte, war Elena alarmiert und blieb bewegungslos sitzen. Das Auto rollte heran und sie glaubte zu erkennen, wie eine dunkle Gestalt darin sich nach allen Seiten umsah. Erst hinter dem Klinikeingang blieb der Wagen stehen. Die Fahrertür öffnete sich und ein Mann stieg aus, den Elena sofort erkannte.

Einen Moment zögerte sie, aber dann rief sie: »Sven, ich bin hier!«

Fricke drehte sich suchend in Richtung ihrer Stimme

um, denn offensichtlich konnte er im Dunkeln nicht genug erkennen, kam aber näher, bis er sie auf der Bank sitzen sah.

»Ich hab's gewusst!«, sagte er und setzte sich neben sie, »Du bist per Telefon ja nicht zu erreichen. Und ich hatte von Stockleben schon gehört, dass du eine große Welle gemacht hast, damit die Kliniken überwacht werden.« Er zögerte einen Moment. »Ich habe mir Sorgen um dich gemacht. Und mir dann gedacht, dass du wahrscheinlich hier bist.«

Elena hatte noch kein Wort gesagt.

Fricke schwieg auch.

»Bist du gekommen, um mir zu sagen, dass der Tote auf mein Konto geht?«, fragte sie leise.

Fricke sah sie erstaunt an: »Wie kommst du denn darauf?«

»Blöde Frage. Ich habe mir den Schlüssel abnehmen lassen. Und du fandest, dass das ein Fehler war.«

»Mensch, Elena, ich fand das eine Katastrophe. Aber keinen Fehler von dir. Der Mann ist ein Profi. Ich war doch direkt neben dir und habe es auch nicht kapiert.«

Elena glaubte, dass man es donnern hören müsste, bei den Steinen, die ihr vom Herzen fielen. »Du findest es also nicht unverzeihlich?«

»Klar wäre es besser gewesen, es wäre nicht passiert. Aber es ist eben passiert.«

Fricke legte seinen Arm um sie und zog sie an sich: »Du zitterst ja. Komm, wir gehen jetzt erst mal ins Auto. Und ich stell die Sitzheizung an!«

# KAPITEL 31

*Adnan, Samstagmorgen*

Hans Wilhelmy genoss den Samstagmorgen. Nicht etwa, weil er frei hätte, denn das hatte er ganz und gar nicht, sondern weil er seine Arbeit in Ruhe von zu Hause aus erledigen konnte. Die Praxis war an den Wochenenden natürlich geschlossen. Hin und wieder machte er eine Ausnahme, wenn ein Privatpatient an keinem anderen Tag seine Praxis aufsuchen konnte. Dann erschien er schon mal samstags, empfing den gut betuchten Patienten und freute sich anschließend, diesem eine Rechnung ausstellen zu dürfen.

Wilhelmy saß in der hochmodernen Küche seines Hauses und sah sich um. Früher herrschte hier, besonders am Wochenende, ein reges Treiben. Gabriele und die drei gemeinsamen Kinder hatten am Tisch gesessen und gegessen. Gabriele war eine wunderbare Köchin. Sie war eine wunderbare Frau. Während er arbeitete und das Geld verdiente, kümmerte sie sich um das Haus und die Familie. Irgendwann hatte sie zum ersten Mal ihren Unmut darüber geäußert, dass er morgens schon aus dem Haus ging, ohne dass man gemeinsam frühstücken konnte, und erst nach Hause kam, nachdem die Kinder bereits im Bett waren. Selbst an den Wochenenden saß er im Arbeitszimmer und schrieb Arztberichte. Dementsprechend häuften sich ihre Beschwerden. Das Ganze ging etwa zwei Jahre so. Als Martin, der älteste Sohn, mit 19 ins Ausland ging, hielt auch Gabriele nichts mehr. Sie nahm die beiden Töchter, die 12 und 16 Jahre alt waren, mit und zog an einem Mittwoch aus. Das war jetzt knapp ein halbes Jahr her. Er hatte sich immer noch nicht daran gewöhnt, ein dunkles, kaltes Haus vorzufinden, wenn er spätabends heimkam. Aber er konnte sie verstehen. Er hätte handeln müssen. Er versuchte gar nicht, sie zurückzugewinnen, weil ihm dazu die Argumente fehlten. Nachdem er seine Praxis vergrößert hatte, nunmehr zwei angestellte Ärzte mit hineinnahm, war der Schritt zurück gar nicht mehr möglich. Den wollte er aber auch nicht. Er hatte sich, ohne dass es ihm so recht bewusst gewesen war, entschieden. Entschieden für den Job und damit gegen Gabriele und Familie.

Er trank seinen Kaffee aus und wechselte ins Arbeitszimmer, wo er sich hinter den Schreibtisch setzte und den Computer einschaltete. Von zu Hause aus hatte er Zugriff auf den Server in der Praxis, sodass er auch hier jederzeit Patientendaten einsehen konnte.

Er konzentrierte sich und begann zu schreiben. Die Finger flogen nur so über die Tastatur und es dauerte auch nur etwa eine halbe Stunde, bis er seinen ersten Bericht an einen Kollegen fertiggestellt hatte. Gerade wollte er die nächste Patientendatei aufrufen, als es an der Tür klingelte. Nach Gabrieles Auszug hatte er diesen Ton so gut wie gar nicht mehr gehört. Die Post kam, wenn er nicht zu Hause war, Pakete ließ er sich in die Praxis liefern und ansonsten gab es niemanden, der ihn besuchen kam.

Wilhelmy sah zur Uhr auf dem Schreibtisch und fragte sich, wer samstagmorgens um 9 Uhr etwas von ihm wollte. Er stand auf, schlurfte zur Haustür und öffnete sie.

»Ja?«, fragte er den Fremden davor misstrauisch.

»Guten Tag. Herr Doktor Wilhelmy, nehme ich an, ja?«, sagte der Mann freundlich.

Wilhelmy nickte und wollte wissen, mit wem er es zu tun habe und was der Grund für die frühe Störung sei. Er hätte keinerlei Interesse an Beratungsgesprächen oder Haustürgeschäften.

»Mein Name wird Ihnen nichts sagen und dürfte daher auch völlig uninteressant sein. Sie sollten lieber meinem Freund hier Ihre Aufmerksamkeit schenken«, lächelte Adnan Tahiraj und zog eine Pistole aus seinem Hosenbund.

Wilhelmy erschrak. Wie auch immer er hätte handeln wollen, es war zu spät, denn Adnan versetzte ihm einen solchen Stoß gegen die Brust, dass er rückwärtsstolperte und auf den harten Marmorboden aufschlug.

Mühsam und unter Schmerzen versuchte Wilhelmy, wieder aufzustehen. Adnan, der die Tür hinter sich geschlossen hatte, half ihm hoch. Währenddessen fragte er ihn, ob sich noch jemand im Haus befinde. Wilhelmy verneinte vehement und starrte auf die Pistole. Die Tür zur Küche stand offen.

»Rein da«, befahl Adnan und zeigte mit der Waffe den Weg.

Wilhelmy nickte, lief leicht gebückt, mit schmerzverzerrtem Gesicht in die Küche und setzte sich auf einen der sechs Stühle an den Esstisch.

Adnan folgte ihm, ließ sich ihm gegenüber nieder und betrachtete den Arzt. Wilhelmy war bereits über 60, eher schmächtig, stark ergraut und alles andere als ein Mann, vor dem man sich fürchten müsste. Schon gar nicht Adnan. Also steckte er seine Pistole wieder in den Hosenbund und fragte den Arzt nach einer Tasse Kaffee.

Während Wilhelmy aufstand, eine Tasse unter die Düse des Vollautomaten stellte und darauf wartete, dass der Kaffee durchfloss, drehte er sich zu Adnan um: »Wenn es nur der Kaffee ist, Sie können so viel haben, wie Sie wollen. Sie können den ganzen Automaten mitnehmen. Glauben Sie mir. Der war sehr teuer. Fast 3.000 Euro. Sie können ihn noch für viel Geld verkaufen. Er ist von WMF, das ist eine wirklich teure Marke«, erklärte er. Er war sich nicht sicher, ob der Mann, dessen Herkunft er in den südosteuropäischen Ländern verortete, überhaupt wusste, wer oder was WMF war.

»Ich will nur eine Tasse Kaffee. Wir werden reden und vielleicht, wenn mir Ihre Antworten gefallen, trinken wir eine zweite Tasse zusammen. Wenn nicht, wird das hier Ihr letzter Kaffee sein, den Sie zubereiten«, lächelte Adnan.

»Ich habe Geld. Es liegen bestimmt 5.000 Euro im Safe. Ich gebe Ihnen alles, wenn Sie mich am Leben lassen«, versicherte Wilhelmy und stellte seinem ungebetenen Gast die Tasse hin.

»Möchten Sie keinen Kaffee?«, fragte Adnan.

Wilhelmy schüttelte den Kopf. Meinte der Mann, der ihn hier mit einer Pistole bedrohte und ihn niedergeschlagen hatte, diese Frage ernst?

»Die Sache mit dem Geld ist eine gute Idee. Vielleicht komme ich darauf zurück. Danke für das Angebot. Ob Sie am Leben bleiben werden, hängt allerdings nicht vom Geld ab, sondern von Ihren Antworten«, erklärte Adnan und trank einen Schluck. Dann verzog er leicht den Mundwinkel. Ihm schien der Kaffee nicht zu schmecken.

»Was möchten Sie wissen?« fragte Wilhelmy.

Adnan zeigte auf den Stuhl und nickte ihm zu. Der Arzt verstand, setzte sich und sah Adnan an. Er konnte ihn nicht einschätzen. Das Gesicht seines Gastes war von Gewalt gezeichnet, die Narbe auf der Wange zeugte davon, aber es lag auch etwas Freundliches darin. Jedoch: die Augen. Sie verrieten Entschlossenheit und Härte. Wilhelmy zweifelte nicht daran, dass dieser Mann ihn sofort erschießen würde, wenn er versuchte zu fliehen. Seine Angst war seltsamerweise verflogen, als er ihm nun gegenübersaß. Wilhelmy fürchtete sich nicht vor dem Tod, er hoffte lediglich, dass es schnell ginge, wenn dieser Mann ihn gleich erschießen würde. Er wollte nicht leiden.

»Ich brauche eine neue Leber«, sagte Adnan.

Wilhelmy verstand die Frage nicht. Ja, er war Arzt. Ja, er hatte Transplantationen vorgenommen, aber das war schon lange her. Warum kam der Mann jetzt zu ihm und was erwartete er? Dass er, ähnlich wie in einem Supermarkt, Organe in Regalen lagerte?

»Eine Leber. Meine? Ich verstehe nicht.«

»Ich bringe Ihnen einen Spender und Sie setzen mir seine Leber ein«, antwortete Adnan.

»Einen Spender? Sie meinen eine Leiche, ja?«, fragte Wilhelmy immer noch sichtlich verwirrt.

»Eine Leiche? Nein, natürlich nicht. Ich rede von einem lebenden Menschen, den ich herbringe und dem Sie die Leber entnehmen«, erklärte Adnan.

Wilhelmy wollte antworten, wurde aber von der drohenden Handbewegung Adnans abgehalten. Adnan streckte den Zeigefinger aus, um ihm zu signalisieren, er solle sich seine Antwort jetzt reiflich überlegen. »Haben Sie Kaffeemehl?«

Wilhelmy starrte Adnan an.

»Kaffeemehl. Was ist daran nicht zu verstehen? Gemahlene Kaffeebohnen. Ich weiß nicht, wie ich es anders ausdrücken soll. Ich bin der Meinung, das ist ein deutsches Wort.«

Wilhelmy schüttelte den Kopf, als wolle er seine Gedanken abschütteln, und antwortete schließlich, dass er Kaffeepulver hätte. Sofort grübelte er darüber nach, was der Mann damit vorhatte.

»Wissen Sie, wie Araber ihren Kaffee zubereiten?«, fragte Adnan.

Wilhelmy nickte und erklärte, dass er oft in Tunesien gewesen sei.

»Möchten Sie, dass ich Ihnen einen solchen Kaffee mache?«, fragte Wilhelmy und erhoffte sich, ein wenig Vertrautheit herstellen zu können.

»Ja«, antwortete Adnan, »und währenddessen möchte ich, dass Sie sich darüber Gedanken machen, was Sie mir antworten werden bezüglich meiner Leber.«

Auch wenn Adnan freundlich antwortete, konnte Wilhelmy die Härte in seiner Stimme nicht überhören. Er würde ihm eine Antwort geben müssen, die ihm nicht gefallen würde. Und dann? Dann würde er ihn erschießen. Wilhelmy rechnete, während er Kaffeepulver in eine Tasse gab und darauf wartete, dass der Wasserkocher sich wieder ausschaltete, mit seinem Leben ab. Für eine Sekunde war er beinahe so etwas wie erleichtert. Er hatte im Leben alles erreicht, was er wollte, und nachdem Gabriele und die Kinder weg waren, machte ihm dieses Leben keine Freude mehr. Ja, soll er mich doch erschießen, dachte er, goss das heiße Wasser in die Tasse, drehte sich um, stellte seinem Henker die Tasse auf den Tisch und setzte sich. »Was geschieht mit dem Spender?«

Adnan wartete, bis das Pulver sich auf den Tassenboden absetzte und trank dann einen Schluck. »Ja, genau so muss Kaffee schmecken.«

»Antworten Sie mir, bevor ich Ihnen antworte«, forderte Wilhelmy ihn auf.

»Es ist mir egal, was mit ihm geschieht. Ich will seine Leber. Das ist schon alles.«

»Der Mann, wenn es denn einer ist, wird sterben.«

Adnan lachte wieder: »Es wird alles so geschehen, wie Allah es will.«

»Verstehe. Und Ihr Gott möchte, dass Sie mich hier in meiner Küche mit einer Waffe bedrohen und mich töten, wenn ich ablehne. Und wenn ich nicht ablehne, wird ein anderer sterben. Wahrscheinlich bringen Sie mich nach der Transplantation auch um. Wer sagt Ihnen denn eigentlich, dass ich Sie nicht unter der Narkose umbringe? Allah?«, fragte Wilhelmy bissig.

»Nein. Aber ich bin sicher, Ihnen liegt Ihre Familie am Herzen. Sollte die Transplantation danebengehen und ich nicht mehr aufwachen, wird mein Bruder sich um die Frau und die Kinder, die sich in den Bilderrahmen auf dem Sideboard in ihrem Flur befinden, kümmern.«

Adnan bluffte, hoffte aber, dass Wilhelmy die Blutrache kannte und ernst nahm.

»Eher lasse ich mich von Ihnen töten, als dass ich Menschen umbringen werde.«

»Das war Ihnen doch damals auch egal«, antwortete Adnan.

»Damals?«, fragte Wilhelmy verwirrt.

»Waren Sie denn nicht in diesen Organhandelskandal verwickelt? Wann war das gleich?«

Adnan hatte zu wenig Zeit gehabt, um die Akte der Kriminalbeamten sorgfältig durchlesen zu können, und wusste daher nicht, wann der Skandal aufgedeckt worden war.

»Hören Sie. Ich habe damals keine Menschen umgebracht. Ich habe lediglich Organempfänger vorgezogen, wenn sie gut bezahlt haben. Dann musste halt ein anderer, der in der Liste oben stand, einen Platz nach unten rutschen. Ich weiß, dass das falsch war. Ich habe dafür auch bezahlen müssen. Obwohl man mir nichts nachweisen konnte, litt mein Ruf. Zu Recht. Ich habe etwas Falsches, etwas Unrechtes getan. Aber ich habe keinen Menschen umgebracht und werde dies auch nicht tun. Und was am allerwichtigsten ist: Ich habe noch nie eine Leber entnommen. Meine Transplantationen bezogen sich nur auf Nieren. Ich habe Spendern eine Niere entnommen, weil sie mit der anderen Niere weiterleben konnten.«

Adnan hörte aufmerksam zu. »Und was ist mit meinen Landsleuten? Mit den Jugendlichen aus Albanien? Sie halten sie wie Tiere, und wenn Sie Bedarf haben, entnehmen Sie ihnen Organe und lassen sie sterben«, zischte er.

Wilhelmy sah ihn fragend an, wich mit dem Kopf ein Stück zurück und starrte ihn dann weiter an. Das, was er jetzt antworten würde, war ausschlaggebend dafür, ob er weiterleben durfte oder ob Adnan ihn sofort erschießen würde. »Ich habe keine Ahnung, wovon Sie reden. Ich halte keine Jugendlichen aus Albanien gefangen. Ganz im Gegenteil. Ich bin einmal in der Woche in einem Lager hier und behandle Flüchtlinge, auch Ihre Landsleute. Unentgeltlich. Ich wiederhole mich noch mal: Ich bringe keine Menschen um. Im Gegensatz zu Ihnen wahrscheinlich.«

Adnan trank noch einen Schluck Kaffee und stand auf.

Wilhelmy war sich sicher, dass er ihn nun erschießen würde. Sollte er doch. Er hatte keine Angst.

»Ich glaube Ihnen«, sagte Adnan. »Wer käme infrage, wenn ich eine Leber haben wollte?«, fragte er.

Wilhelmy erklärte ihm, dass er keinen Kollegen kenne, der ihm ein Organ einsetzen würde, wenn dafür ein anderer Mensch sterben müsste. Aber wenn es allgemein um Lebertransplantationen ginge, solle er sich an Dr. Reckowski wenden. Der hätte seine Praxis gleich hinter dem Hauptbahnhof. Wilhelmy hasste Reckowski, denn er war derjenige, der ihn damals bei der Staatsanwaltschaft verraten hatte.

»Mein lieber, guter oder nicht so guter Doktor. Ich werde Ihnen nichts antun. Aber ich sage Ihnen, wenn Sie der Polizei erzählen – denn ich bin sicher, man wird Sie aufsuchen –, dass ich hier war oder was wir besprochen haben, werde ich wiederkommen. Und wenn ich nicht wiederkomme, werden sich meine Brüder um Sie kümmern. Aber erst, nachdem man sich um Ihre Familie gekümmert hat. Haben Sie mich verstanden?«

Wilhelmy verstand. Er nickte. Sein Leben war ihm egal, aber nicht das von Gabriele und den Kindern.

»Ich werde niemandem etwas sagen«, antworte Wilhelmy und Adnan glaubte ihm aufs Wort.

»Eine Kleinigkeit wäre da noch«, sagte er dann.

Der Arzt sah ihn wieder nur fragend an.

»Eine Kleinigkeit ist vielleicht untertrieben. Sie erwähnten vorhin, dass Sie Geld im Haus hätten. 5.000. Die hätte ich gerne. Ich bin sicher, Sie werden es verschmerzen«, lächelte Adnan und machte eine ausholende Handbewegung in Richtung Küchenmobiliar.

Wilhelmy wollte nicht diskutieren. Er nickte und verschwand aus dem Raum, um nach wenigen Minuten mit einem Geldbündel wieder zurückzukommen. Adnan war ihm nicht gefolgt. Er wusste, dass der Arzt nicht zum Telefon greifen würde, um die Polizei zu alarmieren. Er wusste, dass er Wort halten würde.

Schweigend reichte Wilhelmy ihm die Scheine. Adnan steckte das Bündel in seine Jackentasche, drehte sich um und ging in den Flur hinaus. Dort blieb er kurz vor dem Sideboard stehen und sah sich die Familienfotos an. Anschließend blickte er Wilhelmy ernst an und erinnerte ihn noch mal, sich daran zu halten, nichts der Polizei zu verraten. Dieser schwieg, nickte aber.

Danach verschwand Adnan. Wilhelmy blieb noch einen Moment in der offenen Tür stehen.

# KAPITEL 32

*Fricke, Samstagmorgen*

Fricke hatte beschlossen, die Ärzte von der Liste abzufahren, nachdem Elena ihm berichtet hatte, dass Adnan wohl auf der Suche nach dem Mörder seiner Schwester sei – und über eine militärische Spezialausbildung verfüge.

Fricke musste nicht lange fahren, bis er vor Wilhelmys Haus in Bogenhausen stand. Es war nicht so imposant, als dass er es sich nicht auch mit ehrlicher Arbeit als Arzt hätte kaufen können. Fricke hatte eher erwartet, jetzt vor einer Villa zu stehen, die mehr Vermögen erforderte, als man mit diesem Berufsstand normalerweise verband.

Er ging langsam darauf zu, drehte sich noch einmal um und besah sich dabei die Gegend. Ringsherum standen ähnliche Häuser in großen Abständen nebeneinander. Ein wenig wünschte er sich in diesem Moment, auch in einem solchen Haus wohnen zu können. Und zwar mit Elena. Andererseits spiegelte dieses Haus jemanden wider, der er nicht war. Ein Mann, der Wert darauf legte, ein großes Eigenheim in einer teuren Gegend zu besitzen. Nein, ihm genügte eine Mietwohnung. Wichtiger waren ihm gemeinsame Abende, gemeinsame Nächte und das Aufwachen mit Elena.

Schon verflog jedweder Neid und er drehte sich zur Haustür Wilhelmys, als sein Handy in der Hosentasche vibrierte. Er nahm an, es sei Elena, die im Hotel geblieben war, um die Akte noch einmal durchzugehen. Sie wollte sichergehen, dass nichts übersehen wurde, Verbindungen herstellen und alles zusammenfassen.

Ohne auf das Display zu schauen, meldete er sich mit: »Hallo, mein Herz.«

»Ach, so weit sind wir schon, ja?«, antwortete eine männliche Stimme.

Erschrocken nahm Fricke das Handy vom Ohr und kontrollierte das Display. »Stockleben«, stand dort.

»Entschuldigung, ich hatte jemand anderen erwartet«, sagte Fricke verlegen und hoffte, es habe nicht schon wieder eine Leiche gegeben.

Stockleben berichtete ihm davon, dass der Toyota Corolla gefunden worden sei, den Adnan einem Mann auf seiner Flucht aus der Ruine gestohlen hatte. Der Wagen stand in Bogenhausen.

»Ich bin in Bogenhausen. Wo ist der Wagen?«, fragte Fricke aufgeregt.

»Liebfrauenstraße. Aber er steht dort nicht mehr. Wir haben ihn vor 20 Minuten abholen lassen. Wo genau sind Sie?«

Fricke gab ihm den Straßennamen durch, wartete einige Sekunden und bekam zur Antwort, dass die Liebfrauenstraße zwei Straßen von ihm entfernt sei.

»Danke. Ich nehme an, von Tahiraj keine Spur, oder?«

Stockleben bestätigte das und beendete das Telefonat.

»Interessant«, murmelte Fricke und klingelte bei Wilhelmy.

Der Arzt öffnete nach kurzer Zeit. »Was ist denn jetzt schon wie…«, setzte er an, unterbrach sich aber, als er Fricke vor sich stehen sah.

»Fricke. Ich bin von der Kriminalpolizei. Herr Dr. Wilhelmy, nehme ich an?«

Wilhelmy nickte verdutzt und sah sich den Dienstausweis an, den Fricke ihm hinhielt. Er hatte doch, wie versprochen, die Polizei nicht alarmiert. Warum stand dieser Mann jetzt hier? Da sein Besuch gerade fünf Minuten fort war, hoffte er, dass er nicht doch noch in Sichtweite war und ihn beobachtete. Was, wenn er nun sähe, dass Polizei bei ihm war? Andererseits, woher sollte er wissen, dass der Mann vor der Tür ein Kriminalbeamter war? Außerdem wären mit Sicherheit mehr Polizisten angerückt, hätte er ihn verraten. Dennoch blickte sich Wilhelmy über Frickes Schulter hinweg nach allen Seiten um.

»Sind Sie allein oder ist Ihre Familie im Haus?«, fragte Fricke, als er die Bilder im Flur sah.

»Ich bin allein«, antwortete Wilhelmy nur kurz.

»Haben Sie jemand anderen erwartet?«, fragte Fricke weiter.

Wilhelmy schüttelte heftig den Kopf. Ein wenig zu hektisch.

»Verstehe. Ich würde mich gerne mit Ihnen unterhalten, wenn es möglich ist.« Fricke spürte, dass der Mann Angst vor ihm hatte.

»Jetzt?«

»Jetzt und hier, oder Sie kommen morgen früh ins Präsidium. Ganz, wie Sie möchten, Herr Dr. Wilhelmy«, erklärte Fricke kühl.

Wilhelmy dachte einen kurzen Moment nach. Dann entschied er sich doch lieber dafür, den Kripobeamten hereinzubitten.

Fricke folgte ihm in die Küche und setzte sich ohne Aufforderung auf einen der Küchenstühle. Er schob die Tasse, die auf dem Tisch vor ihm stand, von sich fort, legte seinen Notizblock hin und hielt seinen Kugelschreiber bereit.

»Adnan Tahiraj«, sagte Fricke und beobachtete Wilhelmy.

»Wer ist das?«, entgegnete der Arzt.

Selbstsicher sieht anders aus, dachte Fricke sich. »Sagen Sie es mir«, blieb er hartnäckig und beobachtete sein Gegenüber dabei genau.

Auf Wilhelmys Stirn bildeten sich kleine Schweißperlen. Er sah nervös aus dem Küchenfenster. »Ich weiß nicht, was Sie meinen«, behauptete er schließlich.

»Wovor haben Sie Angst? Hat er Sie bedroht?« Frickes Geduld war am Ende. Er wusste, dass Adnan bereits Kontakt mit Wilhelmy aufgenommen hatte. Gestern Nacht oder heute Morgen. Es war kein Zufall, dass der Toyota zwei Straßen weiter gefunden worden war.

»Ich weiß immer noch nicht, was Sie meinen. Wenn Sie keine weiteren Fragen haben, verlassen Sie bitte mein Haus.« Wilhelmy war jetzt zornig.

»Was wissen Sie über die drei Todesfälle? Sie lesen doch sicher Zeitung. Dann dürften Sie mitbekommen haben, dass den Leichen vor ihrem Tod Organe entnommen wurden?«

Fricke verschwieg, dass das nicht bei allen Opfern der Fall war.

»Warum soll ich etwas darüber wissen? Weil ich früher mal Transplantationen vorgenommen habe? Das war vor Jahren. Denken Sie etwa, ich wäre dafür verantwortlich? Wo soll ich das bitte schön gemacht haben? Meinen Sie, ich hätte einen OP-Saal im Keller? Ich habe nichts damit zu tun. Und ich weiß auch nicht, wer mich bedrohen sollte. Bitte verlassen Sie mein Haus.«

»Wissen Sie, schon komisch.« Fricke beugte sich vor. »Hier stehen zwei benutzte Kaffeetassen, obwohl Sie allein im Haus sind. Sie haben einen modernen Vollautomaten und bereiten Ihren Kaffee trotzdem lieber nach alter arabischer Tradition zu. Wie in der Türkei oder beispielsweise in Albanien. Er war hier, oder?«

»Gehen Sie. Ich begleite Sie zur Tür«, erwiderte Wilhelmy, ging Fricke voraus zur Haustür und hielt sie ihm auf.

»Was haben Sie ihm erzählt? Wo will er hin?« Fricke stand nun Nase an Nase mit dem Arzt. Am liebsten hätte er ihn am Kragen gepackt.

Wilhelmy streckte wortlos den Arm aus und zeigte nach draußen.

»Wie Sie meinen. Ich werde wiederkommen, und wenn ich herausfinde, dass Sie mir etwas verheimlicht haben, sind Sie dran«, drohte Fricke und trat hinaus.

Wilhelmy warf die Haustür zu. »Es geht um meine Familie, womit wollen Sie mir drohen«, fauchte er leise und schlurfte zurück ins Arbeitszimmer.

# KAPITEL 33

*Elena, Samstagmorgen*

Elena saß im Hotelzimmer auf ihrem Bett und blickte gedankenverloren aus dem Fenster. Sie hatte noch mal alle Akten und bisherigen Aufzeichnungen durchgeblättert und nahm sich zur Strukturierung ihrer Überlegungen einen Zettel zu Hilfe.

Im Laufe der Ermittlungen war ihr klar geworden, dass die Vorgänge, die sie hier versuchten aufzudecken, enorm aufwendig und »personalintensiv« sein mussten. Das war nichts, was eine kleine Gruppe Eingeweihter bewerkstelligen konnte. Im Gegenteil, hier schien eine ganze Organisation dahinterzustecken. Diesen Gedankengang versuchte Elena nun zu strukturieren und ihn entlang des »Prozesses« aufzuführen.

*Voraussetzungen für illegale Transplantationen*, schrieb sie als Titel auf ihr Blatt.

Darunter führte sie stichpunktartig alles auf, von dem sie mittlerweile wusste, dass es nötig war:

- Menschen, die in Albanien die »Spender« rekrutieren
- Schlepper-Organisationen, die die »Spender« durch mehrere Länder sicher und unregistriert nach Deutschland bringen
- Mehrere Aufenthaltsorte für wartende »Spender«, z. B. die Ruine im Wald

- Bewachungspersonal für diese Aufenthaltsorte
- Privatkliniken, in denen nachts unbeobachtet operiert werden kann (OP-Saal, Intensivraum, eigenes Labor)
- (7 Verdächtige im Münchner Umkreis)
- Ärzte und medizinisches Personal in Deutschland
- Ärzte, die Menschen, die auf Organe warten, untersuchen und ihnen die Möglichkeit illegaler Organtransplantation anbieten

Elena stockte, als sie diesen Gedankengang aufschrieb. Sie blickte wieder zum Fenster hinaus und eine Erkenntnis formte sich in ihr. Das war eigentlich sehr interessant: Normalerweise waren alle Menschen, die in Deutschland auf ein Organ warteten, registriert. Würden sie plötzlich nicht mehr warten, so musste das doch auffallen. Vielleicht könnte man über diesen Weg herausfinden, wer in Deutschland bereits illegale Organe bekommen hatte. Diese Leute könnte sie vielleicht zum Sprechen bewegen! Das war ein Ansatz! Endlich ein Ansatz für die Ermittlungen – und zwar von der anderen Seite aus.

Sie suchte in ihrem Geldbeutel nach der Visitenkarte, die ihr Prof. Lenhard gegeben hatte. Genau, seine Privatadresse stand darauf. Es war Samstagmorgen, er würde bestimmt schon zu Hause sein. Diese Idee wollte sie mit ihm durchsprechen. Sie wählte seine Mobilnummer mit ihrem Handy, das ihr die Spurensicherung zwischenzeitlich wiedergegeben hatte, doch nur seine Mailbox ging ran.

Unruhig lief Elena im Zimmer auf und ab und setzte ihre Überlegungen fort. Das Ganze musste eine riesige Organisation sein. Mit einem klugen Kopf an der Spitze, der diese vielen Menschen und Prozesse organisieren konnte, mit Ärzten, die zusammenhielten und über die entsprechenden Fähigkeiten verfügten. Und dahinter musste eine kriminelle Bande stecken, die genug Leute umfasste, um all diese illegalen Prozesse auszuführen. Und die bereit war, bis zum Äußersten zu gehen. Es musste eine vielköpfige, aber gut strukturierte und professionell geleitete Gruppe sein. Dafür konnten doch gar nicht so viele deutsche Ärzte infrage kommen. Ärzte, die in der Lage waren, so etwas zu organisieren. Und skrupellos genug, um sich mit den richtigen Kriminellen dafür in ein Boot zu setzen.

Dieser Gedankengang ließ ihr keine Ruhe. Sie musste diese Idee jetzt sofort mit Prof. Lenhard durchsprechen. Vielleicht fielen ihm ja doch die Namen der Ärzte ein, denen er so etwas zutraute. Und vor allem wusste er sicherlich, wie man an die Daten der Patienten kam, die seltsamerweise von den Wartelisten gestrichen worden waren.

Nein, sie hatte keine Ruhe mehr. Sie würde zu Prof. Lenhard nach Hause fahren.

Sie wollte sich gerade die Schuhe anziehen, als es an der Zimmertür klopfte.

# KAPITEL 34

*Adnan, Samstagmittag*

Adnan lachte über Wilhelmys Gesicht, als dieser ihm abermals die Tür öffnete und ihn mit verdutztem Gesicht ansah. Ob er glaubte, dass er ihn nun doch erschießen würde? Adnan hielt ihm die Hand hin und bat ihn um den Autoschlüssel zu seinem schwarzen Mercedes, der in der Auffahrt stand.

Wilhelmy zögerte, doch ihm wurde schnell klar, dass er keine Wahl hatte. Adnan bedankte sich und versprach ihm sogar, dass er seinen Wagen wiederbekäme, in zwei bis drei Tagen. Er würde ihn wissen lassen, wo er sich das Auto abholen könne und wo sich der Schlüssel befand.

Es war seltsam, aber der Arzt glaubte ihm das. Immerhin hatte der Fremde ihn nicht umgebracht. Auch wenn er eigentlich keinen Grund dazu hatte, ihn am Leben zu lassen. Doch auch er schien ihm zu vertrauen, dass er Wort halten und zum Wohle seiner Familie die Polizei nicht verständigen würde.

Adnan fuhr langsam die Straße entlang, als er im Rückspiegel sah, wie ein Mann aus einem Opel stieg und auf Wilhelmys Haus zulief. Es war nicht irgendein Mann. Er kannte ihn. Es war der Polizist, den er in Feldkirchen vor der Flüchtlingsunterkunft gesehen hatte und dessen Partnerin er den Autoschlüssel entwendet hatte.

Adnan hielt am Straßenrand an und sah auf die Uhr. Es war fast elf. Hatte Wilhelmy doch die Polizei verständigt?

Nein, das konnte nicht sein. Wann hätte er das machen sollen? Als er das Geld geholt hatte? Aber dafür war die Polizei zu schnell vor Ort. Außerdem wäre nicht ein einzelner Beamter in einem Zivilfahrzeug erschienen. Wahrscheinlich wäre sogar das SEK angerückt. Jedenfalls wäre die Straße voller Streifenwagen. Nein, dieser Polizist tat einfach seine Arbeit. Er ermittelte, und zwar in die Richtung, in der auch Adnan suchte. Wilhelmy war eindeutig einer der verdächtigen Ärzte. Aber auch der Polizist würde bald herausfinden, dass dieser Mann von der Liste gestrichen werden konnte. Die Frage war, wo würde er danach hinfahren? Auch zu Reckowski? Auf keinen Fall wollte Adnan dort mit dem Polizisten zusammentreffen. Also wartete er darauf, dass dieser Wilhelmys Haus wieder verließ, um zu sehen, wohin er fahren würde. Vielleicht half er ihm ja sogar auf seinem Weg. Vielleicht könnte er so herausfinden, was die Polizei bisher wusste und wen sie als Hauptverdächtigen auserkoren hatten.

Es dauerte nur kurz, bis Wilhelmy an der Tür erschien. Adnan konnte deutlich sehen, dass er den Polizisten des Hauses verwies. Gut so, dachte Adnan. Er hatte sich nicht in dem Arzt getäuscht. Dieser Mann würde das Leben seiner Frau und seiner Kinder nicht aufs Spiel setzen.

Der Polizist stieg in seinen Wagen und fuhr an ihm vorbei. Adnan duckte sich für einen Moment und folgte ihm dann mit etwas Abstand. Es ging in Richtung Münchner Innenstadt. Adnan glaubte zunächst, der Beamte würde zur Polizeiwache zurückkehren, doch daran fuhr er vorbei. Zehn Minuten später hielt er vor einem Hotel an, stieg aus und diskutierte mit dem Hotelangestellten, der vor der Tür stand. Da der Mann immer wieder auf das Auto zeigte, ging es sicher darum, dass der Polizist erklären wollte, er würde gleich wieder von diesem unerlaubten Parkplatz fortfahren. Adnan sah sich diese Diskussion an. Schließlich verschwand der Beamte im Hotel und kam schon nach einer Viertelstunde wieder heraus, stieg in den Wagen und fuhr erneut los. Diesmal folgte Adnan ihm nicht. Vielmehr stieg er aus, wartete, bis der Verkehr es ihm ermöglichte, und lief über die Straße. Er nickte dem Portier zu und betrat das Hotel. Adnan war ähnlich gekleidet wie der Polizist, den er beobachtet hatte. Jeans, Hemd, Sakko, er fiel nicht auf. In der Lobby herrschte ein reges Treiben, und Adnan konnte sich hier bewegen, ohne das Gefühl zu bekommen, beobachtet zu werden.

Er nahm sein Handy und wählte die Nummer von Larijeta, die sich schon nach dem zweiten Klingeln meldete. In hastigen Worten erzählte sie ihm von der Polizistin, die bei ihr gewesen war und mit ihr gesprochen hatte. Larijeta stellte Adnan keine Fragen, denn sie wusste, dass sie ihn von nichts, was er vorhatte, abhalten konnte. Ebenso war es klar, dass er sie als Frau sowieso nicht in seine Pläne einweihen würde.

Nachdem Adnan das Telefonat beendet hatte, blickte er auf das Stück Papier in seiner Hand, auf dem er sich einen Namen notiert hatte. Karinoglous.

Dann verließ er das Hotel, kaufte in dem Blumengeschäft ein paar Meter weiter einen großen bunten Strauß und ging damit zurück in die Lobby.

»Ich habe hier einen Blumenstrauß für Frau Karinoglous. Welche Zimmernummer?«, fragte Adnan.

Die junge Dame an der Rezeption lächelte. Man konnte ihr ansehen, dass sie in diesem Moment daran dachte, wie schön es wohl wäre, selbst einen solchen Strauß zu bekommen: »429.«

Adnan nahm den Aufzug in die vierte Etage, stieg oben aus und lief den Flur entlang, bis er schließlich vor der gewünschten Zimmertür stand. Er klopfte an und hörte schnelle Schritte, die sich von innen näherten. Ihm war klar, dass ihm nicht sehr viel Zeit blieb.

*

Elena öffnete die Tür und sah nur einen großen Blumenstrauß.

»Für mich?«, fragte sie vorsichtig und glaubte, er wäre von Fricke. Vielleicht einfach nur, um zu einem normalen Verhältnis zu kommen. Um die Panne in Feldkirchen vergessen zu machen. Elena freute sich über so viel Aufmerksamkeit, die sie von Sven nicht gewohnt war. Jegliche Freude verflog allerdings sofort, als sie unter dem Blumenstrauß den Lauf einer Pistole sah, der auf sie zeigte.

»Reingehen und ruhig bleiben.«

Es war eine harte Stimme. Keine, mit der man lange diskutieren sollte. Elena ging rückwärts, bis sie das Bett an ihren Beinen spürte und sich setzte.

Der Mann legte die Blumen auf den Tisch und nahm gegenüber in einem der beiden Cocktailsessel Platz. Elena war sofort klar, wem sie da gegenübersaß.

»Sie wissen, wer ich bin?«, fragte Adnan.

Elena nickte.

»Ich bin nicht hier, um Ihnen etwas anzutun.« Er war irritiert. Die Frau vor ihm wirkte sehr ruhig. Er hatte eine Waffe, und sie wusste, dass er bereits einen Menschen getötet hatte, und sah ihn dennoch regungslos an.

»Sie haben keine Angst?«, fragte er schließlich.

»Nein. Ich weiß, was Sie vorhaben.« Elena sprach ganz sachlich.

»Ach ja?«

»Ja, Sie wollen den Tod Ihrer Schwester rächen.«

Adnan betrachtete Elena eine Weile und schüttelte schließlich den Kopf. »Ich will, dass diese Menschen ihrem gerechten Urteil zugeführt werden.«

»Einem gerechten Urteil? Und das legen *Sie* fest? Sie wollen also Richter und Henker spielen?«, erwiderte Elena.

»Wer denn sonst?«

»Dafür sind *wir* zuständig. Die Polizei, die Staatsanwaltschaft und schließlich der Richter.«

Adnan lachte laut auf: »Sie hatten doch die Möglichkeit damals. Was haben Sie denn erreicht? Sie konnten diesen Menschen nichts nachweisen. Jetzt ist meine Schwester gestorben. Hätten Sie die Männer damals verhaftet und eingesperrt, wären keine weiteren Kinder gestorben. Ich kann Ihnen nicht vertrauen. Deshalb nehme ich das selbst in die Hand.«

Elena dachte an Fricke. Das war es, was auch ihn umtrieb. Man mühte sich ab, man riskierte bei den Ermittlungen mitunter sein Leben, und wenn man endlich eine Verhaftung vorgenommen hatte, kam irgendein Rechtsverdreher und setzte den Angeklagten wieder auf freien Fuß. Das war es, was Fricke mit der fehlenden Gerechtigkeit der Justiz meinte. Aber er und auch Adnan mussten verstehen, dass die Rechtsprechung an Gesetze gebunden war. Und wenn hier alle Mittel ausgeschöpft waren, hatte man keine weitere Handhabe. Jeder Angeklagte hatte das Recht zur Verteidigung. Da geschah es auch mal, dass Täter freigesprochen wurden, weil die Schuldfrage nicht eindeutig geklärt werden konnte.

»Ich kann niemanden einsperren. Das macht der Richter. Ich kann aber dafür sorgen, dass der Schuldige vor Gericht kommt. Dabei kann ich allerdings nur mit dem Material arbeiten, das man mir seitens der Ermittlungen zukommen lässt. Wenn dieses nicht genügt, sind auch mir die Hände gebunden.«

»Eine interessante und lehrreiche Ausführung. Die hilft aber den toten Kindern nicht, genauso wenig wie meiner toten Schwester. Bevor wieder Mörder frei herumlaufen dürfen, in ihrem ach so schönen demokratischen, gerechten Land, kümmere ich mich selbst darum«, zischte Adnan zornig.

Elena ging davon aus, dass er nicht vorhatte, sie zu erschießen. Aber sie wollte ihn auch auf gar keinen Fall in Rage versetzen. Sie wusste nicht, wozu er dann fähig war. »Hören Sie, wir …«, begann sie, wurde aber von Adnan unterbrochen.

»Ich bin nicht hier, weil ich wissen will, wie Sie Ihre Arbeit machen. Das ist mir egal. Sie machen Ihre und ich mache meine. So einfach ist das.«

»Warum sind Sie dann hier?«, wollte Elena wissen.

»Ich will den Mörder von Majlinda finden, und Sie sagen mir jetzt, wer das ist.«

Elena sah ihn irritiert an. »Wenn wir das wüssten, wäre er schon im Gefängnis.«

»Einen Scheiß im Gefängnis. Das kennen wir ja bereits. Sie wissen, wer es ist, aber Sie haben vielleicht noch nicht ausreichend Beweise dafür. Aber vielleicht reicht das, was Sie haben, ja mir. Also reden Sie. Ist es einer von der Liste?«

Elena hätte gerne mit Ja geantwortet, aber damit hätte sie alle auf dieser Liste stehenden Personen in Gefahr gebracht. Andererseits wusste sie, dass Adnan, wenn sie nicht antwortete, auf eigene Faust weitermachen und die Liste abklappern würde. Sollte sie Nein sagen? In welche Richtung würde Adnan dann auf die Suche gehen? Bei einem Ja wäre der Radius, in dem man ihn finden könnte, begrenzt. Bei einem der sieben Ärzte. Man hätte ihn sozusagen im Visier. Bei einem Nein könnte Adnan unkontrolliert herumlaufen und Menschen töten, die unschuldig waren, und sie würden erst davon erfahren, wenn es bereits zu spät war.

»Ich gehe davon aus. Aber ich weiß nicht, wer«, antwortete sie schließlich in der Hoffnung, diese Leute würden umgehend Polizeischutz bekommen. Aber wie würde der aussehen? Ein Streifenwagen, der vor dem Haus stand? Adnan wäre gewarnt, aber würde ihn das abschrecken? Ein Zivilfahrzeug mit zwei Beamten? Das wären 14 Beamte am Tag und 14 in der Nacht. 28 Leute? Die könnte Stockleben in der jetzigen Lage niemals zur Verfügung stellen. Egal, dachte sie sich. Es war einfach die beste Antwort.

»Sie haben also keinen Hauptverdächtigen?«, fragte Adnan und sah ihr tief in die Augen.

»Nein«, log Elena und war froh, dass er nicht bemerkte, wie ihr heiß wurde.

Adnan blieb noch einige Sekunden still sitzen und starrte sie an, bis er schließlich aufstand, sich vor sie hinstellte und in ruhigem und doch ernstem Ton sagte: »Ich werde jetzt gehen und ich werde Majlindas Mörder finden. Wenn ich die Tür hinter mir schließe, will ich, dass Sie noch fünf Minuten still sitzen bleiben. Dann dürfen Sie Ihre Kollegen rufen.«

»Sie wissen, dass ich das nicht kann. Sie wissen, dass ich sofort anrufen werde«, antwortete Elena und biss sich augenblicklich auf die Lippen. Genau das war auch oft das

Problem mit Sven. Sie sprach manchmal einfach laut aus, was sie besser hätte verschweigen sollen.

Adnan lächelte: »Ich weiß.«

Elena sah in sein entschlossenes Gesicht und fragte sich, ob ihre Ehrlichkeit sie jetzt teuer zu stehen kommen würde.

*

Nachdem er Elena von Wilhelmy erzählt hatte, beschloss Fricke, nun einen weiteren Arzt von der Liste zu besuchen. Er fuhr kurz vor der Ortsausfahrt auf einen Parkplatz, holte sich an einem kleinen Imbisswagen eine Salamipizza und aß diese im Stehen an einem der drei Tische, die davorstanden. Gerade als er einen weiteren Bissen nehmen wollte, klingelte sein Handy. Er fluchte, denn er hatte keine Serviette, also rieb er sich die fettige Hand an seiner Jeans ab, holte das Smartphone aus der Tasche und meldete sich.

»Bornscheidt. Wir haben einen Anruf aufgezeichnet, auf dem Handy, das wir überwachen sollten, von einer Larijeta Tahiraj«, sagte die Stimme, und Fricke wartete angespannt auf die Information, die jetzt kommen würde.

Es blieb allerdings still.

»Ja, verdammt, und? Kommt da noch was?«

»Ja, natürlich, deshalb rufe ich ja an«, antwortete der junge Mann, blieb aber immer noch ruhig. »Wir haben den Anrufer geortet.«

Fricke wollte die Ausführungen abkürzen und fragte sofort: »Wer war es?«

»Das können wir Ihnen nicht sagen. Aber wir wissen, von wo der Anruf kam.«

»Herrje. Von wo aus?«, blaffte Fricke, schmiss den Rest seiner Pizza in den Mülleimer und lief zu seinem Auto.

»Aus der Lobby des City-Hotels.«

Fricke blieb wie erstarrt stehen und versuchte, das Gehörte zu verarbeiten. Alle Synapsen seines Gehirns waren beschäftigt. Elena? Warum sollte sie in die Lobby gehen und Larijeta anrufen? Sie hatte ein eigenes Telefon auf dem Zimmer, außerdem hatte sie ihr Handy doch wieder zurückbekommen. Frickes Gedanken rasten unaufhörlich.

Plötzlich wurde es ihm klar. Es war nicht Elena, die Larijeta angerufen hatte. Es war Adnan, und er befand sich im Hotel.

Sein Dienstwagen hatte kein Blaulicht, das er auf das Dach hätte stellen können. Jetzt war ihm das allerdings egal. So schnell es der Verkehr der Münchner Innenstadt erlaubte, raste Fricke zurück zum Hotel. Zwei rote Ampeln und eine Einbahnstraße beachtete er nicht. Obwohl ihm bereits ein Streifenwagen folgte, griff er zum Handy und rief im Präsidium an. Er beorderte alle Leute, die zur Verfügung standen, ins Hotel, einschließlich des Sondereinsatzkommandos.

Mit quietschenden Reifen hielt er schließlich vor dem Hotel, riss die Fahrertür auf, sprang heraus und rannte auf den Eingang zu, wo sich ihm ein Hotelmitarbeiter in den Weg stellte. Fricke stieß ihn beiseite und nahm aus dem Augenwinkel gerade noch wahr, dass dieser zu Boden fiel. Jetzt rannten auch die beiden Uniformierten, die ihm folgten, auf den Eingang zu. Fricke schrie ihnen entgegen, sie sollten den Eingang sichern und niemanden rein- oder rauslassen. Natürlich hatten sie bereits über Funk gehört, was im City-Hotel los war, und schlossen daraus, dass es sich bei dem Mann, der Ihnen Befehle zurief, um den Kripobeamten handelte, der bereits unterwegs war.

Fricke verzichtete auf den Fahrstuhl und wählte stattdessen das Treppenhaus. Immer zwei Stufen gleichzeitig nehmend, rannte er bis zur vierten Etage hinauf. Oben angekommen, stützte er sich kurz am Geländer ab und schnaufte durch.

»Ich bin zu alt für so was«, murmelte er hechelnd.

Fünf Minuten später stand er Elena im Zimmer gegenüber.

»Er war hier?«, fragte Fricke, immer noch nach Luft ringend, und erklärte ihr, dass man Adnans Anruf aus der Lobby geortet hatte.

Elena nickte.

»Wie lange ist er schon weg? Kann er sich noch im Hotel befinden?«

»Davon gehe ich sogar aus. Ich habe bereits auf der Wache angerufen. Dort sagte man mir, dass du schon jeden verfügbaren Polizisten herbeordert hast.«

Elena freute sich ein klein wenig darüber, dass Sven sich Sorgen gemacht hatte. Klar, er hätte bei jedem Kollegen so reagiert. Und nicht nur bei Kollegen. Dennoch sah sie in seinen Augen die Angst um sie.

»Einschließlich des SEKs.«

Wenige Minuten später stand der Einsatzleiter des Einsatzkommandos vor der geöffneten Zimmertür und erklärte Fricke, dass jeder Ausgang abgesperrt sei und niemand das Hotel verlassen könne.

Fricke und Elena folgten ihm in die Lobby und warteten auf die Beamten, die ausgeschwärmt waren, um Adnan ausfindig zu machen. Nach und nach kamen sie zurück, doch von Adnan Tahiraj fehlte jede Spur.

»Unmöglich!«, schrie Fricke. »Er muss hier sein. Sucht noch mal alles ab.«

Der Leiter des Einsatzkommandos nickte seinen Leuten zu, die daraufhin wieder in alle Richtungen ausschwärmten.

*

Es kam Adnan gelegen, dass gerade in dem Moment, als er Elenas Zimmer verließ, der Lastenaufzug anhielt und ein Zimmermädchen mit einem Wagen voller Hotelwäsche herauskam. Sie grüßte, ging an ihm vorbei und verschwand in einem der Zimmer. Adnan sprang in den Lastenaufzug, gerade noch rechtzeitig, bevor sich die Türen schlossen und der Lift in den Keller fuhr. Unten angekommen ging er an einem weiteren Zimmermädchen vorbei, das offensichtlich mit einem Wagen nun ebenfalls auf dem Weg war, die Zimmer herzurichten. Sie interessierte sich nicht dafür, dass ein Mann aus dem Lastenaufzug stieg, den sie bis dahin noch nie gesehen hatte. Vielleicht war sie selbst neu und kannte ihre Kollegen nicht.

Er beobachtete, wie einige Männer aus einem Lieferwagen an der Laderampe Gemüsekisten herausholten, die sie in die Kühlkammer brachten. Adnan lief an ihnen vorbei und wollte gerade aus dem Tor an dem Lkw vorbeilaufen, als er eine Gruppe von den ihm nun schon bekannten schwarz vermummten Polizisten hektisch auf sich zulaufen sah. Im Hintergrund hörte er den Fahrer des Lkws, der sich bis zum nächsten Tag verabschiedete. Schnell kletterte Adnan in den Laderaum und versteckte sich hinter einem Turm von Obst- und Gemüsekisten. Sekunden später knallten die Türen zu und es wurde dunkel. Als der

Lkw anfuhr und nach einer Kurve Fahrt aufnahm, atmete Adnan durch.

Fast hätten sie ihn geschnappt, doch er war ihnen entkommen. Wirklich gelohnt hatte es sich nicht. Er wusste nun nur, dass die Polizei genauso wie er im Dunkeln tappte, wer hinter dem Organdiebstahl und hinter den Morden steckte. Er glaubte der Frau aus dem Zimmer. Ihr Blick war ehrlich gewesen, dennoch war da etwas, das er nicht zu deuten wusste. In jedem Fall hatte sie entschlossen ausgesehen. Ihm war sehr klar, sie hätte nicht gezögert, ihn festzunehmen und wahrscheinlich auch von einer Waffe Gebrauch zu machen.

Es dauerte etwa eine halbe Stunde, bis der Lkw in einer Lagerhalle wieder hielt. Dem Fahrer blieb fast das Herz stehen, als er die Türen des Lasters öffnete und ein Mann im Laderaum stand. Adnan sprang wortlos heraus und verließ die Halle in Richtung Straße, wo er ein Taxi rief und dem Fahrer sein nächstes Ziel nannte.

*

Fricke betrachtete besorgt Elena, die im Hotelzimmer ganz ruhig vor ihm stand.

»Du hast keine Angst gehabt, als Adnan bei dir war?«

Elena schüttelte den Kopf und dachte kurz nach, bevor sie zögernd erklärte: »Er ist dir ähnlich.«

Fricke sah sie fragend an.

»Er sucht Gerechtigkeit. Und weil er glaubt, dass die Behörden nicht dafür sorgen können, setzt er sich über Regeln hinweg und stellt seine Vorstellung von Ausgleich, von Gleichgewicht und Gerechtigkeit selbst her.«

Fricke ging darauf gar nicht ein. »Aber er ist gefährlich.«

»Du bist auch gefährlich.«

Fricke sah Elena ernst an, kam ihr einen Schritt näher und zog sie an sich. »Ja. Ich könnte dich auch jederzeit umbringen.«

Dafür war er ausgebildet.

»Ich weiß.«

Langsam knöpfte sie ihre Bluse auf. Sie lächelte nicht dabei.

Genauso ernst sah er ihr zu, bis sie nur noch einen Slip anhatte, den er ihr von den Hüften streifte.

Sie liebten sich lange und heftig, bis sie beide völlig erschöpft nebeneinander einschliefen.

# KAPITEL 35

*Elena, Samstagnachmittag*

Es war Nachmittag, als Elena mit dem Auto, das ihr Stockleben als neuen Dienstwagen zur Verfügung gestellt hatte, vor einer eleganten Villa in Nymphenburg vorfuhr. Gerade noch hatte sie an Adnans Besuch am Vormittag im Hotel gedacht. Auch daran, wie sehr er sie ihn an Sven erinnert hatte. Nun aber zog das Viertel, durch das sie fuhr, ihre Aufmerksamkeit auf sich. Großzügige Alleen säumten die Straßen, von denen aus man hohe Zäune und dahinter alte und moderne Villen sehen konnte. Offensichtlich war das hier ein Diplomatenviertel, denn sie war an mehreren Botschaften vorbeigefahren. Hier wohnten die Menschen, die Geld hatten. Wie Professor Lenhard.

Elena schmunzelte in sich hinein. Ihr Vater war auch Arzt gewesen und es ging ihrer Familie finanziell immer ausgesprochen gut, aber mit einem solchen Prunk hätten sie nicht mithalten können. Auch nicht wollen. Aber normalerweise musste ein Arzt schon seine eigene Privatklinik besitzen, um so viel Geld zu verdienen. Ein Professorengehalt genügte dafür kaum. Vielleicht hatte Lenhard das Geld ja auch einfach geerbt, das war nichts Ungewöhnliches in Münchner Familien.

Gerade wollte sie aus dem Auto steigen, als sie in ihrem Sitz erstarrte. Aus dem Tor von Lenhard kam soeben ein Mann. Dahinter lief der Professor und sprach offensichtlich wütend auf ihn ein. Der Mann hatte anscheinend keine Lust, sich das, was Lenhard ihm lautstark vorhielt, anzuhören. Er hob abwehrend die Arme und ging einfach fort.

Elena kannte diesen Mann.

# KAPITEL 36

*Adnan, Samstagnachmittag*

Adnan wartete bis 16 Uhr in einem Café in der Münchner Innenstadt. In diesen zwei Stunden bestellte er sich drei Tassen Tee, da er den Kaffee hier nicht mochte. Er wollte die Zeit totschlagen. Gegen Nachmittag würde sich die Aufregung im Hotel sicher gelegt haben und er konnte zurück, um Wilhelmys Wagen zu holen.

Er lief nicht sehr schnell. Nur nicht auffallen. Er passte sein Tempo den Passanten an, die ebenfalls in Richtung des Hotels liefen. Dabei sah er sich die an den Seitenstreifen parkenden Autos genau an. Er musste grinsen, als er den silberfarbenen Opel etwa 20 Meter vom Hoteleingang entfernt parken sah. Darin saßen zwei Männer, die sich unterhielten und dennoch stets den Eingang im Blick behielten. Adnan war klar, dass man der Staatsanwältin Polizeischutz vors Haus gestellt hatte. Unbeeindruckt davon lief er weiter zu dem Mercedes, setzte sich hinters Steuer und fädelte sich schließlich in den Verkehr ein.

Er sah noch mal auf seine Liste und las sich langsam den Namen vor: Reckowski.

# KAPITEL 37

*Elena, Samstagnachmittag*

Elena blickte immer noch dem Mann hinterher.

Es war Dr. Mayrhofer.

Minutenlang blieb sie im Auto sitzen und versuchte, den Sachverhalt zu verdauen. Prof. Lenhard und Dr. Mayrhofer kannten sich und sie hatten offensichtlich einen Streit. Okay, sie würde direkt auf Konfrontation gehen, den Überraschungseffekt ausnutzen. Aber zuerst die Informationen abklopfen, die sie brauchte.

Kurz blickte Prof. Lenhard Mayrhofer hinterher, der aus Elenas Sichtfeld verschwand, und ging zurück zum Haus.

Elena straffte sich und stieg aus.

Lenhard war überrascht, als er ihr die Tür öffnete. Elena entging nicht sein Blick, der an ihr vorbei in die Umgebung schweifte. Offensichtlich fragte er sich, ob Dr. Mayrhofer bereits verschwunden war.

Elena begann sehr verbindlich. »Entschuldigen Sie, dass ich Sie am Samstag zu Hause belästige, aber Sie hatten mir ja Ihre Unterstützung zugesagt, und mittlerweile haben wir ein paar Fakten zusammengetragen, die ich gerne mit Ihnen besprechen möchte.«

Lenhard nickte. »Das ist ja sehr interessant!« Er bat sie mit einer einladenden Geste in den repräsentativen Flur.

Das denke ich mir, dass das für dich sehr interessant ist, dachte Elena bei sich und folgte ihm über hochflorige

Teppiche in das riesige Wohnzimmer mit Blick in einen parkähnlichen Garten.

Sie verneinte sein Angebot, ihr etwas zu trinken zu holen, und kam gleich zur Sache, sobald sie an dem antiken Eichentisch Platz genommen hatte.

»Wir gehen davon aus, dass wir es mit einer großen, kriminellen Bande zu tun haben, die vor nichts zurückschreckt.«

Sehr bewusst hatte sie mit diesem Satz angefangen und beobachtete nun, wie sein linkes Augenlid zu flackern begann. Entspannt sah anders aus.

»Einerseits muss es skrupellose Kinderfänger und Schlepper geben, die Jugendliche hier wie Vieh gefangen halten …«

Auch diesmal hatte sie die drastischen Worte wohlüberlegt gewählt und konnte abermals ein erregtes Augenflackern in seinem Gesicht feststellen. Sie hatte den Eindruck, am liebsten würde er ihr widersprechen.

»Andererseits muss es auf deutscher Seite ebenso gewissenslose Ärzte geben, die diese Aktionen unterstützen.«

Lenhard fuhr sich durch die Haare.

Übersprungshandlung, stellte Elena fest. Überdeutlich nervös war er.

»Wir grenzen nun die infrage kommenden Ärzte ein. Wie wir bereits besprochen hatten, müssen es Mediziner sein, die einen Zugang zu Privatkliniken haben. Sie müssen über finanzielle Mittel und medizinisches Personal verfügen. – Und über Skrupellosigkeit! Vor allem aber müssen sie Zugang zu interessierten Patienten haben. Ich möchte nun von Ihnen wissen, ob es eine zentrale Liste aller Patienten gibt, die auf Organe warten. Wenn ja, will ich wissen, welche Patienten sich freiwillig von der Liste haben streichen lassen – also vielleicht anderweitig ein Organ erhielten. Oder gibt es die Möglichkeit, dass Patienten ein Organ benötigen, aber gar nicht erst auf der Liste landen?«

Elena beobachtete, wie sich kleine Schweißperlen auf Lenhards Stirn bildeten. Er zögerte mit seiner Antwort, als ob er sich seine Worte genau überlegen wollte.

»Frau Karinoglous«, er sah sie ernst an, »ich gehe davon aus, dass jeder deutsche Arzt, der den hippokratischen Eid geschworen hat, nicht skrupellos handelt. Aber gut. Es gibt eine zentrale Liste aller auf ein Organ wartenden Patienten. Ich kann Ihnen die Liste von jetzt und von vor einem Jahr zur Verfügung stellen. Ich gehe davon aus, wer nicht mehr auf der Liste steht, hat legal ein neues Organ erhalten oder ist gestorben. Aber bitte, das können Sie ja nachprüfen. Am Montag werde ich Ihnen die Liste durch meine Sekretärin zukommen lassen. Dass ein Patient nicht auf die Liste kommt, ist eher unwahrscheinlich, da schwer kranke Patienten bei mehreren Ärzten und Krankenhäusern in Behandlung sind und entsprechend für die Liste gemeldet werden. Veränderungen im Krankenbild verändern ja die Bedürftigkeit und werden sofort an die zentrale Meldestelle weitergeleitet.«

Elena hatte genau beobachtet, wie er beim fachlichen Teil wieder Boden gewonnen hatte. Hier hatte er ihr offensichtlich die Wahrheit gesagt. Warum pochte er so auf der Lauterkeit der Ärzte? Hatte er seine Finger im Spiel und hielt sich dennoch für anständig? Nicht undenkbar. Gut, nun ging sie zum Angriff über.

»Einer unserer Verdächtigen ist Dr. Mayrhofer. Kennen Sie ihn?«

Ein leichtes Erröten zeichnete sich auf Lenhards Wangen ab. »Natürlich. Er ist ein bekannter Kollege, auch versiert in Transplantationen.«

»Wie gut kennen Sie ihn?«

Lenhard zögerte. Natürlich fragte er sich, inwieweit er überhaupt lügen konnte und ob sie ihn womöglich mit Mayrhofer gesehen hatte.

»Wir kennen uns beruflich.«

»Und privat?«

»Nein.«

»Warum hat er dann gerade ihr Haus verlassen?«

»Er hat mir berichtet, dass Sie bei ihm waren. Was ihn sehr verärgert hat.«

»Und dafür kommt er am Samstag zu Ihnen nach Hause?«

»Ja.«

Sie glaubte ihm kein Wort.

»Danke, Herr Professor. Das war's. Ich wünsche Ihnen ein schönes Wochenende.«

# KAPITEL 38

*Adnan, Samstagnachmittag*

Adnan fuhr etwa 30 Minuten von der Innenstadt nach Fürstenried. Er machte sich keine Sorgen, dass Wilhelmy seinen Wagen als gestohlen gemeldet hatte. Auch wenn er Wilhelmys Familie in Wahrheit nichts angetan hätte, wusste der Mediziner das ja nicht. Sollte er um sie fürchten.

»War ja klar«, stellte Adnan fest, als er vor der Villa stand. Arzt hätte ich werden sollen, dachte er und sah sich um. Seltsamerweise war niemand zu sehen. Die Frau, die er im Hotel besucht hatte, wusste doch, dass er die Liste abfahren würde, auf der Suche nach Majlindas Mörder. Und doch bekamen die Personen keine Bewachung? Ihm war es nur recht, auch wenn er es nicht verstand. Langsam ging er auf das Haus zu. Daneben ertönte Kindergeschrei. Die Kinder spielten hinter der Garage. Ab und zu sah er, wie eines von ihnen von rechts nach links rannte und zwei andere hinter ihm her. Dann wieder rannte das Kind zurück. Sie spielten Fangen. Lächelnd lief Adnan den kleinen Weg um das Haus herum. Ein Kind blieb kurz stehen, als es Adnan sah, winkte und rannte dann weiter. Auf der Terrasse lag ein Mann auf einem Liegestuhl und las Zeitung.

»Guten Tag«, begrüßte Adnan ihn, als er vor ihm stand.

Der Mann sah den braun gebrannten, muskulösen Fremden erschrocken an.

Adnan erkannte die Angst in seinem Blick. Gerade als Reckowski etwas sagen wollte, zog er sich einen Stuhl vom Gartentisch heran, setzte sich dem Arzt gegenüber und lächelte: »Sie müssen keine Angst haben. Zumindest nicht, wenn Sie mir sagen, was ich wissen will.«

Reckowski dachte einen Moment nach. Adnan spürte, dass der Mann überlegte, welche Möglichkeiten er hätte, der Situation zu entkommen oder Hilfe zu holen. Vermutlich hatte er längst registriert, dass sein Besucher nicht zögern würde, Gewalt anzuwenden.

»Denken Sie nicht mal daran. Wollen Sie wirklich, dass ich Sie auf der Stelle, vor den Augen Ihrer Kinder, umbringe?«, lächelte Adnan.

»Was wollen Sie? Wer sind Sie?«, fragte Reckwoski und wartete darauf, dass der Mann ihm seine Fragen stellte.

»Warum haben Sie die Jugendlichen, die man fand, umgebracht?«

Reckowski legte seine Stirn in Falten und wusste nicht, was er antworten sollte. Wen hatte man wo gefunden? Und wieso umgebracht?

Adnan deutete auf die Zeitung, die neben dem Arzt auf dem Boden lag: »Es wurde darüber berichtet. Die Jugendlichen, denen Sie Organe entnommen haben – oder nicht entnommen haben, weil sie krank waren.«

Jetzt verstand der Arzt: »Sie meinen … ich habe sie … weil ich einmal Transplantationen vorgenommen habe? Man konnte mir damals nicht nachweisen, dass ich …«, stotterte er.

»Kommen Sie. Man konnte Ihnen nicht nachweisen, dass Sie es getan haben. Das war Ihr Glück. Dennoch haben Sie es getan. Und es war falsch. Genauso falsch, wie es jetzt war, die Jugendlichen umzubringen.«

»Ich habe damit nichts zu tun. Ich habe noch nie jemanden umgebracht. Ja, vielleicht habe ich mich damals nicht an das Gesetz gehalten. Aber ich habe doch niemanden getötet. Ich habe lediglich Menschen, die weiter unten auf der Liste standen, geholfen, die Organe zu bekommen, die sie brauchten«, verteidigte Reckowski sich.

»Reichen Menschen«, ergänzte Adnan.

»Ich verstehe nicht.«

»Doktor, wenn Sie mich verarschen wollen, ist mein Gesicht das Letzte, das Sie auf dieser Welt sehen. Ich brauche nicht einmal eine Waffe dazu. Und wenn mich Ihre Kinder dabei beobachten, werde ich sie ebenfalls umbringen. Und Ihre Frau, wenn sie im Haus ist. Also lassen Sie den Scheiß. Sie haben jenen Menschen geholfen, die Geld hatten und Sie fürstlich dafür bezahlten«, zischte Adnan.

Reckwoski sah beschämt zu Boden: »Lassen Sie mich raten. Einer Ihrer Angehörigen stand oben auf der Liste, bekam kein Organ und verstarb. Nun geben Sie mir die Schuld, ja?«

»Nein!«

Der Arzt sah wieder hoch: »Was wollen Sie dann? Nur damit Sie es wissen: Seit dem Skandal damals habe ich keine einzige Transplantation mehr vorgenommen. Wenn Sie also glauben, ich hätte diese Menschen umgebracht, irren Sie sich.«

»Ach, kommen Sie. Wer einmal Dreck am Stecken hat und sich damit so einen Lebensstil aufgebaut hat«, knurrte Adnan und zeigte auf das Haus und den großen Garten, »der möchte nicht mehr zurück. Also erzählen Sie mir keine Märchen.«

Reckowski folgte mit seinen Augen Adnans Arm. Er dachte nach. Adnan konnte förmlich sehen, wie sein Hirn arbeitete. Sich in diesem Moment Lügen ausdachte und abwog, wie glaubhaft sie waren.

»Ihr nächster Satz wird entscheiden, ob Sie sterben oder nicht«, sagte Adnan.

»Ich schwöre Ihnen«, begann Reckowski, stoppte allerdings abrupt, als sein Sohn zu ihm gerannt kam und fragte, ob er mit seinen Freunden auf seinem Zimmer mit der Playstation spielen dürfe. Reckowski erlaubte es bereitwillig, denn dies bedeutete, dass die Kinder im Haus waren und nicht mehr in der Nähe dieses Fremden. »Also«, begann er erneut, »ich habe nie wieder eine Transplantation vorgenommen.«

Adnan sah ihm tief in die Augen. Ja, er glaubte ihm, dennoch war da mehr. Irgendetwas verheimlichte er ihm: »Ist das wirklich alles, was Sie dazu zu sagen haben?«

Der Mediziner hielt für Sekunden Adnans Blick stand, dann aber musste er wegsehen. Genau das war der Moment, in dem ihm klar wurde, dass er sich verraten hatte. Er würde reden müssen, sonst würde der Mann ihn töten und anschließend ins Haus gehen und die Kinder … Reckowski brachte seinen Gedanken nicht zu Ende.

»Ich vermittle nur weiter. Wenn einer meiner Patienten ein Organ benötigt und die Spenderliste umgehen will, schicke ich ihn zu einem Kollegen.«

»Wofür Sie natürlich Geld bekommen, oder?«

Reckwoski nickte.

»Und was haben Sie mit den toten Jugendlichen zu tun?«

Der Arzt sah erschrocken hoch: »Gar nichts. Das müssen Sie mir glauben. Ich habe diese Jugendlichen nie gesehen. Hätte ich davon gewusst, hätte ich niemals meine Patienten dorthin geschickt!«

Adnan glaubte ihm. Er sah ihn schweigend an.

»Was denn noch? Ich habe Ihnen doch alles gesagt.«

»Ach ja? Ich habe leider nicht verstanden, an wen Sie Ihre Patienten vermittelt haben. Also?«

Reckowski überlegte nicht, sondern antwortete sofort: »Lenhard.«

Adnan kannte den Namen. Er war auf der Liste. Er war einer der Ärzte, die Transplantationen vornahmen. Also war er der Nächste, den er aufsuchen und, diesmal war er sich sicher, töten würde. Würde töten müssen, um Majlindas Tod zu rächen.

»Haben Sie Geld im Haus?«, fragte Adnan.

Reckowski nickte. »Wenn ich Ihnen Geld gebe, werden Sie gehen? Ich meine, einfach so gehen, ohne uns etwas anzutun?«

Diesmal war es Adnan, der nickte.

Was blieb Reckowski anderes übrig? Er würde ihm das Geld geben und wusste dennoch nicht, ob der Mann zu seinem Wort stand.

»Gehen wir«, sagte Adnan und folgte dem Arzt ins Haus.

Sie gingen durch das große Wohnzimmer, das ganz in Weiß gehalten war. Der einzige Farbtupfer war die dunkelhäutige Frau, die, trotz der kühlen Temperaturen im klimatisierten Haus mit einem sehr kurzen Rock bekleidet, auf dem Sofa lag, kurz hochsah, lächelte und sich wieder ihrem Modemagazin zuwandte.

Im Arbeitszimmer grinste Adnan: »Wenn man so viel Kohle hat, kann man sich auch eine wie die auf der Couch leisten, oder?«

Reckowski antwortete nicht, öffnete den Safe, der hinter einem Bild versteckt war, und gab Adnan 10.000 Euro. »Mehr habe ich nicht.«

»Ich brauche auch noch Ihr Auto. Keine Angst, Sie werden es in zwei Tagen unversehrt wiederbekommen. Ich werde mich bei Ihnen melden und Ihnen sagen, wo Sie den Wagen finden.«

Der Arzt schluckte einmal, willigte aber ein.

»Sollten Sie die Polizei informieren, schwöre ich Ihnen, bringe ich den Wagen persönlich zurück und dann wird Ihr Wohnzimmer nicht mehr weiß sein, sondern rot. Rot vom Blut all derer, die Sie lieben. Haben Sie das verstanden?« Adnans Blick war eiskalt.

Reckowski begleitete ihn bis zur Haustür, nahm den Autoschlüssel vom Schlüsselbrett und übergab ihn ihm.

Adnan drehte sich um: »Das gilt übrigens auch für Lenhard. Rufen Sie ihn an und warnen ihn, komme ich wieder.«

»Ich habe verstanden.«

»Sie kennen doch sicher Ihren Kollegen Wilhelmy, oder?«

»Natürlich.«

Adnan warf Reckowski einen Schlüssel zu und zeigte auf den Mercedes, der vor dem Haus stand: »Rufen Sie ihn an. Sagen Sie ihm, er kann seinen Wagen abholen.«

Adnan stieg in den BMW, legte den Rückwärtsgang ein und verschwand nach wenigen Sekunden aus Reckowskis Sichtweite.

Der Arzt schloss die Haustür. Er überlegte, ob er Lenhard anrufen sollte oder nicht, und nahm schließlich das Funktelefon von der Station.

# KAPITEL 39

*Elena und Fricke, Sonntagmorgen*

Elena schlug ihre Augen auf und sah, wie Sven noch tief und fest schlief. Leise schlich sie sich aus dem Bett, zog sich schnell etwas über und holte aus dem Frühstücksraum unten zwei große Tassen mit Kaffee.

Als sie das Zimmer betrat, blinzelte Sven ihr müde entgegen.

»Ich dachte schon, du hättest mich verlassen«, brummte er.

»Niemals würde ich dich ohne Grund verlassen«, lächelte sie und setzte sich zum ihm aufs Bett, »erst recht nicht nach so einer Nacht.«

Er ließ seine Hand über ihren Rücken gleiten, bevor er die angebotene Tasse Kaffee nahm.

»Ich habe eine Bitte an dich«, begann sie vorsichtig.

»Das passt mir gut, ich habe nämlich auch eine an dich.«

»Oh! Dass ich nie mehr ein Wort über deine Hemden verliere? Oder dass ich dir immer den Kaffee ans Bett bringen soll? Oder …«

»Klingt alles gut«, fiel er ihr ins Wort, »aber ich hätte einfach gerne mal einen Tag mit dir, ohne Arbeit!«

Sie gab ihm einen Kuss auf die Nasenspitze. »Genau das gleiche wollte ich auch von dir. – Ob wir das schaffen?«

Sven stellte seine und ihre Tasse auf das Nachttischchen und zog sie zu sich herunter.

»Es gibt da eine einfache Möglichkeit. Es ist Sonntag! Und wir bleiben genau hier und gehen nicht ans Telefon, selbst wenn die Welt untergeht.«

*

Irgendwann am Nachmittag trieb der Hunger sie aus dem Hotelzimmer. Fricke aß einen Schweinebraten und Elena Käsespätzle mit Röstzwiebeln in einem bayerischen Gasthaus.

»Das muss man ihnen lassen. Kochen können die Bayern!«, sagte Fricke, als er mit dem letzten Knödelrest die braune Soße auftunkte.

»Ja«, lachte Elena, »hier bestände die Gefahr, dass ich kugelrund würde!«

Fricke bezahlte die Rechnung, ergriff ihre Hand und verließ mit ihr das Gasthaus.

»Und jetzt?« Elena sah Sven fragend an. »Olympiaturm, Marienplatz, Deutsches Museum …?«

»Ne«, er zögerte, »ich bin nicht so ein Touristen-Typ.«

Er sah sich um.

»Lass uns doch einfach da rein, spazieren gehen.« Er deutete mit dem Kopf auf den parkähnlichen Friedhof, vor dem sie gerade standen.

»Gerne.«

Schweigend liefen sie Arm in Arm unter Trauerweiden, zwischen großzügigen Rasenflächen und teilweise wunderschön gestalteten Grabmälern entlang.

»Ich denke gerade, dass ich schon viel zu lange nicht mehr am Grab meiner Großeltern war. Ich habe sie sehr geliebt.« Elenas Gedanken kreisten um die Zeit, als ihr Großvater ihr fast jeden Abend aus dem dicken Märchenbuch vorgelesen hatte. Die Eltern ihrer Mutter hatten nur zwei Häuser weiter gewohnt und Elena war fast schon bei ihnen aufgewachsen, da ihre Mutter viel Zeit in ihrer Augenarzt-Praxis verbracht hatte. Wenn Elena hungrig war, musste sie nur zur Oma gehen und konnte sich sicher sein, dass dort immer ein warmes Essen und ein Kuchen auf sie warteten. Und Opa war für Geschichten zuständig, für lange Fahrten mit dem Fahrrad durch die Wälder und für Fantasiespiele, bei denen sie Abenteuer in fremden Ländern erlebten.

Auch Fricke schwelgte in Erinnerungen und ließ Elena daran teilhaben: »Meine Großmutter war auch immer für uns da. Ich habe dir ja mal erzählt, dass mein Vater uns geschlagen hat, wenn er getrunken hatte. Solange sie noch da war, hielt es sich in Grenzen. Wenn sie es mitbekam, gab es richtig Ärger für ihn. Aber sie starb, als ich zehn war.«

»Und dann? Wer hat sich dann um dich gekümmert?«

Er lachte. »Ich!«

Elena sah ihn zweifelnd an: »Sonst keiner?«

»Sonst keiner. Aber das war schon okay. Ich habe es hinbekommen.«

»Und Frauen?«

»Oh ja. Immer viele!« Wieder lachte er.

»Nein, ich meine, hattest du später Freundinnen, die sich um dich gekümmert haben?«

»Ja. Mit 20 hatte ich eine Freundin, vier Jahre lang. Aber sie wollte im Ausland studieren. Und ich wollte nicht mit.«

Die Sonnenstrahlen brachen durch die Äste der Bäume und zeichneten goldene Linien auf den Weg. Es war ein milder Herbsttag und Elena öffnete ihren Mantel.

»Später habe ich geheiratet.«

Elena sah ihn an. »Aber …?«

»Egal. Es ging halt auseinander.«

Offensichtlich wollte er nicht, dass sie weiter nachfragte.

»Und dazwischen viele Frauen, die dich trösteten …«, vermutete Elena.

Fricke hob nichtssagend die Schultern.

»Schau mal«, Elena wies auf einen Grabstein, auf dem ein Engel eingraviert war und der folgende Spruch:

*Wir sind alle Engel mit nur einem Flügel.*

*Um fliegen zu können, müssen wir einander umarmen.*

*Mein Engel, warte auf mich, bis ich komme, damit wir wieder fliegen können.*

»Ist das nicht schön?«

»Ja, mein Engel.« Fricke gab ihr einen langen Kuss.

Aber Elena hatte doch das Gefühl, dass er den Spruch eher etwas kitschig fand.

# KAPITEL 40

*Elena, Montagmorgen*

Verzweifelt sah Elena auf. Sie hatte bereits 20 Telefonate hinter sich, die alle mehr als deprimierend verlaufen waren. Jeder, der vor einem Jahr noch auf der Organspenderliste gestanden hatte, aber jetzt darauf fehlte, war verstorben. Bei fast allen Telefonaten hatte sie sich ähnliche Geschichten anhören müssen: verzweifeltes Warten auf ein Organ, den Tod vor Augen, Schmerzen, Leid und eine Familie, die einem geliebten Menschen beim Sterben zusehen musste.

Etwa 30 Namen warteten noch auf sie. Das war wirklich schwer erträglich.

Okay, nicht aufgeben, weitermachen, sprach sie sich selbst Mut zu.

Der nächste Name. Frau Sabine Krutzmann. Elena atmete tief durch und wählte die Nummer.

»Krutzmann.«

»Elena Karinoglous. Staatsanwaltschaft. Spreche ich mit Frau Sabine Krutzmann?«

»Ja.«

»Sind Sie die Sabine Krutzmann, die noch vor einem Jahr auf eine Niere gewartet hat, sich nun aber nicht mehr auf der Organtransplantationsliste befindet?«

Am anderen Ende der Leitung trat eine deutliche Pause ein. »Ja. Warum wollen Sie das wissen?«

»Darf ich Sie fragen, warum Sie sich von der Liste haben nehmen lassen, obwohl Ihnen keine Spenderniere zugeteilt wurde?«

»Hm. Muss ich Ihnen darauf antworten?«

Elena zögerte. Wenn sie die Frau nun über ihre Rechte aufklärte, wäre Schluss mit dem Gespräch. Aber da war etwas im Busch, sie spürte es genau. Elena entschied sich für Ehrlichkeit. Manchmal kam man damit immer noch am weitesten.

»Frau Krutzmann, wir ermitteln bezüglich illegaler Organtransplantationen. Es handelt sich aber nicht um gekaufte Organe, die Menschen erhalten nichts für ihre Spende – und sie tun es auch nicht freiwillig. Vielmehr werden junge Menschen, Jugendliche, fast noch Kinder, im Ausland entführt und nach Deutschland verschleppt, wo ihnen die benötigten Organe dann entnommen werden. Die jungen Menschen sterben dabei teilweise. Es scheint eine große Organisation dahinterzustecken, die nicht aufhören wird, wenn wir sie nicht stoppen.«

Elena hörte nur ein Seufzen, sonst nichts.

Sie fuhr fort: »Um auf Ihre Frage zu antworten: Wenn es Sie selbst juristisch belastet, müssen Sie mir nichts sagen. Aber ich erwarte jede Stunde die Nachricht, dass es wieder einen toten Jugendlichen gibt – ohne Niere im Bauch. Ich bin Staatsanwältin. Und ich verspreche Ihnen: Falls Sie mir etwas sagen möchten, komme ich zu Ihnen als Privatperson und Sie werden nie in einer Ermittlungsakte erwähnt.«

*

Elena saß einer etwa 35-jährigen Frau gegenüber, die ihre zwei Kinder auf den Spielplatz geschickt hatte, als Elena erschien. Frau Krutzmann bat sie an den Esstisch, wo sie sich niederließen.

»Ich bin gläubig, wissen Sie.«

Elena war nicht ganz klar, was die Frau ihr damit sagen wollte, aber sie nickte.

»Und ich dachte zuerst, ich müsste es tun, für meine Kinder. Aber jetzt weiß ich, die Schuld ist zu groß. Ich habe mir vor einem Jahr eine Niere gekauft. Für 30.000 Euro. Aber ich kann nicht damit leben, verstehen Sie?«

Elena holte Stift und Block aus der Tasche. »Erzählen Sie mir alles. Ich garantiere Ihnen Straffreiheit.«

Sabine Krutzmann atmete aus und begann zu sprechen, als ob sie seit Langem darauf gewartet hatte, endlich jemandem alles erzählen zu dürfen.

»Ich wartete seit fünf Jahren auf eine Niere. Mit einer sehr, sehr schlechten Prognose. Meine Werte waren grauenhaft, mehr als ein halbes Jahr hätte ich nicht mehr zu leben gehabt. Meine Kinder sind so klein. Ich habe doch eine Verpflichtung ihnen gegenüber. Und ich wollte einfach leben! Prof. Lenhard hat mir erklärt, es gebe eine Möglichkeit. Von meinen 30.000 Euro erhalte 15.000 Euro der freiwillige Spender, was diesem ein sorgenfreies Leben ermöglichte. Die andere Hälfte ginge an die Ärzte. Es erschien mir alles so einleuchtend. Nein, ich gebe es zu, ich wollte es einfach glauben. Die Zweifel kamen später. Als man mir den Spender nie vorstellte. Als ich ein junges, dunkelhäutiges Mädchen im Operationsraum neben mir in der Mayrhofer-Klink sah, das weinte. Die Zweifel kamen erst später …«

Ohne sie zu unterbrechen, lauschte Elena den Ausführungen der Frau und schrieb alles mit.

# KAPITEL 41

*Adnan und Lenhard, Montagvormittag*

Adnan gab in das Navi von Reckowskis Wagen die Adresse von Lenhard ein. Fahrtzeit: 28 Minuten.

Er fuhr los und befolgte alle Geschwindigkeitsbeschränkungen, jedes Verkehrsschild und jede Ampel. Nur nicht auffallen. Nichts sollte jetzt noch dazwischenkommen. Dieser Mann war schuld am Tod seiner Landsleute. Am Tod von Kindern. Am Tod seiner Schwester. Er würde sterben, weil er sterben musste.

Noch bevor er in die Straße einbog, in der Lenhard wohnte, schaltete er das Licht des Wagens aus und ging vom Gas. Langsam rollte der Wagen nach rechts. Vor dem Haus von Lenhard stand ein Ford Focus. Darin saßen zwei Männer, die immer wieder zum Gebäude sahen. Adnan hatte schon im Vorfeld geahnt, dass sie den Ärzten auf der Liste Personenschutz zur Seite gestellt hatten. Aber das sollte ihn nicht daran hindern, Lenhard zur Rechenschaft zu ziehen.

Adnan wählte mit Reckowskis Handy über die Freisprechanlage des Autos die Nummer der Polizei an. Dort meldete sich auch gleich nach dem ersten Klingeln jemand.

»Konrad hier. Ich sehe zwei Ausländer, wie sie gegenüber ins Haus einbrechen wollen. Blütenweg 18. Kommen Sie schnell. Mein Akku ist …«, sagte Adnan und beendete das Telefonat.

Es dauerte etwa drei Minuten, bis der Wagen vor Lenhards Haus wendete und im Eiltempo an ihm vorbeifuhr. Adnan hatte sich den Blütenweg bereits bei der Ortseinfahrt gemerkt, denn er war sicher, man würde nach seinem Anruf die beiden Beamten informieren, die der gemeldeten Stelle am nächsten waren. Genau so geschah es. Nachdem sie um die Ecke gebogen waren, stieg er aus und lief schnell zum Haus, in dem Licht in der unteren Etage brannte.

Er gab sich etwa 30 Minuten. In zehn Minuten wären die Polizeibeamten am Haus im Blütenweg, bräuchten etwa zehn Minuten, um festzustellen, dass dort alles in Ordnung war, und noch mal zehn Minuten, um zurückzukommen.

Er ging um das Haus herum und sah vorsichtig durch das Fenster ins Wohnzimmer. Lenhard saß alleine auf dem Sofa und sah fern. Adnan nahm einen Stein aus dem Blumenbeet und warf ihn leicht gegen die Scheibe. Danach beobachtete er, wie der Professor erschrocken aufsprang und zum Fenster eilte. Er blickte nach rechts und links, ging zur Terrassentür und öffnete diese schließlich. Genau das hatte Adnan beabsichtigt, und bevor Lenhard begriff, was vor sich ging, stand Adnan schon neben ihm und drückte ihm die Pistole an den Hals.

»Rein da«, befahl er.

Langsam wich Lenhard zurück. »Was wollen Sie? Wer sind Sie?«, fragte er ängstlich.

Adnan deutete auf einen Sessel und Lenhard ließ sich darauf nieder.

»Das ist uninteressant. Sie haben jungen Menschen Organe entnommen und sie sterben lassen. Nur um Ihren Reichtum zu vermehren. Stimmen Sie dem zu?«

Lenhard wurde kreidebleich. Er sah dem Mann an, dass

er kein Deutscher war. Dem Akzent und dem Aussehen nach vermutlich ein Albaner. Er schwieg.

Adnan schlug ihm mit dem Schaft der Pistole ins Gesicht. Lenhards Kopf schnellte nach rechts, wobei ihm zwei Zähne aus dem Mund flogen und Blut an der Lippe über das Kinn herunterlief.

»Der nächste Schlag folgt in fünf Sekunden, wenn ich keine Antwort bekomme«, schrie Adnan, ohne gefragt zu haben, ob sich noch jemand im Haus befinde. Er war wütend. Es interessierte ihn nicht, ob gleich jemand ins Wohnzimmer hereingestürmt kommen würde.

»Ja, ja«, nuschelte Lenhard panisch. »Wollen Sie Geld?«

Adnan lachte laut auf. »Warum hast du Majlinda umgebracht?«

Der Professor hielt die Hand schmerzverzerrt vor den Mund: »Wen?«

»Das Mädchen, das krank war. Du konntest sie nicht gebrauchen.«

Lenhard erinnerte sich. Sie war hübsch gewesen. Und sie hatte Krebs gehabt. Was sollte er jetzt antworten? Er brauchte zu lange, um darüber nachzudenken.

Dieses Mal schlug Adnan mit der Faust zu. Genau auf den Nasenrücken. Es machte »Knack« und Adnan wusste, dass er gebrochen war.

Lenhard schrie auf. »Bitte nicht!«, flehte er.

»Antworte!«, schrie Adnan und hob erneut die Faust.

»Ich habe sie nicht umgebracht. Das waren die! Ich habe sie doch nur untersucht und gesagt, dass sich ihre Organe nicht als Spenderorgane eignen. Ich wollte sie doch nicht töten!«

Adnan wusste, dass der Mann log. Die Menschen, denen er Organe entnahm, ließ er sterben. Bewusst. Das Schicksal von Majlinda war ihm egal.

»Und damit hast du nicht nur ihr Todesurteil unterschrieben, sondern auch deines«, sagte Adnan nun ruhig.

Er setzte die Mündung der Pistole auf Lenhards Stirn und drückte ab. Endlich hatte er seine Rache. Voller Abscheu spukte er auf den toten Mann, der im Sessel zusammengesackt war.

Von Weitem vernahm er Polizeisirenen. Sie waren ihm auf die Spur gekommen. Aber immer noch hatte er einen Vorsprung. Er riss die Terrassentür auf und lief aus dem Wohnzimmer hinaus in den Garten, kletterte am Ende über den Zaun und rannte, so schnell er konnte, durch den Wald.

Jetzt fehlte nur noch einer.

*

Fricke bog mit Elena, endlich wieder im BMW, der ihm von der Spurensicherung zurückgegeben worden war, in Lenhards Straße ein. Hinter ihm fuhr ein Ford Focus, der ebenfalls vor Lenhards Haus parkte.

»Was ist los?«, fragte Elena, die sah, wie Fricke immer wieder nervös in den Rückspiegel blickte.

»Das weiß ich noch nicht. Aber der Focus mit den beiden Kerlen folgt uns schon die ganze Zeit und jetzt hält er auch noch hinter uns«, antwortete Fricke, zog seine Dienstwaffe aus dem Holster, stieg aus und ging ganz langsam auf den Wagen zu, der jetzt sein Licht ausschaltete. Dabei beobachtete er die beiden Insassen genau. Sie schienen nervös zu sein angesichts der Tatsache, dass sich ihnen ein Unbekannter näherte.

Fricke zog seinen Dienstausweis aus der Jacke und hielt ihn hoch. Die Männer, die zwar nicht erkennen konnten, was darauf stand, ahnten zumindest, dass es sich um einen Polizisten handelte. Der Beifahrer bückte sich kurz und Fricke richtete sofort gezielt seine Waffe auf ihn. Es bestand durchaus die Möglichkeit, dass der Mann eine Waffe aus dem Handschuhfach holte. Als er sich wieder aufrichtete, hielt er aber ein blaues Rundumlicht hoch und schaltete es ein. Erleichtert steckte Fricke seine Waffe wieder ins Holster unter seiner linken Schulter, drehte sich zu Elena um und winkte sie heran.

»Ihr macht also die Bewachung für Lenhard, ja?«, fragte Fricke.

»Ja«, antwortete der Polizist hinter dem Lenkrad.

»Bis wann stehen Sie hier?«, fragte Elena.

»Eine Stunde noch.«

Elena sah auf ihre Armbanduhr. »Es ist 22 Uhr und Sie bewachen das Haus hier nur eine Stunde?«

»Eine Stunde?«, fragte der Beifahrer. »Wir stehen schon seit fast sechs Stunden hier.«

»Aber ihr seid doch gerade erst mit uns angekommen«, erwiderte Fricke.

Der Fahrer erzählte von der Meldung eines vermutlichen Einbruchs an der Ortseinfahrt. Da sie in der Nähe gewesen waren, hätte man sie hingeschickt.

»Und? War es ein Einbruch?«, fragte Fricke.

»Nein. Blinder Alarm.«

Fricke brauchte keine Sekunde, bis er begriff: »Das war Adnan Tahiraj. Er wollte euch nur vom Haus weglocken.«

Die Beamten im Focus sahen sich an, dann griff der Beifahrer zum Telefon und rief auf der Wache an. »Sie schicken uns Verstärkung«, rief er dann und stieg mit gezogener Dienstwaffe aus dem Auto.

»Was machen wir? Gehen wir rein?«, fragte Elena.

Jetzt stieg auch der Fahrer aus, der das Telefongespräch

mit angehört hatte. »Der Chef hat gesagt, wir sollen auf das SEK warten.«

Fricke kochte. Er wäre am liebsten sofort ins Haus gegangen, wusste aber, dass es unverantwortlich war. Adnan könnte in Panik geraten und Lenhard erschießen.

Es dauerte fast 20 Minuten, bis sie Polizeisirenen hörten. Während dieser Zeit ließen sie das Haus keine Sekunde aus den Augen. Dann ertönte ein Schuss in die Nacht hinein.

Fricke rannte sofort zur Haustür und versuchte sie aufzutreten, was ihm allerdings nicht gelang. Die beiden Beamten, die eigentlich nur zur Bewachung bereitgestellt worden waren und warten sollten, folgten ihm. Er wies sie an, links um das Haus herumzugehen, während er mit Elena rechts herum lief.

Fricke erreichte als Erster die Terrassentür und sah Lenhard leblos im Sessel sitzen, während sein Kopf, oder das, was davon noch übrig war, schlaff herunterhing. Das Blut lief auf seine Hose.

»Abriegeln. Er ist noch in der Nähe«, schrie Fricke den beiden Zivilbeamten zu, die ins Wohnzimmer kamen.

Einer der beiden rannte hinaus, ums Haus herum und zu den uniformierten Kollegen, die sich der Eingangstür näherten. Er gab ihnen Anweisungen, woraufhin diese in alle Richtungen ausschwärmten. Jeder von ihnen hatte die Dienstwaffe gezogen und hielt sie schussbereit in der Hand. Jetzt trafen auch die beiden Mannschaftsbusse des Sondereinsatzkommandos ein. Der Zivilbeamte erklärte dem Leiter des SEKs, was vorgefallen war. Auch die schwarz vermummten Beamten liefen los.

*

Adnan rannte. Er konnte ausdauernd laufen, dank jahrelangen täglichen Trainings. Er rannte so lange, bis ihm die Luft ausging und er sich sicher war, dass er nicht mehr verfolgt wurde.

Der Wald führte bis zum Nachbarort. Dort wartete er hinter einem Baum und sah sich um. Ein Streifenwagen fuhr langsam die Straße entlang, wobei sich die beiden Polizisten in alle Richtungen umsahen. Nachdem der Wagen am Ende der Straße rechts abgebogen war, spurtete Adnan über die Straße, zwischen zwei gegenüberliegenden Häusern hindurch, bis er vor einem Gartenhaus stand. Das Schloss war kein Problem für ihn. Nur einmal trat er dagegen und der Riegel sprang aus dem Holz. Er ging hinein, stapelte einige Kartons in die Ecke und legte sich dahinter auf den Boden. Dann zog er das Handy von Reckowski, das er aus dessen Auto mitgenommen hatte, aus der Hosentasche und rief Larijeta an.

»Ist alles klar bei euch?«, fragte er, nachdem Larijeta sich gemeldet hatte.

»Uns geht es gut. Wo bist du? Wie geht es dir?«

Adnan erzählte ihr von den vergangenen Stunden und dass er Majlindas Tod gerächt hatte.

»Und nun? Kommst du zu uns?«

»Ich bin noch nicht fertig.«

»Wir sollen gleich in ein Flugzeug nach Albanien gesetzt werden«, erklärte Larijeta.

»Wann?«

»In einer Stunde kommt ein Bus, der alle abholt, die freiwillig, ohne lange Asylverfahren, zurückfliegen wollen.«

»Macht das, fliegt nach Hause.«

»Nein! Es ist das Beste für die Kinder, wenn sie eine Zukunft hier haben.«

Adnan wollte etwas erwidern, brach das Gespräch aber ab, da er vermutete, sie würden ihr Handy abhören. Er legte Reckowskis Telefon beiseite, stand auf und schlich langsam, sich nach allen Seiten umsehend, aus dem Gartenhaus hinaus. Seine Wut auf Larijeta befeuerte ihn nur. Was war nur in sie gefahren? Sie hatte seinem Willen widersprochen. Wieder rannte er durch die Gärten der Häuser, die in Reihe nebeneinanderstanden. Sie hatten inzwischen sicher Reckowskis Handy geortet und wussten, wo er war. Er kletterte über Zäune, sprang über Hecken und rannte immer weiter, bis er fand, was er suchte.

*

»Bitte hierher«, rief der Verbindungsmann den in einer Schlange stehenden Menschen zu. 52 Flüchtlinge hatten sich dafür entschieden, den schnellen, unentgeltlichen Rückflug anzunehmen. Männer und Frauen mit ihren Kindern gaben ihre von Deutschland ausgestellten vorläufigen Papiere ab, unterschrieben einen Vertrag, den sie sich nicht durchlasen, obwohl er in ihrer Sprache verfasst war, und gingen zu dem Bus, der auf der Straße wartete. Nachdem alle das Fahrzeug betreten hatten, stiegen etwa zehn Polizisten hinzu, die den Transport begleiteten, um sicherzustellen, dass niemand es sich noch einmal anders überlegte.

Der Bus fuhr etwa 40 Minuten zum Flughafen, bis er direkt vor einem bereits wartenden Flugzeug anhielt. Die Polizisten bildeten eine Art Gasse, durch die die »zurückzuführenden Personen« in die Maschine stiegen. 20 Minuten später hob die Maschine in Richtung Albanien ab. Knappe zwei Stunden später landete sie in Tirana. An Bord

52 Menschen, die noch vor wenigen Wochen gehofft hatten, in Deutschland eine Zukunft zu finden.

Von der Familie Tahiraj stand keiner auf der Passagierliste.

*

»Er hat Larijeta angerufen. Vermutlich wird er ihr gesagt haben, was er vorhat. Wir fahren sofort nach Feldkirchen«, erklärte Fricke, nachdem er sein Handy wieder in die Hemdtasche geschoben hatte.

»Wo haben sie ihn geortet?«, fragte Elena, die Sven zum BMW folgte.

»Olympiapark.«

»Vielleicht auf dem Weg von Lenhards Villa in Nymphenburg nach Manching zu Larijeta«, vermutete Fricke. »Ist die Polizei auf dem Weg dorthin?«

»Ja, einschließlich der Hunde.«

Fricke schloss das blaue Rundumlicht im BMW an, stellte es auf das Dach und wartete, bis Elena sich angeschnallt hatte. So schnell er konnte, fuhr er Richtung Manching. Während der Fahrt klingelte wieder sein Handy. Er zog es aus der Hemdtasche und meldete sich. Elena war gar nicht wohl dabei, dass er mit 150 km/h über die Landstraße raste und dabei telefonierte.

Fricke beendete das Gespräch und unterrichtete Elena davon, dass Adnan einen Golf von einem Mann gestohlen habe, der bei Rot an einer Ampel gewartet hatte.

Als sie schließlich das Ankerzentrum in Manching erreichten, sahen sie, wie einige Polizisten in einem Kreis versammelt standen.

»Was ist denn hier los?«, fragte Elena.

»Uns haben gerade rund 50 Flüchtlinge wieder verlassen.«

»Werden sie verlegt?«, fragte Elena einen Sozialarbeiter, der damit beschäftigt war, einen Tisch zusammenzupacken.

»Nein. Zurückgeführt.«

»Sind das die Papiere der Personen?«, fragte Fricke und zeigte auf einen Stapel, die der Mann neben dem Sozialarbeiter in der Hand hielt. Der nickte.

»Kripo. Geben Sie mir die Papiere«, befahl Fricke, wartete aber nicht, sondern nahm dem Mann den Stapel ab. Hastig ging er ihn durch.

»Ist sie dabei?«, fragte Elena.

»Nein! Larijeta ist noch hier«, antwortete Sven und atmete aus.

Er schlug Elena vor, sich erst einmal einen Kaffee aus dem Essenscontainer zu holen und anschließend zusammen Larijeta zu verhören.

Elena willigte ein und folgte ihm. Nach wenigen Minuten hielten sie zwei heiße Kaffeebecher in der Hand und sahen, wie ein Streifenwagen auf den Platz gefahren kam. Sie liefen auf ihn zu und warteten, bis die uniformierten Polizisten ausstiegen.

»Fricke. Kripo. Gibt es Probleme?«

»Wir haben einen gestohlenen Golf gefunden. Man hat uns gesagt, dass Sie hier wären.«

»Wo haben Sie den Wagen gefunden?«

»Ganz in der Nähe. Nur zwei Straßen weiter.«

»Adnan ist hier«, stellte Elena fest.

»Habt ihr die Personen überprüft, die zurückwollen? Wie sind sie von hier weggebracht worden?«, fragte Fricke den Sozialarbeiter.

»Ja, sie haben uns doch ihre Papiere gegeben. Man hat sie in einem Bus weggebracht, zum Flughafen.« Der Mann sah auf seine Armbanduhr und nickte: »Das Flugzeug wird schon in der Luft sein.«

Fricke wies die Uniformierten an, sie sollten auf der Wache anrufen und alle Leute aus Feldkirchen herbeordern.

»Denkst du, er ist unter den Passagieren?«, fragte Elena.

»Wenn Adnan im Flugzeug sitzt, wird man ihn nach der Landung in Empfang nehmen und verhaften.«

Der Sozialarbeiter hob eine Augenbraue: »In Tirana? Ich denke nicht, dass sich da irgendjemand um diese Menschen kümmern wird. Aber wenn Sie meinen … Wir haben jedenfalls die Papiere der Passagiere, und wenn seine nicht dabei sind, ist er auch nicht im Flieger.«

»Glaubst du, er lässt seine Familie alleine?«, fragte Elena.

Fricke zuckte mit den Schultern.

Jetzt mischte sich der junge Mann ein, der neben dem Sozialarbeiter stand und soeben die Papiere von Fricke zurückbekam. »Wen suchen Sie denn?«

Elena übernahm die Antwort: »Adnan Tahiraj, kennen Sie ihn?«

»Ja. Der ist doch hier.«

Fricke sah den Mann entgeistert an und bat ihn, ihm Adnan zu zeigen. Dieser nickte und forderte ihn und Elena auf, ihm zu folgen. Am Ende des Lagers betraten sie ein Zelt und blieben vor einer Pritsche stehen, auf der ein Mann lag und tief schlief.

»Wer soll das sein?«, fragte Elena.

»Adnan Tahiraj. Er hat sich gerade bei mir sein Taschengeld abgeholt.«

Fricke verstand nichts. Er wusste nur, dass der Mann nicht Adnan war.

»Holen Sie einen Dolmetscher«, forderte Elena den Mitarbeiter auf, der sie hergeführt hatte.

Er erklärte ihr, dass er selbst der Dolmetscher sei, weckte den Mann auf der Pritsche, ließ sich seine Papiere noch einmal zeigen und fragte ihn, wie er an diese gekommen sei, da er offensichtlich nicht die Person war, als die er sich auswies.

Verstört richtete sich der Albaner auf, zögerte nur kurz und gab dann zu, dass Adnan ihm Geld für den Tausch ihrer Papiere geboten habe. So musste er nicht zurück nach Albanien, denn Adnan flog an seiner Stelle.

»Er ist weg«, murmelte Elena und stampfte verärgert mit dem Fuß auf.

Fricke nickte seufzend: »Ja, er hat seine Schwester gerächt und ist davongekommen.«

Normalerweise machte es Fricke rasend wütend, wenn ihm ein Straftäter entkam. Doch Elena hatte das Gefühl, dass sich sein Bedauern diesmal in Grenzen hielt.

# KAPITEL 42

*Elena und Fricke, Montagnacht*

»Eine Woche, nur eine Woche.« Elena schüttelte selbst ungläubig den Kopf. »Und es kommt mir vor wie eine Ewigkeit.«

Fricke griff nach dem Whiskey, den ihm der Kellner an der Hotelbar gerade zuschob, und prostete Elenas Weinglas zu. Nach einem langen Schluck beugte er sich zu ihr und sagte sehr leise, aber bestimmt: »Und ich bin scheißzufrieden!« Er legte ihr den Finger auf den Mund: »Frau Staatsanwältin, erzähl mir jetzt nichts von einem ermordeten Arzt, nichts von toten Albanern aus einer Clique von Schweinen, die junge Menschen gestohlen, gekidnappt, ermordet haben.«

Elena wollte auch gar nichts einwenden.

»Dass ein Polizist getötet wurde, ist furchtbar. Ich versuche es so zu sehen: Er ist gestorben für alle Kinder, die gerettet wurden. Ich werde morgen zu seiner Familie gehen.« Wieder ein tiefer Schluck. »Aber, Elena, ich bin scheißzufrieden.«

Sie konnte ihn gut verstehen. »Der Chef des albanischen Mafiaclans hat alles ausgesagt. Reckowski wird als Vermittler drankommen, Mayrhofer klage ich an wegen Mordes.«

Ein langes, nachdenkliches Schweigen entstand.

»Sven, meinst du, damit hört die ganze Geschichte auf?«, fragte Elena schließlich.

Er nickte. »Weil Adnan auf albanischer Seite auch aufräumen wird.«

# KAPITEL 43

*Elena und Fricke, Dienstag*

Larijeta hatte die Karte immer gut aufgehoben. Heimlich. Nie hatte sie sie Adnan gezeigt. Manchmal musste man etwas für sich behalten. Jetzt war der Moment gekommen. Adnan war gegangen und hatte ihr am Telefon gesagt, in einer Woche bekäme sie ebenfalls das Flugticket nach Hause.

Sie drehte die Visitenkarte in ihren Händen. Namen und Informationen hatte sie ihm versprochen. Und nun war er hier, im Lager. Langsam ging sie die Treppe zu dem Zimmer hinauf, wo er auf sie wartete.

Was sie jetzt tun würde, hatte sie sich genau überlegt. Jeden Tag hatte sie hier alles beobachtet. Es war ein ganz anderes Land. Männer und Frauen waren hier gleichgestellt. Frauen waren etwas wert. Sie konnten sich zeigen und waren dennoch nicht weniger geachtet. Und die Frauen setzten ihre Weiblichkeit ein, sie zeigten nicht nur Haut, sie zeigten Po und Busen. Larijeta hatte auch die Filme gesehen, die hier im Fernsehen liefen und die die Männer sich jeden Abend ansahen, wohingegen sich die meisten Frauen dafür zu sehr genierten. Aber Larijeta hatte oft an der Tür gestanden und zugesehen, denn sie glaubte, diese Kultur langsam zu verstehen. Das Grundmuster war das gleiche wie bei ihnen zu Hause: Männer wollten Frauen. Aber einfach so nehmen durfte man sie sich hier nicht, das ging nicht, selbst wenn die Frauen sich und ihre Körper offen zeigten.

Erst wenn die Frauen ganz eindeutig signalisierten, dass sie bereit dazu waren, nahmen die Männer sich das, was man ihnen anbot. Man wurde ein Paar, eines, bei dem die Frau genauso viel wert war wie der Mann.

Genau das wollte Larijeta auch. Sie hatte es sich lange überlegt. Und von allen Männern hatte ihr einer am besten gefallen. Zudem war er bei der Polizei. Wenn sie ihn bekäme, könnte ihr nie wieder etwas geschehen. Sie wollte eine gleichberechtigte Frau sein wie die deutschen Frauen hier. Sie war viel jünger als er. Und als sie. Sie musste ihn kriegen. Auf die deutsche Art.

Sie straffte ihren Rücken und ging in das Zimmer hinein, wo er vom Stuhl aufstand und ihr die Hand hinstreckte. Unmöglich, dachte sie, aber eben nur in ihrem Dorf in Albanien, hier war es normal, einer Frau die Hand zu reichen. Sie gab ihm ihre Hand und zog sie nicht zurück. Ganz kurz blickte sie ihm direkt in die Augen. Dort, wo sie herkam, hätte das gereicht. Aber er setzte sich einfach wieder hin.

»Sie wollten mir noch etwas sagen?«

»Ja«, sagte sie und zog sich ihr Tuch von den Haaren, die sie vorher gewaschen und geföhnt hatte und die ihr nun wie ein Wasserfall über Rücken und Schultern fielen.

Er rührte sich nicht, aber er sah hin, er sah ganz genau hin. Sie wusste, dass er Frauen mit dunklen langen Haaren mochte. So sah die andere auch aus. Aber sie, Larijeta, war viel jünger.

Sie hätte sich gewünscht, er hätte jetzt das gemacht, was Adnan in der dunklen Nacht unter ihrem Hemd tat, aber sie hatte es vorher befürchtet: So leicht war es hier nicht.

Sie kniete sich vor ihn hin, knöpfte ihre Bluse auf und zog sie nach unten. Nackt saß sie nun vor ihm, die Schamesröte im Gesicht.

Fricke zuckte zusammen, als ob er jetzt erst verstand, was sie da versuchte zu tun. Er schüttelte den Kopf und zog sie sanft an den Schultern nach oben.

Doch sie sah nach unten und öffnete seine Hose.

»Ich bin da«, rief eine Frau, während sie die Tür mit Schwung öffnete und dann erstarrte. Larijeta zog sich ihre Bluse hoch und sprang zurück. Er saß regungslos da, mit offener Hose. Und in der Tür stand Elena. Schockiert. Es dauerte einige Sekunden. Etwas wie Sterben lag in der Luft. Ganz langsam schloss sie die Tür wieder.

*

Elena lief. Durch Straßenschluchten, durch Parks, durch kleine Wälder. Es wurde dunkel. Und sie lief und lief. In ihrem Magen war ein schwarzes Loch, als ob jemand eine Pistolenkugel hineingeschossen hatte, ein Loch, das sich ausbreitete, ganz langsam von ihrem ganzen Körper Besitz ergriff, das jedes Gefühl, das da war, auffraß, das das Blut erkalten ließ, das Denken stoppte, das Menschsein entleerte.

Als der Himmel heller wurde, sah sie sich selbst auf einer Parkbank sitzen. Vor ihr die ausgezogenen hochhackigen Schuhe, ihre Füße schmerzten.

Der Obdachlose neben ihr streckte ihr eine Flasche Wodka hin. Sie sah ihn an und fragte sich, seit wann sie hier wohl schon neben ihm saß.

Sie schüttelte den Kopf und stand auf. Nach Hause. Ab in den nächsten Zug. Wo sollte sie auch sonst hin?

# EPILOG

Maksun Dibra betrat an diesem Montagmorgen wie gewohnt gegen 8 Uhr seinen Laden. Obwohl sein Geschäft erst um neun öffnete, kam Maksun immer eine Stunde früher. In dieser Zeit kümmerte er sich um die Bestellungen. Er schaffte es binnen zwei Jahren, Gewürze über die Stadtgrenzen hinaus auszuliefern. Bei größeren Bestellungen, etwa von Restaurantketten, beschäftigte er einen Fahrer. Die kleineren Bestellungen verpackte er selbst und brachte sie abends zur Post.

Mittwochs war sein Laden geschlossen. Alle fragten sich, warum er sein Geschäft in der heutigen Zeit schließen konnte, wo doch alle damit zu kämpfen hatten, Geld zu verdienen, um zumindest Miete und Stromkosten bezahlen zu können. Viele der angrenzenden Ladenbesitzer wohnten im Lagerraum ihres Geschäftes, weil sie sich keine Wohnung mehr leisten konnten. Maksun allerdings hatte diese Sorgen nicht, obwohl auch sein Umsatz drastisch zurückgegangen war. Eigentlich hätte er sich sein großes Haus auch nicht leisten können, wenn er nur mit dem Gewinn seines Geschäftes haushalten hätte müssen.

Maksun saß hinter seinem Schreibtisch und blätterte seine Kontoauszüge durch. Das tat er jeden Morgen, wenn er alleine war, denn diese Zahlen sollte niemand sehen. Wenn bekannt werden würde, wie viel Geld er besaß, wäre er in großer Gefahr. Dem wollte er sich nicht aussetzen. Und wie jeden Morgen zählte er wieder einen Tag herunter.

»Drei Jahre und 48 Tage noch«, murmelte er.

Er zählte die Tage, bis er diesen Laden, diese Stadt und dieses Land verlassen würde. Bis dahin hatte er genug Geld angespart, um sich in Italien ein Haus kaufen zu können, eine Villa – das war sein Traum. Wenn alles so gut weiterlief wie bisher, müsste er sich nie wieder Sorgen um Geld machen.

»Hallo, Onkel«, hörte er plötzlich eine Stimme, sah hoch und glaubte, seinen Augen nicht zu trauen.

»Adnan?«, fragte er zögernd.

»Ja, Onkel. Warum fragst du? Erkennst du mich nicht?« Adnan ging langsam auf den Schreibtisch zu.

»Doch, schon. Natürlich erkenne ich dich. Natürlich. Ich bin nur verwundert.« Maksun setzte ein gequältes Lächeln auf.

»Was verwundert dich denn so, Onkel? Dass ich es bin, dass ich hier bin oder dass ich überhaupt noch lebe?«, fragte Adnan und setzte sich auf den alten Holzstuhl vor den Schreibtisch.

»Ich wundere mich, dass du hier bist. Was macht Majlinda? Hast du sie gefunden und nach Hause gebracht?«

Adnan drehte sich bei dem Namen der Magen um. Sofort sah er wieder die Fotos seiner Schwester aus der Polizeiakte vor sich.

»Nein, Onkel. Ich habe sie nicht nach Hause gebracht.«

»Du hast sie also nicht gefunden?«

»Doch, ich habe sie gefunden. Zumindest weiß ich, wo sie ist.«

»Und? Warum holst du sie nicht in die Familie zurück? Fehlt dir Geld? Sag mir, was du brauchst, und ich gebe es dir.« Maksun schlug mit der flachen Hand auf den Tisch.

»Nein. Ich brauche kein Geld. Majlinda ist tot.«

Adnan sagte es trocken, ohne jegliche Regung, obwohl es in ihm brodelte.

Maksun sprang aus seinem Stuhl auf. »Was sagst du da? Tot? Das erzählst du mir so ungerührt? Weiß es deine Mutter schon?«

Adnan nickte.

»Was hat sie gesagt? Wie geht es ihr?«

»Sie ist im Krankenhaus. Sie wollte sich ein Messer in den Bauch jagen.«

Maksun setzte sich wieder. »Hast du sie gerettet?«

Adnan nickte abermals.

»Was kann ich tun? Sag es mir. Ich bin für euch da.«

»Sieh, Onkel, das ist das Messer, mit dem Mutter sich umbringen wollte – deine Schwester«, sagte Adnan und legte ein langes Brotmesser auf den Schreibtisch.

Maksun war gar nicht wohl dabei. Warum hatte Adnan das Messer mitgebracht? Warum war er hier?

»Adnan. Warum bringst du es mit?«

»Mutter meinte, ich solle es dir geben«, antwortete Adnan völlig emotionslos, stand auf, griff nach dem Messer und ging um den Schreibtisch herum.

»Ich verstehe nicht. Was soll ich damit?«

Maksun zog sein Stofftaschentuch aus der Hose und wischte sich damit über den schweißnassen Nacken.

»Weißt du, Onkel. Als man versuchte, mich umzubringen, habe ich mich gefragt, wer eigentlich wusste, dass ich in Deutschland war. Nicht nur das Land, sondern auch in welcher Stadt? Da gibt es nicht viele. Mutter, meine Geschwister und du«, lächelte Adnan, während er sich neben Maksun kniete.

»Ja, deine Mutter hat die Stadt erwähnt, in der du warst. Ich habe es aber wieder vergessen.«

»Natürlich, Onkel. Weißt du, was seltsam ist? Die Männer, die mich umbringen wollten, wollten von ihrem Auftraggeber mehr Geld und haben ihn aus genau diesem Grund angerufen. Ich konnte einem von ihnen das Handy abnehmen, nachdem ich ihn getötet hatte. Der letzte Anruf, den er getätigt hat, war ein Anruf zu deiner Nummer. Merkwürdig, oder?«

Er strich über die scharfe Klinge des Messers. »Eigentlich hattest du gehofft, dass ich bereits bei der Überfahrt mit dem Boot sterben würde. – Die Chancen dazu standen gut!« Wieder spielte er vor den Augen seines Onkels mit dem Messer. »Vielleicht sogar war es nicht zufällig beschädigt und wurde leck.«

Maksun schwieg eine Weile und Adnan ließ ihm diese Zeit. Er ließ ihm alle Zeit, die er brauchte, um zu verstehen, dass Adnan ihn nun töten würde.

»Denk nicht mal daran, Onkel«, sagte Adnan, als er Maksuns Blicke in Richtung Tür bemerkte.

»Adnan, hör zu, mein Junge …«

»Mutter hat gesagt, ich solle dir das Messer geben. Du hättest es wohl mehr verdient als sonst ein Mensch auf der Welt«, sagte Adnan, holte blitzschnell aus und stieß Maksun das Messer in den linken Oberschenkel. Er stieß so fest zu, dass die Hälfte der Klinge im Fleisch verschwand.

Maksun schrie auf und versuchte, den Schaft festzuhalten.«

»Adnan … ich …«

»Schweig! Warum Majlinda? Warum deine eigene Nichte?«, fauchte Adnan, griff ihm ins Haar, zog seinen Kopf zurück und spuckte ihm ins Gesicht.

»Das wollte ich doch nicht! Die Deutschen wollten vier Jugendliche, die habe ich ihnen gebracht. Majlinda war durch Zufall auf der Straße und sie sprachen sie an. Mir wurde das erst später klar, als ich eine Liste mit den Namen bekam.« Maksuns Stimme hatte einen jammernd-flehenden Tonfall.

»Du organisierst alles, was hier in Albanien passiert. Viel Geld verdienst du damit. Und da hast du dir gedacht, es ist besser, man bringt sie um, oder?«

»Nein … ich …«

»Du konntest nicht riskieren, dass ich sie finde. Du wusstest, ich würde nicht lockerlassen, bis ich ihre Mörder aufgespürt und getötet habe. Du hattest Angst, einer von ihnen würde vielleicht reden. Deshalb wolltest du mich auch umbringen.«

»Adnan, ich …«

»Schluss! Gib es zu, oder ich schwöre dir, ich werde dich ganz langsam abstechen und zusehen, wie du zuckend auf dem Boden liegst und verblutest. Gib es zu«, schrie Adnan und schlug auf den Schaft des Messers, das so noch tiefer in Maksuns Oberschenkel eindrang. »Du bist der Verbindungsmann hier in Albanien. Du führst ihnen Jugendliche zu, damit sie für reiche Deutsche ausgeschlachtet werden. Du bist ein elender Mörder.«

Maksun schrie wieder laut auf. »Ja, ich gebe es zu. Ja, es tut mir leid. Aber ich habe das mit Majlinda nicht gewollt. Ich habe Geld, Adnan. Ich habe viel Geld. Ihr könnt es haben, du und deine Mutter. Denk an deine anderen Geschwister. Ihr könntet sie auf die Universität nach Tirana schicken. Lass mich leben und nimm das Geld«, flehte Maksun.

Adnan schwieg. Er sah seinen Onkel an, wie er unter Schmerzen versuchte, das Messer wieder aus seinem Bein zu ziehen.

»Ich helfe dir«, sagte Adnan schließlich, zog mit einem Ruck das Messer aus dem Fleisch, holte aus und stieß es seinem Onkel von oben in den Kopf.

Maksun riss die Augen auf und sackte im Stuhl zusammen. Es ging alles so schnell, dass er nicht mal mehr schreien konnte.

Adnan stand vor dem leblosen Körper seines Onkels und weinte. Dieser Mann hatte so viel Unheil über die Familie gebracht. Er war schuld an Majlindas Tod, er war schuld, dass Mutter im Krankenhaus lag, und er war schuld, dass er nun von Larijeta und Rabishe getrennt war. Einzig, dass Kaon eine neue Mutter bekommen hatte und ein neues Leben beginnen konnte, war das Erfreuliche.

Adnan ging zum Safe, der offen stand, holte ein Bündel Geldscheine heraus und verließ Maksuns Geschäft.

Nun allerdings würde er Clanchef werden. Adnan lächelte, als er auf die Straße trat.

# MAKING OF (VON STEFANIE GREGG)

Wie immer, liebe Leser, lassen wir Sie in unserem Werkstattbericht daran teilhaben, wie ein Autorenpaar miteinander schreibt, sich verbessert, kommentiert, übereinander lustig macht und manchmal auch lobt (extrem selten), wie auf solche Weise ein gemeinsames Werk entsteht, bei dem jeder seine Teile geschrieben hat und dennoch schließlich alles eins wird.

Vor allem aber, wie man sich zankt. Rein spielerisch natürlich … (Oder, Paul?)

**#1**

So begann das Ganze mit dem ersten Satz:

*Adnan atmete tief durch. Von Weitem war das große Armeeschiff, irgendeines Landes zu sehen.*

*Kommentar Stefanie Gregg:* Es beginnt, wie Fricke 2 geendet hat: erste Zeile, erster Kommafehler. Paulileinchen, wann lernst du endlich die Kommaregeln?

**#2**

Im Folgenden sehen Sie, wie wir uns manchmal gegenseitig korrigieren. – Und jeder das auch problemlos annimmt (grins, die Realität folgt nachher):

*Schließlich deckte er ihn zu und fühlte den Schmerz, den der Junge in sich trug, weil er seine Mutter verloren hatte.*

*Kommentar Stefanie Gregg:*
Das ist irgendwie seltsam – hier ist er schon in einer Wohnung – ich glaube, diesen Zeitsprung würde ich löschen!!!!
(Habe ich gelöscht)

*Antwort Paul Schenke:*
Gebongt ☺

Auch hier beispielsweise:

*Kapitel 1*
*Fricke (Montag)*

*Kommentar Stefanie Gregg:*
Ich würde Kapitel 1 und 2 tauschen. Dann kommt nach dem Prolog Fricke, und dann geht es weiter … und dann müssten auch Kapitel 3 und 4 getauscht werden. Aber ich glaube, das wäre gut. Was denkst du?

*Antwort Paul Schenke:*
Gebongt ☺

#3

Manchmal allerdings (jetzt kommt die alltägliche Realität) wird die Korrektur frech gefordert:

*Allerdings wusste er auch genau, was unter der Robe steckte. Hatte alles zentimetergenau letzte Nacht erkundet. Und ihm hatte jeder einzelne Zentimeter mehr als gefallen.*

*Kommentar Paul Schenke:*
Das ist aber ein komischer Satz. »Und ihm hatte jeder einzelne Zentimeter mehr als gefallen.« Das bekommste besser hin.

#4

Oft wird um jedes Detail gerungen:

*Auf jedem Karton stand der Name des Kindes, dessen Spielzeug und Schulbücher sich darin befanden. In ihrem Karton lagen außer den drei Schulbüchern nur eine Puppe, der ein Arm fehlte.*

*Kommentar Stefanie Gregg:*
Hatte die eigentlich ihre Puppe dabei, als man sie mitgenommen hat??? Wieso hat sie Schulbücher und Spielzeug??

*Antwort Paul Schenke:*
Sie ist zur Schule gegangen. Puppe dabei. Sie wurde doch auf dem Weg nach Hause abgefangen.

*Antwort Stefanie Gregg:*
Bitte, dann habe ich geschrieben, dass sie sie im Schulranzen dabeihatte.

#5

Manchmal (wenn auch selten) wird sogar gelobt!

*Also wurde aus einem Fast-Neubau bereits eine Ruine, noch bevor der Zahn der Zeit daran nagen konnte.*

*Kommentar Stefanie Gregg:*
Oh, sehr poetisch!

Oder hier:

*»Sven, es war eine Anstiftung zum Mord, kein Mord, du weißt das. Das wird in der Praxis selten bestraft wie Mord. Ich war froh, dass ich ihr das nachweisen konnte.«*

*Kommentar Paul Schenke:*
Klasse, Frau Gregg. Super-Klasse Recherche betrieben.

*Antwort Stefanie Gregg:*
Oh, mal ein Lob. Oh, das geht gut runter. Danke!

Zugegeben, Lob kommt eigentlich selten vor (ich glaube, das hier waren die zwei einzigen Stellen. ;-))

## #6

Über Männer und Frauen und wie sie sich benehmen sollten, herrscht, wie auch in den vorherigen Bänden, Unstimmigkeit zwischen den Autoren (ähnlich wie zwischen Fricke und Elena, nicht wahr …? – Reiner Zufall natürlich!)

*»Pfoten weg. Hättest du alles heute früh haben können. Da warst du aber nicht mehr da. Ein leeres Kopfkissen war da noch – sonst nichts«, sagte sie spöttisch, aber durchaus mit einem Vorwurf in der Stimme.*

*Kommentar Paul Schenke:*
Typisch nachtragend … tyyypisch. So isse halt.

*Antwort Stefanie Gregg:*
Ich kann nur wiederholen, was ich dir bereits gesagt habe: Welcher Depp von Mann geht auch einfach …

## #7

Immer, immer wieder kommentiert der Herr Autor gerne das Geschehen zwischen Fricke und Elena, wenn Frau Autorin schreibt:

*Als sie ihm die Tür öffnete, konnte sie sofort in seinen Augen diese Mischung aus Wut und Verzweiflung sehen. Genauso küsste er sie, wütend, verzweifelt, verlangend.*

*Kommentar Paul Schenke:*
Also, nein. Er sollte sich eigentlich wieder beruhigt haben, finde ich, aber okay.

*Sanft löste sie sich aus seiner Umarmung.*
*»Sven, könntest du erst mal die Tür hinter dir zu machen.«*

*Kommentar Paul Schenke:*
Leidenschaft macht blind, aber die Zicke will erst die Tür geschlossen haben … so ein Eisblock.

*Er zuckte mit den Schultern.*
*»Jeder kann sehen, wie sehr ich dich mag.«*
*Sie hatte sich umgedreht und war in die Küche gelaufen.*
*»Wein oder Bier?«, fragte sie, ohne sich umzudrehen. Er hatte sie eingeholt und hielt sie fest. »Kein Wein. Kein Bier. Ich will dich.«*

*Kommentar Paul Schenke:*
Rede nicht, Fricke. Nimm sie einfach.

(…)

*»Gilt das ›bedien dich‹ auch hier?«*
*»Nein. Das Restaurant hier ist geschlossen.«*

*Kommentar Paul Schenke:*
Und da ist sie wieder, die Zicke.

*Antwort Stefanie Gregg:*
Ach wie, muss sie immer bereit sein, egal zu welcher Zeit, auch mitten in der Nacht?! Also, Herr Schenke!

(…)

*»Muss man ja nicht ausfahren«, brummte er.*

*Kommentar Paul Schenke:*
Wie recht er hat.

*»Kann man aber, und dann sind wir schneller da. Weichei oder was, beim Autofahren?«, fragte sie höhnisch.*

*Kommentar Paul Schenke:*
Pffffff … ich mach da nur pffffffffffff

Oft muss ich meine Elena dann verteidigen, seufz.

*»Nein«, log Elena und war froh, dass er nicht bemerkte, wie ihr Schweißtropfen den Nacken herunterliefen.*

*Kommentar Stefanie Gregg:*
Neieieiein, also, einer Frau laufen doch keine Schweißtropfen den Nacken herunter. Bitte! Ist mir im Leben noch nie passiert.

*(…)*

*»Sie wissen, dass ich das nicht kann. Sie wissen, dass ich sofort anrufen werde«, antwortete Elena und biss sich augenblicklich auf die Lippen (…)«*

*Kommentar Stefanie Gregg:*
Ist sie jetzt hier ehrlich oder einfach dämlich?

*»(…) Genau das war es auch mit Fricke. Sie sprach manchmal einfach laut aus, was sie hätte lieber verschweigen sollen.*

*Kommentar Stefanie Gregg:*
Aha, jetzt machen wir sie also rundherum doof. Super, Herr Schenke!

*(…)*

*Elena freute sich über so viel Aufmerksamkeit, die sie von Fricke nicht gewohnt war.*

*Kommentar Stefanie Gregg:*
Wie wahr!!!!!!!!

*(…)*

*Elena, die sich verloren vorkam, da niemand mit ihr redete und sie alle Informationen dem Gespräch Frickes mit dem Einsatzleiter entnahm, lief ihnen hinterher.*

*Jetzt atmete sie jedoch durch, denn sie war froh, dass man es geschafft hatte, die Teenager zu retten.*

*Kommentar Stefanie Gregg:*
Also, auf jeden Fall hast du es jetzt geschafft. Sie ist ein Weichei, hat von nichts ne Ahnung, bleibt im Hintergrund, und er ist Mr. Obercoolo – super, so hast du es gewollt, gell!

*(...)*

*Ihre Bettseite war bereits ordentlich gemacht.*

*Kommentar Stefanie Gregg:*
Erstens ist Elena nicht so spießig, außerdem würde sie entweder keines oder beide Betten machen. Aber bitte – stell sie nur schön ekelhaft dar ...

*Antwort Paul Schenke:*
Pfffffffffff

**#8**

Oder auch hier, immer diese antifeministischen Kommentare von Paul (man hat es nicht leicht als seine Mitautorin!)

*»Hallo Süßer«, säuselte sie ins Telefon.*

*Kommentar Paul Schenke:*
Ach, guck an, wenn Frau Nasehoch was möchte, säuselt sie ...
*Antwort Stefanie Gregg:*
Genau – und sie wird es kriegen!

(...)

*»Schätzchen«, wiederholte sie nun auch diesen Kosenamen, »möchtest du mir gleich noch erzählen, dass ich mich am Moos auf der Westseite von Bäumen orientieren soll?«*

*Kommentar Paul Schenke:*
Soll sie doch laufen ... so eine Zicke.

*(…)*

*Kommentar Paul Schenke:*
Ja, genau. Das ist sie. Die Elena. So kennt man sie.

*»Sven«, jetzt war Elena ernst und scharf, »ich bin eine Frau und kein Pfadfinder und hätte gerne, dass du mich hier abholst!«*

#9

Meistens wird der arme Paul stilistisch kritisiert, aber manchmal trifft es auch mich:

*Kommentar Paul Schenke:*
Müde zum Zweiten.

*Antwort Stefanie Gregg:*
Mensch, das ist doch dramaturgisch aufgebaut, dass sie hier müde ist und dann so in die Sache in der Klinik reinrutscht; das ist Atmosphäre! Nicht immer nur Handlung – es gibt auch eine innere Handlung!

*Sie ging zum Eingang, wo eine gelangweilt blickende Blondine mit Brille auf der Nase saß. Elena war so müde.*

*(…)*

*Kommentar Paul Schenke:*
Warum nur? Bestimmt war sie müde.

*Antwort Stefanie Gregg:*
Ekel, Widerling, Fiesling! Bitte, ich habe zwei müde gestrichen. Die Rezensenten werden sagen: Der Krimi ist zu wenig atmosphärisch!

*»Darf ich Ihnen Kaffee oder Tee anbieten?««, fragte Dr. Mayrhofer. »Kaffee, bitte«, nickte sie, den hatte sie jetzt wirklich nötig.*

*(…)*

*Wenn sie nicht so verflixt müde gewesen wäre, wäre ihr vielleicht noch eine bessere Frage eingefallen, aber so blieb es bei (...)*

*Kommentar Paul Schenke:*
Waaaaaas? Sie war müde?????? Also das überrascht mich jetzt aber.

*Antwort Stefanie Gregg:*
Nachdem zwei »müde« weg sind, wird es höchste Zeit, dass der Leser an die innere Verfassung von Elena erinnert wird ... So!

(...)

*Auch das noch, eine Pressekonferenz. Sie war müde, sie war genervt und sie wusste nicht, wo sie wirklich angreifen sollte in diesem Fall.*

*Kommentar Paul Schenke:*
Huch ... Müde? Echt jetzt?

#10

So, nachdem mir jetzt mein sich leicht wiederholendes »müde« so hämisch vorgeworfen wurde, erzähle ich mal, welch Leid ich habe, dass Paul (neben der Kommasetzung) weiterhin das Plusquamperfekt NICHT beherrscht!

*So stand es in den vorläufigen Papieren, die man ihm bei seiner Registrierung ausstellte.*

*Kommentar Stefanie Gregg:*
Muss heißen: »ausgestellt hatte«. Typischer Fall – ist vorher passiert – also Vorvergangenheit – also Plusquamperfekt ... Oje ...

(...)

*Auf einem Sideboard stand eine Yuccapalme auf einem Unterteller. Man sah, dass die Pflanze extra für die beiden gekauft wurde. An ihrem Topf klebte noch das Preisschild.*

*Kommentar Stefanie Gregg:* Typisches Beispiel – die Pflanze ist bereits vorher gekauft worden – also Vorvergangenheit = Plusquamperfekt – ist doch schön, dass wir mit der deutschen Sprache Zeitverhältnisse so eindeutig ausdrücken können …

*(…)*

*Gestern, nachdem er ankam und man ihm sein Bett gezeigt hatte, fragte er alle Menschen, die er traf, nach den beiden toten Teenagern.*

*Kommentar Stefanie Gregg:* »angekommen war«! VERDAMMT – »nachdem« ist ein Signalwort für …

*(…)*

*»Na? Wie ich sehe, hast du uns erkannt«, sagte der Mann, dem er das Messer aus der Hand geschlagen hat.*

*Kommentar Stefanie Gregg:* Mönsch, das ist vorher passiert, Vorvergangenheit => Plusquamperfekt

… auch das mit dem Perfekt …:

*Und deshalb starb meine Schwester.*

*Kommentar Stefanie Gregg:* Für vollendete Geschehnisse haben wir das Perfekt. Tot = eindeutig vollendet ;-)

**#11**

Natürlich, wir diskutieren auch Strukturelles, ganz ernsthaft! (Echt jetzt!):

*Fricke beschloss, nachdem er Elena von Leipold erzählt hatte, nun einen weiteren Arzt von der Liste zu besuchen.*

*Kommentar Paul Schenke:*
Hmmm, wenn wir den Ausgang zwischen Adnan und Elena bedrohlicher gestalten und offen lassen und dann erst das Fricke-Kapitel dazwischenschieben – ist es vielleicht spannender????

*(…)*

*Antwort Stefanie Gregg:*
Yes, Sir. Cliffhanger.

*Den weißen Golf, der ihm folgte, bemerkte er nicht.*

*Kommentar Stefanie Gregg:*
Hier kapier ich den Plot nicht. Wer verfolgt ihn hier, warum?

*(…)*

*Fricke schmiss sich erschöpft aufs Bett.*

*Kommentar Stefanie Gregg:*
Ab hier kommt dein Teil – ich habe ihn von Mittwoch auf Donnerstagabend geschoben – Mittwochabend war bereits verplant mit einem Einbruch … ;-)

**#12**

Manchmal gar gibt es auch bitteren Spott!

*Es war kein Job, es war eine Leidenschaft. Wo Unrecht herrschte, suchte sie Aufklärung.*

*Kommentar Paul Schenke:*
Blablabla …

Oder »Pseudofreiheit«:

*Es war Nachmittag, als Elena mit dem Auto, das ihr Stockleben als neuen Dienstwagen zur Verfügung gestellt hatte, vor einer eleganten Villa in Nymphenburg vorfuhr.*

*Kommentar Paul Schenke:*
Wie du magst. Stockleben könnte ihr einen Wagen zur Verfügung stellen oder auch nicht. Die Entscheidung liegt bei dir. Ich will hier nicht den Romananmichreißer spielen. ☺

*Antwort Stefanie Gregg:*
Logisch – bei völlig unwichtigen Dingen lässt du mir absolut freie Hand. ;-)))

**#13**

Und, wie immer, steht Paul doch ein wenig mehr auf Frickes Seite, während Stefanie zu Elena hält:

*Aber das hätte sie so nie zugegeben. Beruf ging vor Privatleben, so war das bei Frau Karinoglous.*

*Kommentar Paul Schenke:*
Klar, Frau Cool halt. Tz. Aber Fricke soll stets alles zugeben.

*Antwort Stefanie Gregg:*
Ja.

*»Aber alleine gehe ich nicht. Ich geh nur mit dir.«*
*Elena setzte sich. Und nahm einen Schluck Espresso. »Stellst du dir einfach mal so vor, ja?«*

*Kommentar Paul Schenke:*
Anstatt sich jetzt erst einmal darüber zu freuen. Aber nee.

*»Genau.« Er sah sie grinsend an. Wie nach einem Millionenjackpot. »München. Wir zwei. Ist doch fast wie Urlaub, mein Herz.«*

*»Mit dir wird gar nichts Urlaub. Früh verschwindest du sowieso. Und abends bist du auch nicht da, wenn es einen Fall gibt.«*

*Kommentar Paul Schenke:*
Unfassbar. Wirklich unfassbar, die Zicke.

(…)

*»Wehe, du bist am Morgen nicht da – dann geh ich wieder!«*

*Kommentar Paul Schenke:*
Echt jetzt? Sie geht? Na hoffentlich hat sie ein paar gute Laufschuhe dabei.

*Er nickte.*
*»Okay«, seufzte sie ihr Einverständnis.*

*Kommentar Paul Schenke:*
Ja, sie seufzte. Was für ein großes Opfer. Tz. Frau Nasehoch darf durchaus mal Freude zeigen.

*»Super. Mein Herz, das wird schön mit uns, in München«, grinste er sie an, »Morgen geht's los.« Er griff nach ihrer Hand: »Es wird nichts mit unserem Mittagessen, ich muss gleich mit den Kollegen in München am Telefon den Fall durchsprechen. Darf ich heute Abend zu dir kommen? Ich versuch auch, am Morgen zu bleiben.«*

*Kommentar Paul Schenke:*
Darf ich zu dir kommen? Mann, du machst aus Fricke ein echtes Weichei. So eine Memme.

Aber, irgendwie, zum Schluss einigen wir uns … oder streiten weiter, damit wir den nächsten Fricke-Krimi schreiben müssen, um uns miteinander auseinanderzusetzen. Puh … Jedenfalls hoffen wir, dass Sie genauso viel Spaß beim Lesen hatten wie wir beim Schreiben!

Bis zum nächsten Mal,

Stefanie Gregg und Paul Schenke